D0318730

PÉCHÉS MORTELS

Venise commence à sentir le printemps mais à la questure, le commissaire Brunetti s'ennuie un peu. Aucune enquête sérieuse ne lui permet de s'activer jusqu'au moment où une jeune femme demande à le voir. En dépit de ses vêtements civils, Brunetti reconnaît la religieuse qui soigna sa mère durant plusieurs années. Suor'Immacolata, redevenue Maria Testa, est persuadée qu'il se passe des choses étranges à la clinique où elle travaillait. Certaines morts suspectes, certains legs mystérieux, l'ont poussée à quitter le voile et se cacher dans la ville sous une autre identité.

Brunetti décide de mener l'enquête et, rapidement, il découvre de terribles manipulations. Sous couvert de religion, des prêtres fanatiques et une organisation dangereuse, l'Opera Pia, se croient au-dessus des lois. Le commissaire va se charger de leur rappeler qu'il existe des droits et des devoirs pour chacun. À ses risques et périls car, à Venise, les eaux sombres peuvent cacher facilement des cadavres.

Donna Leon est née en 1942 dans le New Jersey et vit à Venise depuis quinze ans. Elle enseigne la littérature dans une base de l'armée américaine située près de la Cité des Doges. Son premier roman, Mort à la Fenice, *a été couronné par le prestigieux prix japonais Suntory, qui récompense les meilleurs suspenses.*

DU MÊME AUTEUR

Mort à la Fenice
Calmann-Lévy, 1997
Seuil, « Points », n° P514

Mort en terre étrangère
Calmann-Lévy, 1997
Seuil, « Points », n° P572

Un Vénitien anonyme
Calmann-Lévy, 1998
Seuil, « Points », n° P618

Le Prix de la chair
Calmann-Lévy, 1998
Seuil, « Points », n° P686

Entre deux eaux
Calmann-Lévy, 1999
Seuil, « Points », n° P734

Noblesse oblige
Calmann-Lévy, 2001
Seuil, « Points », n° P990

L'Affaire Paola
Calmann-Lévy, 2002
Seuil, « Points », n° P990

Des amis haut placés
Calmann-Lévy, 2003

Donna Leon

PÉCHÉS MORTELS

ROMAN

Traduit de l'anglais
par William Olivier Desmond

Calmann-Lévy

TEXTE INTÉGRAL

TITRE ORIGINAL
The Death of Faith
ÉDITEUR ORIGINAL
Macmillan, Londres, 1997

ISBN 2-02-047694-0
(ISBN 2-7021-3097-6, 1re publication)

Pour Donald McCall

È sempre bene
Il sospettare un poco, in questo mondo.

Il vaut toujours mieux, dans ce monde,
Être un peu soupçonneux.

MOZART, *Cosi fan tutte*

1

ASSIS À SON BUREAU, Brunetti contemplait ses pieds. Ou plutôt ses chaussures qui, posées sur le tiroir du bas, avec leurs doubles rangées de minuscules yeux ronds métalliques, semblaient lui adresser autant de regards de reproche. Il avait occupé tout son temps, depuis une bonne demi-heure, soit à étudier l'armoire de bois, sur le mur en face de lui, soit, quand il était las de cet examen, à admirer ses chaussures. De temps en temps, quand l'angle du tiroir commençait à lui entrer un peu trop dans le talon, il croisait les pieds différemment, mais cela ne parvenait qu'à redisposer les deux paires de quatre œillets, sans pour autant faire disparaître leur regard réprobateur ni le soulager de son ennui.

Le vice-questeur Giuseppe Patta avait pris deux semaines de congé qu'il passait en Thaïlande – pour, de l'avis général à la questure, y connaître une deuxième lune de miel – et c'est à Brunetti qu'avait échu la responsabilité, pendant cette période, de lutter contre le crime à Venise. Il fallait cependant croire que le crime s'était envolé en compagnie du *cavaliere*, car rien de bien important ne s'était produit depuis que Patta et son épouse (récemment retournée au domicile conjugal et – on tremblait rien que d'y penser – dans les bras du vice-questeur) étaient partis, sinon les habituels cambriolages et vols à la tire. La seule affaire intéressante avait eu lieu deux jours plus tôt dans une bijouterie du Campo San Maurizio, lorsqu'un couple fort bien mis s'était présenté avec un bébé dans un landau et que le jeune papa, rougissant, avait demandé à voir des solitaires pour en offrir un à son épouse, encore plus intimidée que lui. Elle avait essayé une première bague, puis une autre. Choisissant finalement un diamant blanc de trois carats, elle avait demandé si elle pouvait sortir pour l'admirer dans la lumière du jour. Ce qui devait arriver arriva : elle avait franchi le seuil de la boutique, fait jouer sa main baguée dans la lumière du soleil, souri et adressé un signe au papa, lequel avait plongé la tête dans le landau pour redisposer les couvertures sur le bébé, puis, avec un large sourire au bijoutier, était sorti rejoindre sa femme. Pour disparaître avec elle, bien entendu, laissant le landau et la poupée qu'il contenait en travers de la porte.

En dépit de l'ingéniosité de ce vol, il ne constituait pas à lui seul une vague de délits ou de crimes : Brunetti s'ennuyait à mourir et se demandait si, à la responsabilité de l'autorité suprême et aux monceaux de paperasses qu'elle paraissait engendrer, il ne préférait pas la liberté d'action que lui offrait d'ordinaire son statut de subordonné.

On frappa à la porte ; il leva la tête, puis sourit lorsque le battant s'ouvrit sur sa première vision matinale de la signorina Elettra, la secrétaire de Patta, qui paraissait considérer que le départ du vice-questeur l'autorisait de facto à prendre son service à dix heures et non pas à huit heures trente, comme le prévoyait le règlement.

« *Buongiorno, commissario* », dit-elle en entrant, son sourire tout d'écarlate et de blanc lui rappelant fugitivement une glace *(gelato all'amarena)*, mais en parfaite harmonie avec les couleurs de sa blouse de soie à rayures. La signora Elettra s'effaça pour laisser entrer une autre femme. Brunetti adressa un bref coup d'œil à celle-ci, le temps de remarquer un tailleur synthétique gris, dont la jupe démodée descendait presque jusqu'aux chevilles, et des chaussures à talons carrés. La femme serrait maladroitement contre elle un sac à main en imitation cuir peu convaincante, et le regard du policier revint tout de suite sur la signorina Elettra.

« Commissaire, voici quelqu'un qui voudrait vous parler.

– Oui ? » répondit-il en regardant de nouveau la visiteuse, toujours aussi peu intéressé. C'est alors qu'il remarqua la courbure de sa joue droite et, lorsqu'elle eut un mouvement de tête pour parcourir la pièce des yeux, la ligne délicate de sa mâchoire et de son cou. Son deuxième « Oui ? » fut prononcé avec plus d'intérêt dans la voix.

La femme se tourna vers lui en esquissant un sourire qui parut soudain étrangement familier à Brunetti ; celui-ci demeurait cependant convaincu de voir la jeune femme pour la première fois. Sans doute, supposa-t-il, était-elle la fille de quelqu'un de sa connaissance, venue lui demander son aide, et ce n'était pas le visage qu'il reconnaissait, mais une simple ressemblance avec un parent.

« Oui, signorina ? » dit-il en se levant cette fois de son fauteuil et, du geste, lui indiquant la chaise placée en face du bureau. La femme eut un bref coup d'œil en direction de la signorina Elettra, qui lui adressa le sourire qu'elle réservait à ceux que l'idée de se trouver à la questure rendait nerveux. La secrétaire marmonna quelque chose sur le travail qui l'attendait et quitta le bureau.

La femme passa devant la chaise pour s'y asseoir, en rabattant sa jupe. Elle était mince mais se déplaçait sans grâce, comme si c'était la première fois de sa vie qu'elle portait autre chose que des talons parfaitement plats.

Brunetti savait d'expérience qu'il valait mieux ne rien dire et attendre, en arborant une expression calme et intéressée, qu'un silence prolongé pousse l'interlocuteur à prendre la parole. Il en profita pour la regarder une première fois, puis une deuxième, en essayant de comprendre pourquoi ses traits lui étaient aussi familiers. Il y cherchait la trace d'une ressemblance – à moins que la jeune femme n'ait été vendeuse quelque part et qu'il ne la reconnaisse pas parce qu'elle n'était plus derrière son comptoir, dans un environnement familier. En tout cas, se dit-il, si elle travaillait comme vendeuse, ce n'était sûrement pas dans une boutique touchant, de près ou de loin, à la mode ; son ensemble lui faisait une silhouette horriblement carrée, un style qui n'existait plus depuis au moins dix ans ; quant à sa coupe de cheveux, elle avait été faite avec si peu de soin que ses courtes mèches inégales ne la qualifiaient même pas pour être déclarée « à la garçonne ». Pas la moindre trace de maquillage sur son visage. Mais, au troisième coup d'œil qu'il lui jeta, il se rendit compte qu'au fond elle était déguisée ainsi, ce qu'elle dissimulait étant sa beauté. Elle avait de grands yeux sombres très espacés, avec des cils si longs et fournis qu'ils n'avaient pas besoin de Rimmel; les lèvres étaient pâles, mais pleines et douces. Le nez, droit, étroit et légèrement arqué, avait quelque chose – il ne trouva pas d'autre mot – de noble. Et sous les cheveux taillés à la diable, il y avait un front haut et sans rides. Si Brunetti prenait conscience de la beauté de la jeune femme, il n'arrivait pas pour autant à établir son identité.

Elle le fit presque sursauter lorsqu'elle dit soudain :

« Vous ne me reconnaissez pas, commissaire, n'est-ce pas ? »

Jusqu'à sa voix qui lui était familière; mais elle aussi était déplacée. Il se creusa en vain la tête, n'arrivant qu'à une seule conclusion : la personne qu'il avait devant lui n'avait rien à voir avec la questure ou avec son travail.

« Non, je suis désolé, signorina. Je n'y arrive pas. Je sais simplement que je vous connais et que ce n'est pas le lieu, ici, où je me serais attendu à vous voir. »

Il lui sourit, un grand sourire qui lui demandait de comprendre la situation embarrassante dans laquelle il se trouvait.

« J'imagine que la plupart des personnes que vous connaissez n'ont de toute façon rien à voir avec la police, répondit-elle avec un sourire signifiant qu'elle plaisantait et comprenait sa confusion.

– En effet. Rares sont mes amis qui viennent ici de leur plein gré et, jusqu'ici, aucun n'a été obligé de venir de force. »

C'est lui, cette fois-ci, qui sourit pour montrer qu'il savait aussi plaisanter sur sa fonction, avant d'ajouter :

« Heureusement.

– C'est la première fois que j'ai affaire à la police, observa-t-elle en parcourant de nouveau la pièce des yeux, comme si elle craignait que, du coup, il lui arrive quelque chose de désagréable.

– La plupart des gens n'ont jamais affaire à la police.

– Oui, je suppose. » Elle gardait les yeux baissés sur ses mains. « Avant, j'étais Immaculée.

– Je vous demande pardon ? fit Brunetti, complètement pris de court, se demandant brusquement si cette jeune femme avait toute sa raison.

– Suor'Immacolata », ajouta-t-elle, levant un bref instant les yeux vers lui pour lui offrir ce sourire qu'il avait vu si souvent rayonner sous le voile blanc amidonné de sa tenue de religieuse. Le nom rétablit les choses et résolut l'énigme : la coupe de cheveux se comprenait, de même que sa façon gauche de porter ses vêtements de ville. Brunetti avait eu conscience de sa beauté dès qu'il l'avait vue dans la maison de repos où, depuis des années, sa mère trouvait tout sauf le repos. Mais la nature des vœux religieux et l'habit long et austère qui en était le reflet avaient créé autour d'elle une sorte de tabou, si bien qu'il n'avait noté sa beauté que comme celle d'une fleur ou d'une œuvre d'art, en esthète, pas en homme. Mais à présent, cette beauté venait éclairer la pièce, en dépit de tout ce que son attitude maladroite et sa tenue ridicule faisaient pour la cacher.

Suor'Immacolata avait disparu de la maison de retraite un an auparavant, environ, et Brunetti, désespéré de voir à quel point sa mère souffrait de l'absence de la religieuse qui avait eu le plus de bonté pour elle, n'avait rien pu apprendre, sinon qu'elle avait été transférée dans une autre des maisons de retraite dont son ordre avait la charge. Une longue liste de questions lui démangeait la langue, mais il les rejeta toutes comme n'étant pas de circonstance. Elle était ici : elle allait donc lui dire pourquoi.

« Je ne peux pas retourner en Sicile, reprit-elle soudain. Ma famille ne comprendrait pas. » Elle lâcha la poignée de son sac pour s'étreindre les mains, à la recherche d'un peu de réconfort. N'en trouvant pas, sans doute, elle les posa ensuite sur ses cuisses. Puis, comme si elle prenait conscience de la chaleur qui s'en dégageait, elle les reposa sur les angles abrupts de son sac en similicuir.

« Cela fait-il longtemps que..., commença Brunetti

qui, ne sachant pas trop comment exprimer son idée, se contenta de laisser la phrase en suspens.

– Trois semaines.

– Habitez-vous ici, à Venise ?

– Non, pas exactement. J'ai trouvé une chambre dans une pension, au Lido. »

Serait-elle venue solliciter un secours financier ? se demanda-t-il. Si c'était le cas, il serait heureux et honoré de l'aider, tant était immense la dette qu'il avait contractée envers elle, pour les années de charité dont elle avait fait preuve vis-à-vis de lui et de sa mère.

Comme si elle venait de lire dans son esprit, elle ajouta : « J'ai un travail.

– Ah bon ?

– Oui, dans une clinique privée du Lido.

– Comme infirmière ?

– Non, à la blanchisserie. » Elle surprit le rapide coup d'œil qu'il jeta sur ses mains. « Vous savez, tout se fait à la machine, de nos jours, commissaire. Plus besoin de descendre à la rivière et de battre le linge sur les pierres. »

Il éclata de rire, autant à cause de sa gêne que de la réponse de Suor'Immacolata. Du coup, l'atmosphère devint plus légère et il se sentit libre de dire : « Je suis désolé que vous ayez dû prendre cette décision. » Naguère, il aurait ajouté : « Suor'Immacolata », mais il ne savait pas comment il devait l'appeler, à présent ; avec l'habit avait disparu le nom, et il ignorait tout de son identité civile.

« Je m'appelle Maria, dit-elle, Maria Testa. »

Telle une cantatrice s'interrompant pour suivre l'écho d'une note qui marque un changement de tonalité, elle s'arrêta comme si elle écoutait la résonance de son nom.

« Mais je me demande si j'ai bien le droit de me faire appeler ainsi.

– Que voulez-vous dire ?

– Il faut suivre toute une procédure lorsqu'on quitte le voile. Ou plutôt, qu'on quitte l'ordre. C'est sans doute comme la déconsécration d'une église. C'est très compliqué, et cela peut prendre beaucoup de temps avant qu'ils vous lâchent.

– Ils veulent probablement être sûrs que vous l'êtes – sûre de partir, veux-je dire, suggéra Brunetti.

– Oui. Cela peut prendre des mois, peut-être des années. Ils exigent des lettres de gens qui vous connaissent et peuvent certifier que vous êtes en état de prendre cette décision.

– Est-ce ce que vous venez me demander ? Puis-je vous aider de cette manière ? »

Elle eut un geste de la main qui non seulement était une réponse négative à la question du policier, mais annulait son vœu d'obéissance.

« Non, ça n'a plus d'importance. C'est terminé. Liquidé.

– Je vois », dit Brunetti, qui ne voyait rien du tout.

Elle le regarda alors d'une manière si directe, avec des yeux d'une telle beauté, que Brunetti ne put s'empêcher de ressentir une pointe d'envie pour l'homme qui lui ferait renoncer à son vœu de chasteté.

« Je suis venue à cause de la maison de repos, commissaire. À cause de ce que j'ai vu là-bas. »

Brunetti sentit son cœur battre soudain plus fort à l'idée de sa mère qui s'y trouvait, se demandant si elle ne courait pas quelque danger. Tous ses sens étaient en alerte.

Mais avant qu'il ait pu transformer son angoisse en question, Suor'Immacolata reprit : « Non, commissaire, ce n'est pas votre mère. Il ne lui arrivera rien. » Elle marqua une pause, embarrassée par l'effet que pouvaient produire ses paroles et par la triste vérité qu'elles contenaient : la seule chose susceptible, en effet, d'arriver à la mère du policier était la mort. « Je suis désolée », ajouta-t-elle gauchement.

Brunetti l'étudia un moment, pendant que se prolongeait le silence, ne sachant trop que penser de ce qu'elle venait de lui dire et encore moins comment lui demander d'être plus claire. Il se souvint de la dernière visite qu'il avait faite à sa mère, un après-midi, regrettant de ne plus retrouver Suor'Immacolata, sachant qu'elle était la seule personne à comprendre la souffrance qu'il ressentait au fond de son âme. Mais au lieu de la ravissante Sicilienne, il avait eu affaire à Suor'Elena, une femme que le passage des années avait aigrie et pour qui les vœux étaient devenus synonymes de pauvreté d'esprit, de chasteté d'humour, et d'obéissance à une conception rigoriste du devoir. Le fait que sa mère puisse être, même une minute, sous la coupe de cette femme l'enrageait en tant que personne ; le fait que la maison de repos soit considérée comme l'une des meilleures de la région lui faisait honte en tant que citoyen.

La voix de la jeune femme le tira de la longue rêverie dans laquelle il était plongé au point de n'avoir pas entendu ce qu'elle lui avait dit. « Je suis désolé, ma sœur, s'excusa-t-il, se rendant compte immédiatement qu'il lui avait donné automatiquement son ancien titre. J'avais l'esprit ailleurs. » Elle répéta ce qu'elle venait de dire sans relever son erreur. « Je vous parle de la maison de repos, ici, à Venise, dans laquelle je travaillais encore il y a trois semaines. Mais ce n'est pas seulement elle que j'ai quitté, dottore. J'ai aussi quitté l'ordre. J'ai tout quitté. Pour commencer... » Elle hésita et tourna les yeux vers la façade de San Lorenzo, à travers la fenêtre ouverte, à la recherche du terme qui décrirait ce qu'elle allait commencer. « Une nouvelle vie. » Elle posa à nouveau son regard sur Brunetti et lui adressa un petit sourire incertain. « *La Vita Nuova* », répéta-t-elle, sur un ton qui s'efforçait d'être plus léger, comme si elle se rendait compte de la note lourdement mélodramatique qui s'était glissée dans sa voix. « On apprenait Dante à l'école, et on était obligé de lire *La Vita Nuova*, mais je ne m'en souviens pas très bien. » Nouveau coup d'œil à Brunetti, mais cette fois avec les sourcils levés, interrogatifs.

Brunetti ne voyait absolument pas où cette conversation allait le mener ; elle commençait par lui parler d'un danger, et maintenant de Dante. « Nous la lisions nous aussi, mais je crois que j'étais trop jeune. De toute façon, j'ai toujours préféré *La Divine Comédie. Le Purgatoire*, en particulier.

– Comme c'est étrange, dit-elle avec un intérêt qui pouvait être réel ou seulement une tentative pour retarder le moment des confidences. C'est la première fois que j'entends quelqu'un dire qu'il préfère ce livre. Pourquoi ? »

Brunetti se permit un sourire. « Je sais que à cause de ma profession de policier, les gens s'attendraient plutôt à ce que je préfère *L'Enfer*. Les méchants y sont punis et n'ont que ce qu'ils méritent, aux yeux de Dante. Mais je n'ai jamais aimé le caractère définitif de ces jugements, ni toutes ces épouvantables souffrances. Pour l'éternité... » Elle ne bougeait pas, sur son siège, le regardant, attentive à ce qu'il disait. « J'aime *Le Purgatoire* parce qu'il y a la possibilité que les choses changent. Pour les autres, que ce soit au paradis ou en enfer, tout est fini. C'est là qu'ils seront, pour toujours.

– Vous croyez cela ? » demanda-t-elle.

Brunetti comprit qu'elle ne parlait plus de littérature.

« Non.

– Même pas en partie ?

– Vous voulez savoir si je crois qu'il y a un paradis ou un enfer ? »

Elle acquiesça, et il se demanda si un reste de superstition ne l'empêchait pas d'exprimer ses doutes.

« Non, je n'y crois pas.

– Rien, alors ?

– Rien. »

Après un très long silence, elle dit : « C'est bien sinistre... »

Comme il l'avait si souvent fait depuis le jour où il avait pris conscience que telle était sa conviction, Brunetti haussa les épaules.

« Je suppose que nous finirons par le savoir », dit-elle, mais d'un ton qui s'ouvrait à toutes les possibilités, sans sarcasme, sans rejet catégorique.

Brunetti eut de nouveau envie de hausser les épaules, car c'était une discussion à laquelle il avait renoncé depuis des années, alors qu'il était encore à l'université, ne voulant plus s'occuper de gamineries, de spéculations qui l'agaçaient, impatient de vivre. Mais il lui suffit d'un coup d'œil à son interlocutrice pour comprendre que, d'une certaine manière, elle venait à peine d'éclore, qu'elle était sur le point d'entamer sa *vita nuova*, si bien que ce genre de questions, impensables par le passé, devaient avoir pour elle un caractère pressant et vital, aujourd'hui. « C'est bien possible », concéda-t-il.

Sa réaction fut instantanée et impétueuse.

« Vous n'avez pas besoin d'être condescendant avec moi, commissaire. C'est ma vocation que j'ai laissée derrière moi, pas mes facultés de jugement. »

Il n'avait ni à s'excuser ni à poursuivre cette discussion théologique, décida-t-il. Il déplaça une lettre posée sur son bureau, repoussa son fauteuil et croisa les jambes.

« Faut-il en parler, dans ce cas ?

– De quoi ?

– De l'endroit où vous avez laissé votre vocation.

– La maison de retraite ? » demanda-t-elle inutilement.

Brunetti acquiesça.

« Au fait, de laquelle parlez-vous ?

– San Leonardo. Elle se trouve près de l'hôpital Giustiniani. L'ordre y fournit une partie du personnel. »

Il remarqua qu'elle se tenait assise les genoux serrés, les pieds posés bien à plat l'un contre l'autre. Elle ouvrit son sac à main avec des gestes maladroits, en retira une feuille de papier qu'elle déplia pour examiner ce qui était écrit dessus. « Au cours de la dernière année, commença-t-elle nerveusement, cinq personnes sont mortes à San Leonardo. » Elle mit la feuille dans l'autre sens et se pencha pour la poser sur le bureau, en face de lui. Brunetti jeta un coup d'œil à la liste.

« Ces personnes-là ? »

Elle acquiesça. « Je vous ai mis le nom, l'âge et la cause du décès. »

Il consulta la liste plus attentivement et vit qu'elle donnait exactement ces informations. Elle comprenait trois femmes et deux hommes. Brunetti se souvint de statistiques d'après lesquelles les femmes vivraient plus longtemps que les hommes ; ce n'était pas le cas ici. L'une des femmes était sexagénaire, les deux autres avaient à peine dépassé soixante-dix ans. Les deux hommes étaient plus vieux. Il y avait deux décès par crise cardiaque, deux par hémorragie cérébrale et un par pneumonie.

« Pourquoi est-ce à moi que vous avez apporté cette liste ? » demanda-t-il en levant les yeux sur elle.

C'était une question à laquelle elle devait s'être attendue, mais elle prit son temps pour y répondre.

« Parce que vous êtes la seule personne en mesure de faire quelque chose, je crois. »

Brunetti attendit un instant qu'elle s'explique plus clairement. Comme elle n'en faisait rien, il observa :

« Je ne suis pas sûr de comprendre.

– Pouvez-vous trouver de quoi ces personnes sont mortes ? »

Il leva la liste en l'air et l'agita.

« Vous voulez dire que les causes de ces décès ne sont pas celles qui figurent ici ? »

Elle acquiesça. « Peut-être. Si jamais elles étaient mortes d'autre chose, avez-vous un moyen de découvrir de quoi ? »

Brunetti n'avait nullement besoin de réfléchir longtemps avant de lui répondre. Les lois touchant à l'exhumation étaient claires.

« Pas sans le mandat d'un juge ou une requête des familles.

– Oh, je ne savais pas. Je me suis trouvée – comment dire ? – tellement loin du monde pendant si longtemps que je ne sais plus comment fonctionnent les choses... peut-être ne l'ai-je jamais su, ajouta-t-elle après un instant.

– Combien de temps êtes-vous restée dans les ordres ?

– Douze ans. J'y suis entrée à l'âge de quinze ans. » Si elle remarqua le mouvement de surprise de Brunetti, elle l'ignora. « C'est très long, je sais.

– Mais vous n'étiez pas vraiment loin du monde, tout de même. Vous avez bien reçu une formation d'infirmière, n'est-ce pas ?

– Non, répondit-elle vivement, je ne suis pas infirmière. En tout cas, je n'ai pas reçu de formation professionnelle. L'ordre a simplement vu que... » Elle s'interrompit brusquement, et Brunetti comprit qu'elle s'était trouvée dans la situation, inhabituelle pour elle, de reconnaître qu'elle avait un certain talent, ou de parler d'elle-même de manière flatteuse ; elle n'avait eu d'autre choix que de se taire. Au bout d'un moment qui lui permit de faire oublier tout ce que sa remarque aurait pu avoir de flatteur pour elle, elle enchaîna : « Ils ont décidé que ce serait bien pour moi d'essayer d'aider les personnes âgées, et c'est pourquoi on m'a envoyée dans une maison de repos.

– Combien de temps y êtes-vous restée ?

– Sept ans. Six à Dolo, puis un an à San Leonardo. »

Autrement dit, calcula Brunetti, lorsqu'elle était entrée dans la maison de retraite où se trouvait sa mère, Suor' Immacolata avait eu vingt ans, âge auquel la plupart des femmes prennent un travail ou décident d'une profession, tombent amoureuses, ont des enfants. Il pensa aux choses que toutes ces autres femmes avaient pu faire, pendant ces années-là, et à la vie qu'avait dû être celle de Suor'Immacolata, entourée des hurlements des fous, des odeurs des incontinents. Si Brunetti avait été animé de sentiments religieux, avait cru en quelque être supérieur, peut-être se serait-il consolé à l'idée de l'ultime récompense spirituelle que la jeune femme recevrait en échange des années dont elle avait ainsi fait don aux autres. Il écarta cette pensée pour lui demander, en lissant la liste du plat de la main, ce qu'elle avait remarqué d'anormal dans la mort de ces personnes.

Elle ne répondit pas tout de suite, mais quand elle le fit, elle le prit complètement au dépourvu.

« Rien. Il est normal d'avoir un mort de temps en temps ; ils sont parfois plus nombreux juste après les vacances. »

Après des dizaines d'années passées à interroger des gens ne demandant qu'à parler ou au contraire récalcitrants, c'est avec un calme parfait que le policier demanda :

« Dans ce cas, pourquoi avoir établi cette liste ?

– Deux des femmes étaient veuves, et l'autre n'avait jamais été mariée. L'un des hommes ne recevait jamais de visites. »

Elle le regarda, attendant d'être sollicitée, mais il ne dit rien.

La voix de la jeune femme devint plus douce, et Brunetti imagina brusquement Suor'Immacolata, encore dans l'habit noir et blanc de son ordre, luttant contre le commandement qui lui interdisait de répandre des propos calomnieux ou de dire du mal d'une personne, fût-elle la plus grande pécheresse du monde.

« J'en ai entendu deux, ajouta-t-elle finalement au bout de quelques secondes, dire à un moment ou un autre qu'elles n'oublieraient pas la maison de repos avant leur mort. »

Elle se tut et regarda ses mains qui ne s'agrippaient plus au sac mais s'étreignaient de nouveau.

« Et l'ont-elles fait ? »

Elle secoua négativement la tête sans rien dire.

Brunetti baissa intentionnellement la voix.

« Cela signifie-t-il qu'elles ne l'ont pas fait ou que vous ignorez si elles l'ont fait, Maria ? »

Elle lui répondit sans relever la tête.

« Je ne sais pas. Mais deux d'entre elles, la signorina Da Prè et la signora Cristanti... toutes les deux ont dit qu'elles en avaient l'intention.

– Et comment se sont-elles exprimées, exactement ?

– La signorina Da Prè a dit un jour, après la messe – il n'y a pas de quête quand le padre Pio dit la messe pour nous – disait la messe pour nous... » Soudain consciente de cette confusion des temps qu'entraînait le fait d'avoir quitté les ordres, elle s'arrêta. Elle porta une main nerveuse à sa tempe et Brunetti vit ses doigts rechercher l'ourlet de son voile dans un geste de protection. Au lieu de cela, ce sont ses cheveux qu'ils trouvèrent, et elle retira sa main comme si elle venait de se brûler.

« Après la messe, pendant que je l'aidais à regagner sa chambre, elle a dit que ça ne faisait rien s'il n'y avait pas de quête et qu'ils verraient, quand elle ne serait plus là, combien elle avait été généreuse.

– Lui avez-vous demandé ce qu'elle voulait dire ?

– Non. Il était clair, à mes yeux, qu'elle allait leur laisser son argent, ou au moins une partie.

– Et ? »

Elle secoua de nouveau la tête.

« Je ne sais pas.

– Combien de temps après est-elle morte ?

– Trois mois.

– Avait-elle parlé de ses intentions à quelqu'un d'autre ?

– Je ne sais pas. Elle ne parlait presque à personne.

– Et l'autre femme ?

– La signora Cristanti ? Oh, elle a été beaucoup plus explicite. Elle a dit qu'elle laisserait son argent aux personnes qui avaient été bonnes pour elle. Elle le répétait tout le temps, à tout le monde. Mais elle n'était pas... Je ne crois pas qu'elle était capable de prendre cette décision elle-même, pas vraiment ; pas à l'époque où je l'ai connue.

– Qu'est-ce qui vous le fait dire ?

– Elle n'avait pas l'esprit très clair, répondit Maria. Pas tout le temps, en tout cas. Certains jours elle paraissait aller très bien, mais c'était rare. La plupart du temps, elle battait la campagne ; elle se croyait redevenue petite fille et demandait qu'on l'emmène ici ou là. » Après un bref silence, elle ajouta d'un ton de clinicien : « C'est très courant.

– De retourner vers le passé ?

– Oui. Les pauvres âmes... Je suppose que le passé vaut mieux pour elles que le présent. N'importe quel passé. »

Brunetti évoqua sa dernière visite à sa mère, mais il repoussa ce souvenir, préférant demander :

« Qu'est-ce qui lui est arrivé ?

– À la signora Cristanti ?

– Oui.

– Elle est morte d'une crise cardiaque il y a quatre mois.

– Où est-elle morte ?

– Sur place. À la maison de repos.

– Où cela s'est-il produit ? Dans sa chambre, ou dans un endroit où il y avait d'autres personnes ? »

Brunetti n'employa pas le terme de *témoins* ; celui-ci ne lui vint même pas à l'esprit.

« Non, elle est morte pendant son sommeil. Paisiblement.

– Je vois », murmura Brunetti, surtout pour dire quelque chose. Il laissa s'écouler quelques secondes avant de reprendre la parole.

« Cette liste signifie-t-elle que vous pensez que ces personnes auraient pu mourir d'autre chose ? D'autre chose que ce qui est écrit en face de leur nom ? »

Elle leva les yeux vers lui, cette fois, et la surprise qu'il y lut l'intrigua. Pour qu'elle eût fait une démarche aussi difficile que de venir le voir, c'était forcément qu'elle en comprenait les implications.

De toute évidence afin de gagner du temps, elle répéta :

« D'autre chose ? »

Comme Brunetti gardait le silence, elle ajouta :

« La signora Cristanti n'avait jamais eu de problèmes cardiaques, jusque-là.

– Et les autres personnes de la liste mortes de crise cardiaque ou d'hémorragie cérébrale ?

– Le signor Lerini avait un passé de problèmes cardiaques. C'est tout. »

Brunetti consulta de nouveau la liste.

« La troisième femme, la signora Galasso... Elle n'avait jamais eu d'ennuis de santé, auparavant ? »

Au lieu de répondre, elle se mit à faire glisser un doigt le long du bord supérieur de son sac, machinalement.

« Maria », dit-il, marquant un temps d'arrêt pour lui donner le temps de relever la tête. Ce qu'elle fit au bout de quelques instants. « Je sais qu'il est très grave de porter de fausses accusations contre son voisin. » Elle sursauta, comme si elle entendait le démon lui citer la Bible. « Mais il est important de protéger le faible et celui qui est incapable de se protéger lui-même. » Brunetti ne se souvenait pas si ces prescriptions figuraient dans la Bible ; il estimait en revanche qu'elles auraient dû s'y trouver. Comme elle ne réagissait pas, il demanda : « Vous comprenez, Maria ? » Elle s'obstina dans son silence. « Êtes-vous d'accord ?

– Bien sûr, je suis d'accord, répondit-elle d'une voix tendue. Mais si je me trompe ? Si tout cela est le fruit de mon imagination, si rien n'est arrivé à ces personnes ?

– Dans ce cas-là, vous ne seriez probablement pas venue me voir. Et vous ne porteriez pas ce genre de vêtement. »

À peine les mots étaient-ils sortis de sa bouche qu'il se rendit compte du sens péjoratif qu'ils pouvaient prendre, alors qu'il faisait simplement allusion à sa décision de quitter le voile, et non au manque d'élégance de sa tenue.

Il repoussa la liste de côté et, dans un équivalent verbal de ce geste, changea de sujet de conversation.

« Quand avez-vous décidé de quitter les ordres ? »

Aurait-elle attendu cette question qu'elle n'aurait pas répondu plus vite.

« Après avoir parlé à la mère supérieure, répondit-elle, sa voix s'étranglant un peu à l'évocation de ce souvenir. Mais j'avais tout d'abord parlé à padre Pio, mon confesseur.

– Pouvez-vous me rapporter ce que vous leur avez déclaré ? »

Cela faisait très longtemps que Brunetti ne fréquentait plus l'Église, ses œuvres et ses pompes, si bien qu'il ne se souvenait plus exactement de ce que l'on pouvait répéter d'une confession, ou du châtiment encouru si on le faisait, mais il s'en rappelait toutefois assez pour savoir qu'en principe on ne devait jamais en parler.

« Oui... je crois que oui.

– Est-ce le même prêtre que celui qui disait la messe ?

– Oui. Il est membre de notre ordre, mais il ne réside pas sur place. Il vient deux fois par semaine.

– D'où ?

– De la maison mère, ici, à Venise. Il était aussi mon confesseur dans l'autre maison de repos. »

Brunetti vit qu'elle ne demandait pas mieux que d'entrer dans les détails afin de gagner du temps. Il demanda donc :

« Que lui avez-vous dit ? »

Elle ne répondit pas tout de suite, et Brunetti imagina qu'elle évoquait la conversation qu'elle avait eue avec son confesseur.

« Je lui ai parlé des personnes qui étaient mortes. »

Elle s'arrêta là-dessus et détourna le regard.

Lorsqu'il se rendit compte qu'elle n'allait rien ajouter, il demanda :

« N'avez-vous pas donné d'autres précisions ? Ne lui avez-vous pas parlé de leur argent, de leurs intentions ? »

Elle secoua la tête.

« Je ne savais pas tout, à ce moment-là. C'est-à-dire, ça ne m'était pas venu à l'esprit, je n'avais pas fait le rapprochement. J'étais simplement très troublée par ces décès, et c'est tout ce que je lui ai dit, que ces personnes étaient mortes.

– Et que vous a-t-il répondu ? »

Elle le regarda de nouveau.

« Qu'il ne comprenait pas. Je lui ai donc donné les détails. Les noms des personnes décédées et ce que je savais de leur passé médical, que la plupart étaient en bonne santé et étaient mortes soudainement. Il m'a écoutée attentivement et m'a demandé si j'étais bien sûre de ce que j'avançais. » D'un ton désinvolte, elle ajouta : « Les gens d'ici, parce que je suis sicilienne, croient que je suis une idiote. Ou une menteuse. »

Brunetti l'observa un instant, se demandant si cette remarque contenait un reproche ou un commentaire indirect de son propre comportement, mais il lui sembla que non. « J'ai l'impression qu'il trouvait ça tout simplement impossible à croire. Ensuite, comme j'insistais, disant que tant de morts n'étaient pas normales, reprit-elle, il m'a demandé si je me rendais compte du danger qu'il y avait à colporter ce genre de bruits. Du risque de calomnie. Je lui ai répondu que oui, et il m'a suggéré de prier pour être éclairée. » Elle s'arrêta.

« Et ensuite ?

– Je lui ai dit que j'avais prié, prié pendant des jours. Il m'a alors demandé si je me rendais compte de ce que je sous-entendais, de l'horreur que c'était. » Elle s'interrompit de nouveau, pour faire une parenthèse. « Il était choqué. Je crois qu'il n'arrivait pas à imaginer une telle possibilité. Le padre Pio est un homme très bon, il vit dans un autre monde. » Brunetti dut retenir un sourire en entendant cette remarque sortir de la bouche d'une personne qui venait de passer douze ans dans un couvent.

« Que s'est-il passé, ensuite ?

– J'ai demandé à parler à la mère supérieure.

– L'avez-vous fait ?

– Il a fallu deux jours, mais elle m'a finalement reçue un après-midi, après les vêpres. Je lui ai tout répété, comment ces personnes âgées étaient mortes. Elle n'a pas pu me cacher sa surprise. J'étais contente, car cela signifiait que le padre Pio ne lui avait rien dit. J'espérais bien qu'il ne dirait rien, mais ce que je lui avais raconté était si terrible, je me demandais... »

Sa voix mourut.

« Et alors ?

– Elle a refusé de me laisser parler. Elle a dit qu'il n'était pas question pour elle d'écouter de tels mensonges, que ce que je disais ferait du tort à l'ordre.

– Et ?

– Et elle m'a dit – elle m'a donné l'ordre, au nom de mon vœu d'obéissance, de garder un silence complet pendant un mois.

– Cela signifie, si j'ai bien compris, que vous avez dû rester un mois sans adresser la parole à quiconque ?

– Oui.

– Mais... et dans votre travail ? N'étiez-vous pas obligée de parler aux patients ?

– Je n'étais pas avec eux.

– Comment ça ?

– La mère supérieure m'a ordonné de rester tout le temps dans ma cellule, sauf quand je devais aller à la chapelle.

– Pendant un mois ?

– Deux.

– Quoi ?

– Deux, répéta-t-elle. À la fin du premier mois, elle est venue me voir dans ma cellule et m'a demandé si les prières et la méditation m'avaient montré le droit chemin. Je lui ai dit que j'avais prié et médité – c'était vrai –, mais que j'étais toujours troublée par cette série de décès. Elle a refusé de m'écouter et m'a ordonné de reprendre mon silence.

– L'avez-vous fait ? »

Elle acquiesça.

« Et ensuite ?

– J'ai passé la semaine suivante en prière, et c'est à ce moment-là que j'ai commencé à me souvenir de tout ce que les gens m'avaient dit, et de ce que la signorina Da Prè et la signora Cristanti m'avaient confié concernant leur héritage. Avant ça, je faisais tout pour ne pas penser à cette histoire mais, après, je ne pouvais plus m'empêcher de tout me rappeler. »

Brunetti songea à la quantité de choses dont elle avait pu se souvenir, après plus d'un mois passé dans la solitude et le silence.

« Qu'est-il arrivé à la fin du second mois ?

– La mère supérieure est revenue dans ma cellule et m'a demandé si j'avais retrouvé la raison. Je lui ai répondu que oui ; et d'une certaine manière, c'était vrai, je suppose. »

Elle se tut et adressa à Brunetti un petit sourire nerveux et malheureux.

« Et alors ?

– C'est là que je suis partie.

– Partie ? Juste comme ça ? »

Brunetti pensa aussitôt aux détails pratiques : les vêtements, l'argent, les transports. Les mêmes détails, bizarrement, que ceux des prisonniers sur le point d'être libérés.

« L'après-midi même, je suis sortie avec les visiteurs. Personne n'a eu l'air de trouver ça bizarre ; personne n'y a fait attention. J'ai demandé à une des femmes qui partaient si elle pouvait me dire où m'acheter des vêtements. Je n'avais sur moi, en tout et pour tout, que dix-sept mille lires. »

Comme elle s'arrêtait, une fois de plus, Brunetti lui demanda :

« Et vous a-t-elle renseignée ?

– Son père était l'un de mes patients, et elle me connaissait. Elle et son mari m'ont invitée à venir chez eux pour dîner. Je n'avais nulle part où aller, alors j'ai accepté. Ils habitent au Lido.

– Et ensuite ?

– Sur le bateau, je leur ai expliqué la décision que j'avais prise, sans parler des raisons qui m'y avaient poussée. Je ne suis pas sûre que je les connaissais moi-même, et je me demande même si je les connais à présent. Je ne voulais pas calomnier l'ordre, ni la maison de repos. Ce n'est pas ce que je fais en ce moment, n'est-ce pas ? »

Brunetti, pas trop sûr de la réponse, secoua néanmoins la

tête, et elle poursuivit son récit. « Tout ce que j'ai fait, c'est parler de ces morts à la mère supérieure ; je lui ai dit que je trouvais étrange qu'il y en ait autant. »

D'un ton parfaitement serein, Brunetti observa :

« J'ai lu quelque part qu'il arrivait que les personnes âgées meurent en série, sans raison apparente.

– Je vous en ai parlé, moi aussi. Quand je vous ai dit que c'était souvent après les vacances.

– Et l'explication ne pourrait pas être là ? »

Elle eut dans les yeux un éclair qui sembla bien être de colère au policier. « Bien sûr que si. Mais dans ce cas, pourquoi tenait-elle tant à ce que je me taise ?

– Je crois que vous me l'avez vous-même expliqué, Maria.

– Comment cela ?

– Les vœux que vous avez prononcés. L'obéissance. J'ignore l'importance que cela revêt à leurs yeux, mais c'était peut-être cela qui les inquiétait, plus que toute autre chose. » Elle ne réagit pas à cette observation. « Pensez-vous que ce soit possible ? » Comme elle ne répondait toujours pas, il demanda : « Et qu'est-ce qui s'est passé, ensuite ? Avec ces personnes du Lido ?

– Elles ont été très bonnes pour moi. Après le dîner, la dame m'a donné quelques-uns de ses vieux vêtements. (Elle écarta les mains pour montrer l'ensemble qu'elle portait.) J'ai logé chez eux pendant la première semaine, puis ils m'ont aidée à trouver ce travail à la clinique.

– Mais n'avez-vous pas eu besoin de papiers, pour être engagée ? »

Elle secoua la tête.

« Ils étaient tellement contents de trouver quelqu'un qu'ils n'ont pas posé la moindre question. Mais j'ai écrit dans la ville où je suis née pour demander qu'on m'envoie des copies de mon certificat de naissance et une carte d'identité. Si je dois retourner dans la vie civile, je suppose que j'en aurai besoin.

– Où les avez-vous fait adresser ? À la clinique ?

– Non, au domicile de ces personnes qui m'ont aidée. »

Elle avait dû percevoir la note d'inquiétude dans la voix

de Brunetti, car elle demanda : « Pourquoi me posez-vous la question ? »

Il eut un bref mouvement de dénégation et répondit : « Oh, simple curiosité. On ne sait jamais combien de temps peuvent prendre des démarches de ce genre. » C'était un mensonge éhonté, mais elle était restée si longtemps hors du monde qu'il y avait peu de risques pour qu'elle s'en rendît compte. « Êtes-vous encore en contact avec quelqu'un de la maison de repos ou de votre ordre ?

– Non. Avec personne.

– Savent-ils où vous êtes partie ? »

Elle secoua la tête.

« Je ne crois pas. Ils n'ont aucun moyen de l'apprendre.

– Ce couple du Lido n'aurait pas pu le leur dire ?

– Non. Je leur ai demandé de n'en parler à personne, et je crois qu'ils l'ont fait. » Puis elle se souvint de l'inquiétude qu'il avait déjà manifestée. « Pourquoi cette question ? »

Il ne vit pas de raison de ne pas lui expliquer au moins cela. « S'il y a la moindre vérité dans... » À ce moment-là, il se rendit compte qu'il n'était pas sûr du tout du nom qu'il fallait donner à la démarche de Maria ; il ne s'agissait certainement pas d'une accusation, tout au plus d'un commentaire sur une coïncidence. Il s'y prit autrement. « À cause de ce que vous venez de me raconter, il serait plus prudent de n'avoir aucun contact avec les gens de la maison de repos. » Il eut soudain conscience de tout ignorer des personnes en question. « Lorsque vous avez entendu ces vieilles femmes parler de leur argent, aviez-vous une idée à qui, précisément, elles comptaient faire un legs ?

– J'y ai pensé, dit-elle à voix basse, et je n'ai pas envie d'en parler.

– Je vous en prie, Maria ; j'estime que vous n'avez plus la liberté de choisir ce que vous pouvez dire ou ne pas dire sur cette affaire. »

Elle hocha la tête, mais très lentement, s'inclinant devant cette vérité, même si elle ne la trouvait pas à son goût.

« Elles auraient pu le laisser à la maison de repos elle-même ou au directeur. Ou encore à l'ordre.

– Qui est le directeur ?
– Le docteur Messini, Fabio Messini.
– Elles auraient pu le léguer à quelqu'un d'autre ? »
Elle réfléchit un instant.
« Au padre Pio, peut-être. Il est très bon pour les malades et tous l'aiment beaucoup. Mais je ne crois pas qu'il accepterait quoi que ce soit.
– Et la mère supérieure ?
– Non. Les règles de l'ordre nous interdisent de posséder la moindre chose. Interdisent aux femmes, exactement. »
Brunetti tira à lui une feuille de papier.
« Connaissez-vous le nom de famille du padre Pio ? »
Une réelle inquiétude se lut dans ses yeux.
« Vous n'allez tout de même pas aller lui parler, n'est-ce pas ?
– Non, je ne crois pas. J'aimerais cependant connaître son nom. Au cas où cela deviendrait nécessaire.
– Cavaletti.
– Savez-vous autre chose sur lui ? »
Elle secoua la tête.
« Non. Seulement qu'il vient deux fois par semaine pour entendre les confessions. Si quelqu'un est au plus mal, on le prévient pour qu'il lui apporte les derniers sacrements. J'ai rarement eu l'occasion de lui parler. En dehors du confessionnal, bien entendu... La dernière fois que je l'ai vu, c'était il y a un mois, environ ; le jour de la fête de la mère supérieure, le 20 février. »
Soudain ses lèvres se serrèrent et elle plissa les yeux, comme si elle venait d'être saisie d'une brusque douleur. Brunetti se pencha en avant, craignant qu'elle ne s'évanouisse.
Elle ouvrit les yeux et le regarda, levant une main pour l'arrêter.
« N'est-ce pas bizarre ? Que je me souvienne de la date de sa fête ? » Elle détourna un instant les yeux et revint sur lui. « Je ne connais même pas ma propre date de naissance. Seulement celle de ma fête, Immacolata, le 8 décembre. »
Elle secoua la tête, de tristesse ou d'étonnement, Brunetti

n'aurait su dire. « C'est comme si un grand pan de moi-même avait cessé d'exister pendant toutes ces années, avait été annulé. Je ne me rappelle même plus la date de mon propre anniversaire !

– Vous pourriez peut-être choisir le jour où vous avez quitté le couvent », suggéra-t-il avec un sourire, pour signifier qu'il disait cela avec gentillesse.

Elle soutint son regard pendant quelques instants puis porta deux doigts à son front et se le frotta, les yeux baissés. « *La Vita Nuova* », murmura-t-elle, plus pour elle-même que pour lui. « Je l'apprendrai par les papiers, de toute façon. » Elle se leva brusquement. « Je crois que je vais vous laisser, à présent, commissaire. » Il y avait moins de calme dans ses yeux que dans sa voix, si bien que Brunetti se garda de vouloir la retenir.

« Pouvez-vous me donner le nom de la pension où vous êtes descendue ?

– *La Pergola*.

– Au Lido ?

– Oui.

– Et celui des gens qui vous ont aidée ?

– Pourquoi le voulez-vous ? demanda-t-elle, une réelle inquiétude dans la voix.

– Parce que j'aime bien savoir les choses, répondit-il honnêtement.

– Sassi, Vittorio Sassi. Via Morosini, au 11.

– Merci. »

Il ne nota pas ces informations. Elle se tourna vers la porte et un instant, il pensa qu'elle allait lui demander ce qu'il comptait faire de ses confidences, mais elle ne dit rien. Il se leva alors et fit le tour de son bureau, espérant au moins lui ouvrir la porte, mais elle fut plus rapide que lui. Elle tourna la tête, lui adressant un dernier regard, sans sourire. Puis elle quitta la pièce.

2

BRUNETTI REPRIT LA CONTEMPLATION de ses souliers mais, cette fois-ci, ils ne le distrayaient plus. Comme une divinité tutélaire, sa mère vint occuper ses pensées – sa mère qui, depuis des années, naviguait sur des eaux qu'aucune exploration ne pourrait sonder, celles de la folie. Des bouffées de peur pour sa sécurité le saisissaient par instant, bien qu'il sût parfaitement qu'il ne lui restait qu'un seul havre sûr, final, absolu, qu'elle pût atteindre, et qu'il s'efforçât de penser à autre chose. Il se trouvait malgré lui entraîné vers les souvenirs de ces six dernières années, qu'il égrenait comme les perles de quelque épouvantable rosaire.

D'un coup de pied brusque, violent, il referma le tiroir et se leva. Suor'Immacolata – il n'arrivait pas encore à penser à elle autrement que sous ce nom – l'avait assuré que sa mère ne courait aucun danger ; il n'avait d'ailleurs aucune preuve que quelqu'un courût un danger quelconque. Les personnes âgées meurent, et c'est souvent une libération pour elles et pour leur entourage, comme cela le serait pour... Il revint à son bureau prendre la liste laissée par Maria, et parcourut de nouveau les noms et les âges.

Il se mit à envisager des moyens pour en apprendre davantage sur ces personnes, sur leur vie et sur leur mort. Suor'Immacolata avait aussi inscrit la date des décès, ce qui pouvait le conduire aux certificats de décès de la préfecture, première étape dans un labyrinthe bureaucratique qui finirait par aboutir à des doubles de leurs testaments. Impalpable : il fallait que sa curiosité fût impalpable comme l'air, que ses questions fussent aussi délicates que le contact d'une moustache de chat. Il tenta de se rappeler quand il avait pu dire à Suor'Immacolata qu'il était commissaire de police. Peut-être lors d'un de ces longs après-midi pendant lesquels sa mère le laissait la tenir par la main, mais seulement si la jeune femme qui était sa préférée restait dans la chambre avec eux. La mère de Brunetti était capable de garder le silence des heures durant, fredonnant un air sans mélodie pour elle-même, et il fallait bien qu'ils se disent quelque chose, la religieuse et lui. Comme si l'habit qu'elle portait l'avait amputée d'une partie de sa personnalité, Suor'Immacolata ne lui avait jamais rien confié sur elle-même, pour autant qu'il s'en souvenait en tout cas, si bien que c'était en de tels moments qu'il avait dû lui dire ce qu'il faisait, désespérant de trouver un sujet de conversation pour donner un minimum de contenu à ces heures interminables et confuses. Elle l'avait écouté et elle s'était souvenue de ce qu'il avait dit, si bien qu'elle était venue le voir, un an plus tard, pour lui confier son histoire et ses peurs.

Quelques années auparavant, il aurait trouvé difficile, voire impossible, que les gens pussent faire certaines choses. Il avait jadis cru, ou peut-être s'était-il efforcé de croire, qu'il y avait des limites aux vices humains. Peu à peu, à force d'être confronté à des exemples de crimes toujours plus horribles, à force de voir jusqu'où pouvaient aller certains pour assouvir leurs diverses passions malsaines – la cupidité étant la plus commune, mais pas forcément celle qui faisait faire les pires choses –, cette marée avait fini par dissiper l'illusion, au point qu'il arrivait parfois à se sentir comme ce roi irlandais légèrement timbré (celui dont il n'arrivait jamais à prononcer correctement le nom) qui, rendu fou de rage par le défi que lui lançaient les flots montants, battait l'océan de son épée.

Il n'éprouvait donc aucune surprise à l'idée que l'on pût tuer des personnes âgées pour s'emparer de leurs biens ; ce qui l'étonnait davantage était plutôt le problème technique, car on voyait bien, au premier coup d'œil, que le risque d'erreur et d'être découvert était grand.

Il avait aussi appris, durant toutes ces années où il avait exercé la profession de policier, que la piste la plus importante à remonter était celle laissée par l'argent. L'endroit d'où elle partait ne posait en général aucun problème : la personne à qui on avait subtilisé l'argent, par la force ou par la ruse. Celui où elle aboutissait, en revanche, était beaucoup plus difficile à trouver ; or il s'agissait là d'un point vital, puisque c'était en le découvrant qu'on connaîtrait la personne qui avait employé la ruse ou la force. *Cui bono ?* Telle était la question.

Si Suor'Immacolata avait raison – il s'obligea à penser au conditionnel –, alors la première chose qu'il devait trouver était la fin de la piste, et pour cela il fallait prendre connaissance des testaments.

La signorina Elettra était à son bureau et, à la surprise de Brunetti, en train de travailler sur son ordinateur – presque comme s'il s'était attendu à la trouver occupée à lire le journal ou à remplir des mots croisés, manière de célébrer l'absence prolongée de Patta.

« Signorina, qu'est-ce que vous savez, en matière de testament ?

– Que je n'en ai pas fait », répondit-elle avec désinvolture, par-dessus son épaule mais en lui adressant en même temps un sourire, comme si la question n'avait rien de sérieux, attitude tout à fait normale lorsqu'on a à peine trente ans.

Et puissiez-vous n'avoir jamais à en faire un, pensa Brunetti dans son for intérieur. Il lui rendit son sourire, puis reprit une expression sérieuse.

« Et sur les testaments faits par les autres ? »

En voyant son changement d'attitude, elle fit pivoter son siège pour lui faire face, attendant des explications.

« Voilà... J'aimerais savoir ce que contenaient les testaments de cinq personnes qui sont mortes, cette année, dans la maison de retraite de San Leonardo.

– Étaient-elles résidentes de Venise ?

– Je l'ignore. Pourquoi ? C'est important ?

– Les testaments sont rendus publics par le notaire qui les a établis, indépendamment du lieu où la personne est décédée. Si les testaments ont été rédigés ici, à Venise, il me suffit d'avoir le nom du notaire.

– Et si je ne dispose pas de ce renseignement ?

– Cela rendra les choses plus difficiles.

– Plus difficiles ? »

Elle garda son sourire et le même ton léger.

« Le fait que vous n'ayez pas contacté les héritiers pour demander ces copies, commissaire, m'incite à croire que vous ne tenez pas à ce qu'on sache que vous vous y intéressez. (Nouveau sourire.) Des doubles sont conservés dans un service central. Leurs dossiers ont été mis sur ordinateur il y a deux ans, et donc, de ce côté-là, il n'y a aucun problème. Mais si le notaire qui les a établis habite un trou perdu de province qui ne connaît pas encore l'ordinateur, les choses seront plus compliquées.

– S'ils ont été enregistrés ici, pouvez-vous avoir l'information ?

– Évidemment.

– Comment ? »

Elle baissa les yeux sur sa jupe et en chassa une poussière invisible.

« J'ai bien peur que ce ne soit pas très légal.

– Comment ça, pas très légal ?

– Eh bien, cette façon d'obtenir des informations.

– C'est-à-dire ?

– Je ne suis pas sûre que vous pourriez comprendre, commissaire, ou que je serais capable de bien vous l'expliquer, mais on a des moyens de décrypter les codes qui donnent accès à la plupart de toutes les informations. Et plus ces informations sont publiques, comme celles qui émanent de la préfecture et des archives municipales, plus il est facile de découvrir leur code. Et une fois qu'on le détient, c'est comme si... si les responsables de ces services étaient rentrés chez eux en laissant la porte grande ouverte et les lumières allumées.

– Et c'est vrai de tous les organismes d'État ? demanda-t-il, mal à l'aise.

– Je ne suis pas sûre que vous ayez envie de connaître la réponse à cette question. »

Elle ne souriait plus, à présent.

« Dans quelle mesure est-il facile d'obtenir l'information que je vous demande ?

– C'est directement proportionnel au savoir-faire et aux capacités de la personne qui la recherche.

– Et quelles sont vos capacités en la matière, signorina ? »

La question provoqua un nouveau sourire, mais à peine esquissé.

« Je préférerais ne pas vous répondre, commissaire. »

Brunetti étudia les contours délicats de son visage, remarquant pour la première fois deux fines rides qui lui prolongeaient le coin des yeux, résultat, sans aucun doute, de sourires trop fréquents, et trouva difficile de croire qu'il avait devant lui une personne connaissant parfaitement les moyens d'enfreindre la loi, mais aussi, selon toute vraisemblance, bien décidée à les utiliser.

Sans avoir la moindre pensée pour le serment qu'il avait prêté en prenant sa charge, le policier demanda :

« Mais si ces personnes vivaient ici, pourriez-vous avoir l'information ? »

La manière dont elle s'efforça de chasser toute trace de fierté dans sa voix ne lui échappa pas. « Les archives du bureau des enregistrements, commissaire ? »

Amusé par la condescendance avec laquelle l'ancienne employée de la Banca d'Italia parlait d'un vulgaire service de l'État, il acquiesça.

« Vous aurez les noms des principaux héritiers après le déjeuner, commissaire. Il faudra peut-être attendre un jour ou deux pour avoir les doubles des testaments. »

Il faut vraiment être jeune et séduisant pour se permettre de faire un tel numéro, pensa Brunetti. « Après le déjeuner, ce sera parfait, signorina. » Il lui laissa la liste de Maria Testa et regagna son bureau.

Une fois assis, il étudia les noms qu'il avait notés : ceux du docteur Fabio Messini et du padre Pio Cavaletti. Aucun des deux ne lui était familier mais, dans une ville aussi socialement incestueuse que Venise, ce détail importait peu lorsqu'on recherchait une information.

Il téléphona à la grande salle des policiers en tenue. « Pourrais-tu monter un moment, Vianello ? Prends Miotti avec toi, d'accord ? » En attendant, Brunetti se mit à dessiner une rangée de petits carreaux sous les noms, et ce n'est que lorsque les deux hommes arrivèrent qu'il se rendit compte qu'il faisait une forme de croix. Il posa son stylo et leur fit signe de s'asseoir en face de lui.

Lorsque Vianello s'installa sur sa chaise, sa veste d'uniforme déboutonnée s'ouvrit et Brunetti remarqua qu'il paraissait plus mince qu'il ne l'était pendant l'hiver.

« Tu suis un régime, Vianello ?

– Non, monsieur, répondit le sergent, surpris que son supérieur eût remarqué le changement. L'exercice.

– Quoi ? »

Brunetti, pour qui la seule idée d'exercice confinait à l'obscénité, ne chercha pas à cacher qu'il n'en revenait pas.

« Oui, reprit Vianello, je m'entraîne. Je passe environ une demi-heure à la *palestra* le soir, en sortant du travail.

– Et tu y fais quoi, au juste ?

– Des exercices.

– Tu y vas souvent ?

– Aussi souvent que je peux, répondit Vianello, soudain évasif.

– C'est-à-dire ?

– Trois ou quatre fois par semaine. »

Miotti ne disait rien, sur sa chaise, sa tête allant de l'un à l'autre des interlocuteurs pour suivre le déroulement de cet étrange dialogue. Était-ce ainsi qu'on luttait contre le crime ?

« Mais que fais-tu exactement quand tu es là-bas ?

– Je m'entraîne, monsieur », répondit le sergent en appuyant sur le verbe avec énergie.

Du coup intéressé, même si ce n'était pas sans perversité, Brunetti se pencha en avant, coudes sur le bureau, le menton dans une main.

« Oui, mais comment ? Tu cours sur place, tu grimpes à la corde ?

– Non, monsieur, on s'entraîne avec des machines.

– Quel genre de machines ?

– Des machines d'exercice. »

Brunetti se tourna vers Miotti qui, étant jeune, comprenait peut-être de quoi il retournait. Mais Miotti, que sa seule jeunesse maintenait en forme, se détourna pour regarder Vianello.

« Eh bien, en tout cas, fit Brunetti lorsqu'il devint évident que le sergent n'avait pas envie d'en dire davantage, ça te réussit très bien.

– Merci, monsieur. Vous devriez peut-être penser à essayer vous-même, un jour. »

Rentrant le ventre et se redressant sur son siège, Brunetti revint au problème qui l'intéressait.

« Dis-moi, Miotti, ton frère est bien prêtre, n'est-ce pas ?

– Oui, monsieur, répondit le jeune policier, de toute évidence surpris que son supérieur soit au courant de ce détail.

– Dans quel ordre ?

– Il est dominicain, monsieur.

– Ici, à Venise ?

– Non, monsieur. Il y est resté quatre ans, puis on l'a envoyé à Novare, il y a trois ans, comme professeur dans une école de garçons.

– Es-tu resté en contact avec lui ?

– Oui, monsieur. On se parle à peu près toutes les semaines et on se voit trois ou quatre fois par an.

– Bien. La prochaine fois que tu lui parleras, j'aimerais que tu lui demandes quelque chose.

– À quel sujet, monsieur ? »

Miotti prit un calepin et un stylo dans sa veste, faisant plaisir à Brunetti en ne demandant pas pour quelle raison il devait interroger son frère.

« J'aimerais savoir s'il sait quelque chose sur le padre Pio Cavaletti. Il est membre de l'ordre de la Sainte-Croix, ici, à Venise. »

Brunetti vit les sourcils de Vianello se soulever, mais le sergent garda néanmoins le silence, restant attentif.

« Y a-t-il quelque chose de particulier que vous aimeriez savoir, monsieur ?

– Non. Qu'il te dise simplement tout ce qu'il sait sur lui, tout ce dont il se souvient. »

Miotti fut sur le point d'objecter quelque chose, se ravisa, hésita, puis demanda :

« Ne pouvez-vous m'en dire un peu plus, monsieur? Quelque chose que je pourrais expliquer à mon frère?

– Le padre Pio est chapelain de la maison de repos qui se trouve à côté de l'hôpital Giustiniani; c'est tout ce que je sais de lui. » Miotti continua à écrire sans relever la tête et Brunetti lui demanda : « Toi-même, sais-tu quelque chose sur cet homme, Miotti? »

Le jeune policier leva les yeux.

« Non, monsieur. Je n'ai jamais eu beaucoup de contacts avec les amis de mon frère dans le clergé. »

Le commissaire réagit davantage au ton qu'à la réplique.

« Y a-t-il une raison particulière pour cela? »

Au lieu de répondre, Miotti secoua négativement la tête, d'un mouvement rapide, puis plongea le nez dans son calepin, ajoutant quelques mots à ce qu'il venait d'écrire.

Profitant de ce que le jeune homme avait la tête baissée, Brunetti regarda Vianello, mais le sergent se contenta d'un haussement d'épaules presque imperceptible. Brunetti, d'une mimique (il agrandit brièvement les yeux en regardant Miotti), indiqua qu'il aimerait savoir les raisons des réticences exprimées par le jeune policier et Vianello lui répondit sur le même mode, en hochant la tête.

« Autre chose, monsieur? demanda Vianello.

– Je devrais avoir cet après-midi les noms de personnes que j'aimerais rencontrer pour leur parler. »

Brunetti avait répondu à la question en pensant surtout aux doubles des testaments que lui avait promis la signorina Elettra.

« Souhaitez-vous que je vous accompagne, monsieur? »

Brunetti acquiesça. « Seize heures », décida-t-il, pensant que cela lui donnerait tout le temps de revenir de déjeuner. « Bien. Je crois que c'est tout pour le moment. Je vous remercie tous les deux.

– Je passerai vous prendre », dit Vianello.

Laissant son jeune collègue se diriger vers la porte, le sergent eut, à l'intention de Brunetti, un mouvement du menton en direction de Miotti. S'il y avait quelque chose à découvrir sur la répugnance que Miotti semblait éprouver pour les amis prêtres de son frère, Vianello l'aurait trouvé d'ici seize heures.

Après leur départ, Brunetti ouvrit un tiroir et en tira l'annuaire des pages jaunes. Il chercha le nom de Messini dans la liste des médecins de Venise, mais il n'y figurait pas. Prenant l'annuaire normal, il trouva trois Messini dans la ville, cependant, dont un Fabio, médecin, dans le quartier de Dorsoduro. Il releva l'adresse et le numéro de téléphone puis décrocha son combiné pour composer de mémoire un autre numéro.

Il n'attendit que trois sonneries et une voix d'homme lui répondit.

« Ciao, Lele, dit Brunetti, qui avait tout de suite reconnu la voix bourrue du peintre. Dis-moi, je t'appelle à propos d'un de tes voisins, le docteur Fabio Messini. Ça te dit quelque chose ? »

Si quelqu'un habitait dans le quartier Dorsoduro, Lele Bortoluzzi, dont la famille était vénitienne depuis l'époque des Croisades, en avait certainement entendu parler.

« Celui avec l'Afghane ?

– Une femme ou une chienne ? demanda Brunetti en riant.

– Si c'est celui auquel je pense, la femme est romaine et la chienne afghane. Une superbe créature, très élégante. Tout comme la femme, d'ailleurs. Je la vois passer devant la galerie au moins une fois par jour.

– Le Messini que je cherche possède une maison de retraite médicalisée, près de Giustiniani. »

Lele, qui savait décidément tout, demanda :

« C'est bien lui qui dirige aussi la maison où se trouve Regina, n'est-ce pas ?

– Oui.

– Comment va-t-elle, Guido ? »

Lele, qui avait seulement quelques années de moins que la mère de Brunetti, avait connu celle-ci toute sa vie, et avait été l'un des meilleurs amis de son mari.

« Toujours pareil, Lele.

– Dieu la prenne en pitié, Guido. Je suis désolé.

– Merci. » Il n'y avait rien d'autre à répondre. « Et alors, ce Messini ?

– Pour autant que je m'en souvienne, il a commencé avec un service d'ambulance, il y a environ vingt ans. Puis, après avoir épousé sa Romaine, Claudia, il a investi l'argent de celle-ci dans la maison de repos. Après quoi il a cessé d'avoir une clientèle privée. Il me semble, en tout cas. À l'heure actuelle, je crois qu'il est le directeur de quatre ou cinq établissements du même genre.

– Le connais-tu ?

– Non. Je l'aperçois seulement de temps en temps. Beaucoup moins souvent que sa femme, c'est certain.

– Comment sais-tu qu'elle est sa femme, au fait ?

– Elle m'a acheté quelques toiles au cours des années. Elle me plaît bien. C'est une femme intelligente.

– Et une personne de goût quand il est question de peinture, n'est-ce pas ? »

Lele éclata de rire.

« La modestie m'interdit de répondre.

– Y a-t-il des choses qu'on raconterait sur lui ? Ou sur eux ? »

Il y eut un silence prolongé, au bout duquel Lele répondit :

« Non, je n'ai rien entendu dire. Mais je peux me renseigner, si tu veux.

– D'accord, mais fais attention à ne pas éveiller les soupçons, le mit en garde Brunetti, tout en sachant que la recommandation était inutile.

– Je serai d'une discrétion de valet de chambre anglais.

– J'apprécie, Lele, j'apprécie.

– Cela n'a pas quelque chose à voir avec Regina, par hasard ?

– Non, rien.

– Bien. C'était une femme merveilleuse, Guido. »

Puis, comme s'il venait juste de se rendre compte qu'il avait parlé d'elle au passé, il ajouta précipitamment :

« Je t'appellerai si j'apprends quoi que ce soit.

– Merci, Lele. »

Il fut sur le point de lui répéter d'être discret, mais il

songea que quiconque ayant pu réussir aussi bien dans le marché de l'art et des antiquités à Venise avait dû faire de la discrétion une seconde nature, si bien qu'il se contenta d'un rapide au revoir.

Midi était encore loin, mais Brunetti se sentit attiré hors de son bureau par le parfum de printemps qui assiégeait la ville depuis une semaine. Sans compter qu'il était le patron et qu'il pouvait décider de partir s'il en avait envie, non ? Il ne se sentit pas non plus obligé de s'arrêter au bureau de la signorina Elettra pour lui dire qu'il quittait la questure ; elle devait être plongée jusqu'au cou dans son tripotage informatique « illégal », et comme il ne tenait pas à s'en mêler et encore moins, pour tout dire, à jouer la mouche du coche, il ne la dérangea pas et prit la direction du Rialto et de son domicile.

Il faisait froid et humide lorsqu'il avait quitté l'appartement, le matin même, mais à présent, avec la chaleur du jour, son veston et son manteau lui tenaient trop chaud. Il déboutonna les deux, dénoua son foulard et le mit dans une poche ; mais cela ne suffit pas, et il sentit les premières gouttes de sueur de l'année perler dans son dos. Il avait l'impression d'être emprisonné par son costume de laine, puis lui vint la pensée sournoise et perverse que pantalon et veston le serraient davantage qu'au début de l'hiver, quand il avait enfilé ce costume pour la première fois. Arrivé au pont du Rialto, saisi d'un soudain besoin de dépenser son énergie, il prit le pas de gymnastique pour escalader les marches. Au bout d'une douzaine, essoufflé, il dut reprendre une progression normale. Au sommet, il s'arrêta pour regarder vers la gauche, en direction de la courbe du Grand Canal qui aboutissait au palais des Doges et à San Marco. Le soleil se reflétait violemment sur l'eau, où les premières mouettes à tête noire de la saison se laissaient porter par le courant.

Ayant retrouvé son souffle, il descendit de l'autre côté, d'une humeur rendue tellement joyeuse par la douceur du jour qu'il en oubliait d'éprouver le ressentiment habituel à l'égard des rues encombrées et de la masse grouillante des touristes. Il passa entre deux rangées d'éventaires où s'étalaient fruits et légumes, vit que les premières asperges étaient arrivées et se demanda s'il pourrait persuader Paola d'en acheter. Un coup d'œil à l'étiquette lui suffit pour comprendre qu'il devait y renoncer, au moins pour une semaine, et attendre qu'elles inondent le marché et que leur prix fût diminué de moitié. En chemin, il examina les légumes, compara les prix, échangea des salutations avec des personnes qu'il connaissait. Sur le dernier éventaire à droite, il aperçut une feuille qu'il connaissait bien et s'en approcha pour l'étudier de plus près.

« Ce sont bien des *puntarelle* ? demanda-t-il, surpris qu'elles puissent être aussi précoces.

– Oui, et les plus belles que vous pourrez trouver au Rialto, l'assura le vendeur, le visage empourpré par les grandes quantités de vin qu'il buvait depuis des années. Six mille le kilo, vraiment pas cher. »

Brunetti préféra s'abstenir de réagir devant cette énormité. Quand il était enfant, la *puntarella* coûtait quelques centaines de lires au kilo, tout au plus, et peu de gens en consommaient ; on en achetait d'ailleurs souvent pour la donner à manger aux lapins élevés clandestinement dans les cours ou les jardins.

« Donnez-m'en une livre », dit Brunetti en sortant quelques billets de sa poche.

Le vendeur se pencha sur les piles de légumes disposées devant lui et saisit une pleine poignée des feuilles vertes odorantes. Tel un magicien, il fit sortir un rectangle de papier brun de nulle part, le posa sur sa balance, laissa tomber les feuilles vertes dedans, puis emballa le tout en quelques gestes précis et rapides. Il posa le paquet sur un cageot de petites courgettes et tendit sa main ouverte. Brunetti lui donna trois billets de mille lires, ne demanda pas de sac en plastique et poursuivit son chemin.

À la hauteur de l'horloge placée haut sur un mur, il tourna à gauche et prit la direction de San Aponal et de son domicile. Sans même y penser, il tourna ensuite à droite et entra au *Do Mori*, où il dégusta une fine tranche de jambon enroulée autour d'un gressin, qu'il accompagna d'un verre de chardonnay pour faire passer le goût salé de la viande.

Quelques minutes plus tard, et à nouveau essoufflé d'avoir escaladé les quatre-vingt-dix marches conduisant chez lui, il ouvrait la porte de l'appartement pour être salué par un mélange d'arômes qui lui réjouissait l'âme et parlait de foyer, de famille et de joie.

En dépit du parfum entêtant d'ail et d'oignon qui régnait, lui faisant savoir que sa femme était à la maison, Brunetti cria :

« Paola, es-tu là ? »

Un *Si!* formidable lui répondit de la cuisine, et il prit aussitôt cette direction, par le couloir. Il posa son paquet sur la table et traversa la pièce pour l'embrasser et regarder ce qui cuisait dans la poêle.

De minces bandes jaunes et rouges de poivron mijotaient dans une épaisse sauce tomate d'où montait la senteur grasse de la saucisse.

« Des tagliatelles ? » demanda-t-il – ses pâtes fraîches préférées.

Elle sourit et se pencha pour remuer le mélange. « Bien sûr. » Puis, se tournant, elle vit le paquet posé sur la table. « Qu'est-ce que c'est ?

– De la puntarella. J'ai pensé qu'on pourrait la faire en salade avec une sauce à l'anchois.

– Excellente idée ! dit-elle avec ravissement. Et où l'as-tu trouvée ?

– Chez le type qui bat sa femme.

– Pardon ? demanda-t-elle, interloquée.

– Le dernier sur la droite, quand tu prends la direction du marché aux poissons, celui qui a le nez enflammé de couperose.

– Il bat sa femme ?

– Eh bien, il s'est retrouvé à plusieurs reprises à la questure. Mais elle retire toujours sa plainte une fois qu'il a dessoûlé. »

Brunetti l'observa pendant qu'elle passait mentalement en revue la rangée des vendeurs, sur le côté droit du marché.

« La femme à la veste de vison ? demanda-t-elle finalement.
– Exactement.
– Je ne le savais pas. »
Il haussa les épaules.
« Et vous ne pouvez rien y faire ? »
Comme il avait faim et que la discussion risquait de retarder le moment où ils passeraient à table, il fut laconique.
« Non. Ça ne nous regarde pas. »
Il se débarrassa de son manteau et de son veston en les posant sur le dossier d'une chaise et alla jusqu'au réfrigérateur pour y prendre du vin. Comme il passait derrière elle pour attraper un verre, il murmura :
« Hum, ça sent bon.
– Alors comme ça, cela ne vous regarde pas ? » demanda-t-elle d'un ton qui disait, comme le lui avait appris une longue expérience, qu'elle venait de trouver une nouvelle Cause, avec un C majuscule.
– Non, à moins qu'elle dépose une plainte en bonne et due forme, ce qu'elle a toujours refusé de faire.
– Elle a peut-être peur de lui.
– Voyons, Paola, observa-t-il, regrettant de ne pas avoir su éviter ce sujet, elle en fait deux comme lui ; elle doit peser au moins cent kilos. Je suis sûr qu'elle pourrait l'expédier par la fenêtre, si elle voulait.
– Mais ? fit-elle, comme si elle ne faisait qu'anticiper ce qu'il allait dire.
– Mais je dirais qu'elle ne le veut pas. Ils se disputent, les choses prennent des proportions incontrôlables et elle nous appelle. »
Il remplit un verre et en but une gorgée, espérant que l'affaire était close.
« Et alors ? insista Paola.
– Alors nous y allons, nous le ramenons à la questure et on le garde au frais jusqu'à ce qu'elle vienne le chercher, le lendemain matin. La même scène se reproduit environ tous les six mois, mais on n'a jamais vu de traces sérieuses de violence sur elle, et elle paraît très contente de le ramener à la maison. »

Paola resta un moment plongée dans ses pensées, se contentant finalement de remarquer :

« Étrange, non ?

– Très », admit Brunetti, sa longue expérience lui faisant comprendre que, cette fois, elle avait décidé de laisser tomber le sujet.

Quand il reprit son manteau et son veston pour aller les ranger dans l'entrée, il aperçut une enveloppe de papier bulle posée sur la table.

« Ce sont les notes de Chiara ? » demanda-t-il en tendant la main.

Paola marmonna quelque chose qui pouvait passer pour un oui et ajouta du sel à l'eau qui bouillait dans une casserole.

« Comment sont-elles, bonnes ?

– Excellentes partout, sauf dans une matière.

– L'éducation physique ? » avança-t-il, très intrigué, car Chiara s'était catapultée en tête de sa classe dès son entrée dans le secondaire, et y campait fermement depuis six ans. Comme lui, cependant, sa fille préférait traîner que faire du sport, si bien que l'éducation physique était le seul domaine dans lequel il pouvait imaginer qu'elle décrochât des mauvaises notes.

Il ouvrit l'enveloppe, en retira la feuille de résultats, et la parcourut rapidement.

« En instruction religieuse ? demanda-t-il. Comment ça, en instruction religieuse ? »

Paola ne répondit rien, et il se mit du coup à lire l'explication ajoutée par le professeur pour justifier son appréciation : « Insuffisant ».

« "Pose trop de questions", lut-il. Puis : "comportement néfaste". Qu'est-ce que cela veut dire ? voulut-il savoir en tendant la feuille vers Paola.

– Il faudra que tu le lui demandes quand elle rentrera à la maison.

– Elle n'est pas encore là ? »

Sur quoi il se prit à imaginer – du pur délire – que Chiara se cachait quelque part à cause de cette mauvaise note et refusait de rentrer à la maison. Il consulta sa montre et vit qu'il était encore tôt ; elle ne serait pas là avant un quart d'heure.

Paola, qui mettait le couvert, le repoussa doucement de côté d'un mouvement de la hanche.

« Est-ce qu'elle t'en a déjà parlé ? demanda-t-il en lui faisant place.

– Pas particulièrement. Elle m'a dit qu'elle n'aimait pas le prêtre, mais pas pour quelle raison. Et je ne le lui ai pas demandé.

– Un prêtre de quel genre ? voulut savoir Brunetti, qui tira une chaise et s'assit à sa place habituelle.

– Que veux-tu dire par "quel genre" ?

– Fait-il partie, comment dit-on déjà, du clergé séculier, ou appartient-il à un ordre ?

– Il me semble que c'est un curé, puisqu'il vient de l'église qui est à côté de l'école, celle de la paroisse.

– San Polo ?

– Oui. »

Pendant cet échange, Brunetti avait continué à lire les commentaires des autres professeurs, qui tous faisaient l'éloge de Chiara, de son intelligence et de son ardeur au travail. Son professeur de mathématiques voyait en elle une « élève extraordinairement douée, ayant le don des mathématiques » ; quant à son professeur d'italien, il parlait de « l'élégance » de la prose de la jeune fille. Aucun de ces commentaires ne comportait de bémol ni de trace de cette tendance bien naturelle des enseignants à faire des mises en garde sévères pour pallier les risques de crise de vanité que de tels compliments, en général, ne manquaient pas de susciter.

« Je ne comprends pas », dit Brunetti en remettant la feuille dans son enveloppe et en laissant tomber le tout sur la table. Il réfléchit quelques instants, cherchant comment formuler sa question, puis demanda :

« Tu ne lui as rien dit de spécial, n'est-ce pas ? »

Paola était connue à de nombreux titres, dans le vaste cercle de leurs amis, et pour des raisons variant d'ailleurs parfois des uns aux autres, mais elle était universellement considérée comme *una mangia-preti*, une bouffeuse de curés. Cette rage anticléricale qui explosait parfois, et de manière inattendue, prenait encore Brunetti par surprise, alors même qu'il y avait beau temps que rien de ce que Paola faisait ou disait n'arrivait pratiquement plus à le surprendre. Mais ce thème était un vrai chiffon rouge qu'il suffisait d'agiter sous son nez pour qu'elle se lance – sans le moindre avertissement et pratiquement à coup sûr – dans une diatribe fulminante.

« Tu sais bien que j'ai donné mon accord », dit-elle en se détournant de son fourneau pour lui faire face. Brunetti avait été très étonné, jadis, lorsque Paola avait accepté presque sans discuter que, comme le lui suggérait sa famille, ses enfants fussent baptisés et suivissent les cours d'instruction religieuse en classe. « C'est quelque chose qui fait partie de la culture occidentale », expliquait-elle souvent, d'un ton neutre qui glaçait. Pas idiots, les enfants avaient rapidement compris qu'il ne fallait pas s'adresser à Paola pour les questions touchant à la religion, même s'ils savaient aussi que ses connaissances en matière d'histoire ecclésiastique et de disputes religieuses étaient virtuellement encyclopédiques. Son élucidation des fondements théologiques de l'hérésie arianiste était un modèle académique d'analyse objective et d'attention aux détails ; en revanche, sa dénonciation des siècles de massacres qui avaient résulté des conflits d'opinion en matière religieuse manquait totalement, pour employer un euphémisme, de modération.

Pendant toutes ces années, elle avait tenu parole et n'avait jamais ouvertement parlé en mal du christianisme, ni d'ailleurs d'aucune religion, en tout cas pas devant les enfants. Si bien que l'antipathie pour la religion ou les idées qui avaient pu pousser Chiara à avoir un « comportement néfaste » ne pouvaient venir de ce que Paola avait pu déclarer – au moins officiellement.

Tous les deux se tournèrent au bruit de la porte qui s'ouvrait, mais c'était Raffi qui arrivait, et non Chiara. « Ciao, maman ! » lança-t-il tout en allant dans sa chambre poser ses livres. « Ciao, papa. » Peu après, il fit son entrée dans la cuisine. Il se pencha pour embrasser Paola sur la joue et

Brunetti, qui était toujours assis, voyant son fils sous une perspective différente, constata qu'il avait encore grandi.

L'adolescent souleva le couvercle sous lequel mijotaient les poivrons et, à la vue du contenu, embrassa de nouveau sa mère.

« Je meurs de faim, maman. Quand est-ce qu'on mange ?

– Dès que ta sœur sera arrivée », lui répondit-elle, baissant la flamme sous la casserole dans laquelle l'eau commençait à bouillir.

Raffi remonta sa manche pour consulter sa montre.

« Tu sais qu'elle est toujours à l'heure. Elle va franchir cette porte dans sept minutes exactement ; tu devrais mettre les pâtes dans l'eau tout de suite, tu ne crois pas ? »

Sans attendre davantage, il attrapa un paquet de gressins, déchira la Cellophane qui les entourait et en sortit trois qu'il se fourra dans la bouche pour les grignoter ensemble, comme un lapin mangeant une carotte, jusqu'à ce qu'ils eussent disparu. Il en reprit aussitôt trois autres et recommença.

« Sois sympa, maman, je meurs de faim et il faut que j'aille chez Massimo cet après-midi pour travailler ma physique. »

Paola posa un plat d'aubergines frites sur la table, acquiesça soudain d'un signe de tête et entreprit de jeter les lanières de pâtes fraîches dans l'eau bouillante.

Brunetti retira la feuille de notes de l'enveloppe et la tendit à Raffaele. « Est-ce que tu es au courant de quelque chose là-dessus ? »

Ce n'était que depuis la fin de sa « période Karl Marx », comme l'avaient surnommée ses parents, c'est-à-dire depuis une année ou deux, que les résultats scolaires de Raffi s'étaient alignés, en termes de régularité et d'excellence, sur ceux que sa sœur obtenait depuis toujours ; mais même pendant ses années les plus désastreuses sur le plan scolaire, Raffi n'avait jamais éprouvé autre chose que de la fierté d'avoir une sœur aussi brillante.

Il parcourut la feuille de notes de haut en bas et la rendit à son père sans faire de commentaires.

« Eh bien ? dit Brunetti.

– Néfaste, tu parles », fut tout ce qu'il voulut dire.

Paola, en remuant les pâtes, s'arrangea pour donner quelques coups bruyants contre la paroi de la casserole.

« Tu ne sais vraiment rien sur cette affaire ? insista Brunetti.

– Non, pas vraiment », répondit Raffi, qui n'avait manifestement aucune envie de révéler ce qu'il savait. Comme ni son père ni sa mère ne réagissaient, l'adolescent ajouta, d'un ton chagriné :

« Maman va être furieuse.

– Et pourquoi je devrais l'être ? demanda Paola d'un ton faussement léger.

– Parce que... » Raffi s'interrompit : la clef de Chiara tournait dans la serrure. « Ah, voilà la coupable », ajouta-t-il en se remplissant un verre d'eau minérale.

Ils regardèrent tous les trois Chiara qui accrochait sa veste dans le vestibule, laissait tomber ses livres, puis les ramassait pour les poser sur une chaise. Elle s'avança ensuite vers eux par le couloir et s'arrêta dans l'embrasure de la porte.

« Quelqu'un est mort ? » demanda-t-elle sans la moindre trace d'ironie dans la voix.

Paola se baissa et prit une passoire dans un placard. Elle la posa dans l'évier et y versa l'eau bouillante et les pâtes. Chiara ne bougea pas de la porte.

« Qu'est-ce qui se passe ? »

Tandis que Paola s'affairait à mettre les pâtes égouttées puis la sauce dans un grand plat creux, Brunetti lui répondit :

« Tes notes sont arrivées. »

Quelque chose, dans son visage, s'affaissa, et elle ne put rien dire de mieux que : « Oh... » Puis elle passa devant son père pour rejoindre sa place.

Commençant par Raffi, Paola servit quatre énormes assiettes de tagliatelles qu'elle saupoudra copieusement de parmesan râpé. Elle commença à manger, et les autres suivirent son exemple.

Une fois son assiette vide, Chiara la tendit de nouveau à sa mère et dit :

« La religion, hein ?
– Oui. Tu as eu une très mauvaise note, répondit Paola.
– Combien ?
– 3. »
L'adolescente eut du mal à retenir une grimace.
« Sais-tu pourquoi cette note est si mauvaise ? » demanda Brunetti, mettant la main devant son assiette pour indiquer à Paola qu'il n'en reprendrait pas.
Chiara attaqua sa deuxième assiette pendant que Paola vidait le reste du plat dans celle de Raffi.
« Non, je ne vois pas pourquoi.
– Tu n'étudies pas ? s'étonna Paola.
– Il n'y a rien à étudier, sauf ce stupide catéchisme. On l'apprend en une demi-journée.
– Alors ? » insista Brunetti.
Raffi prit un petit pain dans le panier posé au centre de la table, le rompit et entreprit de faire disparaître la sauce qui restait dans son assiette.
« C'est le padre Luciano ? » demanda-t-il.
Chiara acquiesça et reposa sa fourchette. Puis regarda vers la cuisinière pour voir s'il n'y avait pas autre chose.
« Tu connais ce padre Luciano ? » demanda Brunetti à son fils.
Raffi roula des yeux. « Bon Dieu, qui ne le connaît pas ! » Puis il se tourna vers sa sœur. « Tu as été te confesser avec lui, Chiara ? »
Elle secoua la tête d'un mouvement vif mais ne dit rien.
Paola se leva et débarrassa les assiettes creuses, maintenant vides. Puis elle alla ouvrir le four et en sortit des côtelettes à la milanaise, disposa quelques morceaux de citron tout autour du plat et posa celui-ci sur la table. Brunetti prit deux côtelettes tandis que Paola se servait d'aubergines frites, gardant le silence.
Constatant que sa femme voulait se tenir en dehors de ça, Brunetti se tourna vers son fils.
« Et qu'est-ce qui se passe, quand on se confesse au padre Luciano ?
– Oh, il est bien connu des mômes, répondit Raffi en prenant lui aussi deux côtelettes.

– Bien connu pour quoi ? »

Au lieu de répondre, Raffi jeta un coup d'œil en direction de sa sœur. Les deux parents la virent qui faisait non de la tête, presque imperceptiblement, et reportait toute son attention sur la suite du repas.

Brunetti reposa sa fourchette. Chiara ne releva pas le nez, et Raffi jeta un regard en coulisse à sa mère, laquelle s'obstinait dans son silence.

« Très bien, dit Brunetti, d'un ton qu'il aurait voulu un peu moins menaçant. Qu'est-ce qui se passe exactement ? Et que devrions-nous savoir à propos de ce padre Luciano ? »

Il regarda tout d'abord Raffi, qui détourna les yeux, puis Chiara ; il constata avec étonnement que l'adolescente virait au rouge écarlate.

D'un ton adouci, il demanda :

« Chiara, est-ce que Raffi peut nous dire ce qu'il sait ? »

Elle acquiesça mais ne releva pas la tête.

Raffi imita son père en reposant lui aussi sa fourchette. Puis il sourit.

« Oh, ce n'est pas une bien grosse affaire, papa. »

Brunetti ne dit rien. Quant à Paola, elle aurait pu tout aussi bien être muette.

« C'est ce qu'il dit aux gosses. Quand ils confessent des choses sexuelles. »

Il s'arrêta.

« Des choses sexuelles ?

– Tu sais bien, papa. Les choses qu'ils font. »

Oui, Brunetti savait.

« Mais le padre Luciano... qu'est-ce qu'il fait, lui ?

– Il les oblige à les décrire. Tu sais. À en parler, quoi. »

Il termina par un bruit qui tenait à la fois du grognement et du ricanement.

Brunetti jeta un coup d'œil à sa fille et se rendit compte qu'elle était plus rouge que jamais.

« Je vois.

– C'est un peu triste, tout de même, dit Raffi.

– Est-ce qu'il t'a jamais fait le coup ? demanda Brunetti.

– Oh, non. Ça fait des années que je ne vais plus me confesser. Mais il le fait aux petits.

– Et aux filles, aussi », ajouta Chiara très doucement – si doucement que Brunetti ne lui demanda rien, préférant continuer de s'adresser à son fils.

« C'est tout ce qu'il fait ?

– C'est en tout cas tout ce que j'ai entendu dire, papa. C'est lui qui s'est occupé de mon instruction religieuse, et tout ce qu'il nous demandait, c'était d'apprendre le livre par cœur et de le réciter. Mais il avait l'habitude de dire des choses cochonnes aux filles. (Il se tourna vers sa sœur). Il le fait encore ? »

Elle hocha affirmativement la tête.

« Quelqu'un veut-il encore une côtelette ? » demanda Paola d'un ton parfaitement normal. Elle eut droit à un grognement et deux signes de tête en guise de réponse. Elle la jugea néanmoins suffisante et retira le plat. Il n'y avait pas de salade, ce jour-là, et elle avait prévu de servir seulement des fruits comme dessert. Au lieu de cela, elle défit un paquet emballé qui était posé sur le comptoir et en sortit un gâteau compact, truffé de fruits frais et recouvert de crème fouettée. Elle avait eu l'intention de l'emporter à l'université, pour le partager avec ses collègues à l'occasion de leur réunion mensuelle.

« Chiara, ma chérie, veux-tu prendre des assiettes propres ? » demanda-t-elle, tandis qu'elle sortait un grand couteau en argent d'un tiroir.

Les morceaux qu'elle leur servit, remarqua Brunetti, auraient suffi à leur coller à tous une hyperglycémie foudroyante, mais la suavité du gâteau, puis la douceur du café, puis la conversation sur l'égale douceur du temps de la journée ramenèrent une certaine forme de tranquillité dans la famille. Après quoi, Paola déclara qu'elle ferait la vaisselle, et Brunetti décida de lire le journal. Chiara disparut dans sa chambre et Raffi alla étudier la physique avec son ami. Ni Brunetti ni Paola ne revinrent sur le sujet, mais ils savaient tous les deux qu'ils n'avaient pas fini pour autant d'entendre parler du padre Luciano.

3

BRUNETTI PRIT SON MANTEAU en repartant, mais il le garda simplement posé sur les épaules pour regagner la questure. Il prenait le plus grand plaisir à la douceur de la journée et se sentait béatement repu, après le copieux repas qu'ils avaient fait. Il se força à ignorer que son costume le serrait, tenant à se persuader que c'était tout simplement cette inhabituelle chaleur qui le rendait sensible au poids de la laine. En outre, tout le monde prenait un ou deux kilos pendant l'hiver, et ça ne devait pas être si mauvais pour la santé – cela améliorait la résistance aux maladies, des trucs comme ça.

En redescendant de l'autre côté du pont du Rialto, il vit, sur sa droite, un 82 qui arrivait à l'embarcadère ; sans réfléchir, il courut jusque-là et réussit à y monter à l'instant même où le vaporetto repartait vers le milieu du Grand Canal. Il passa sur le côté droit du bateau mais resta dehors, heureux de sentir la brise et de voir la lumière danser sur l'eau. Il vit qu'ils se rapprochaient de la Calle Tiepolo, sur la droite, et il scruta la ruelle étroite, essayant de deviner la balustrade de sa terrasse, au loin, mais le bateau passa trop vite et il ne distingua rien, si bien qu'il reporta son attention sur le canal.

Il se demandait souvent ce qu'avait pu être la vie ici, du temps de la Sérénissime République, l'effet que cela lui aurait fait de parcourir cette grande voie d'eau par la seule force des rames, de se déplacer sans le bruit des moteurs et des avertisseurs, dans un silence qui n'était rompu que par les cris des bateliers et le glissement des avirons. Tellement de choses avaient changé : aujourd'hui, les marchands entraient en relation les uns avec les autres par l'intermédiaire de ces odieux téléphones portables, les *telefonini*, et non plus en faisant appareiller des galions à voile latine. L'air lui-même empestait, saturé par les odeurs d'échappement et les miasmes de la pollution que le vent soufflait jusqu'ici depuis la terre ferme; la brise de mer semblait être devenue impuissante à en débarrasser complètement la ville. La seule chose restée inchangée au cours des siècles, à Venise, était son héritage millénaire de vénalité, et le policier éprouvait toujours un malaise devant son incapacité à décider si c'était un bien ou un mal.

Il avait tout d'abord pensé descendre à San Samuele et poursuivre à pied jusqu'à San Marco mais, à l'idée de la foule de promeneurs que la clémence du temps n'aurait pas manqué d'attirer, il y renonça et resta à bord jusqu'à San Zaccaria. De là, il alla tout droit à la questure, où il arriva un peu après quinze heures, et apparemment avant tout le personnel en tenue.

On aurait dit que, sur son bureau, les papiers avaient proliféré – peut-être se reproduisaient-ils ? – pendant qu'il déjeunait. Comme promis, la signorina Elettra lui avait laissé une liste soigneusement imprimée, avec les noms des héritiers principaux des personnes dont Suor'Immacolata – non, Maria Testa, se corrigea-t-il – lui avait donné la liste. La jeune secrétaire y avait ajouté les adresses et les numéros de téléphone des intéressés. En parcourant le document, Brunetti vit que trois de ces personnes habitaient Venise. La quatrième était de Turin et le dernier testament comportait une liste de six personnes dont aucune n'était de Venise. En dessous, une note tapée de la signorina Elettra l'informait qu'il aurait la copie des testaments le lendemain après-midi.

Un instant, il envisagea d'annoncer sa venue, puis il songea qu'il y avait toujours un certain avantage à arriver à l'improviste, au moins pour les premiers entretiens, et si possible sans être attendu ; si bien qu'il se contenta de disposer mentalement les adresses selon l'ordre géographique qui lui ferait faire le moins de chemin dans la ville et glissa la liste dans la poche de son veston. L'avantage d'une arrivée à l'improviste n'avait rien à voir avec la culpabilité ou l'innocence des gens auxquels il avait à parler, mais une longue expérience lui avait appris que cet effet de surprise les poussait souvent à dire la vérité.

Il se pencha sur le reste des paperasses officielles qui s'empilaient et commença à les lire. Au deuxième document, il s'enfonça dans son fauteuil et continua sa lecture. Au bout de seulement quelques minutes, l'ennui qu'ils distillaient, la chaleur du bureau et le déjeuner copieux qu'il avait fait eurent raison de lui ; ses mains retombèrent sur ses genoux, son menton sur sa poitrine. Le claquement d'une porte le réveilla un peu plus tard en sursaut. Il secoua la tête, se passa les mains sur la figure à deux ou trois reprises, se disant qu'il prendrait bien un café. Mais lorsqu'il releva la tête, ce fut pour voir Vianello debout dans l'encadrement de la porte, laquelle, se rendit-il compte, était restée grande ouverte pendant tout le temps qu'il avait dormi.

« Re-bonjour, sergent, dit-il en adressant à Vianello le sourire d'un homme qui se serait senti parfaitement maître de la situation. Qu'y a-t-il ?

– J'avais dit que je passerais vous prendre, commissaire. Il est quatre heures moins le quart.

– Si tard ? dit Brunetti en jetant un coup d'œil à sa montre.

– Oui, monsieur. Je suis déjà venu, mais vous étiez occupé. » Vianello attendit que la remarque produisît son effet avant d'ajouter : « Le bateau nous attend dehors, si vous voulez bien. »

Tandis qu'ils descendaient l'escalier de la questure, Brunetti demanda :

« As-tu parlé à Miotti ?

– Oui, monsieur. C'était ce à quoi je m'attendais.

– Son frère est homosexuel ? » demanda le commissaire, sans même se tourner vers son subordonné.

Vianello s'arrêta sur sa marche. Quand Brunetti se retourna, le sergent lui demanda :

« Comment l'avez-vous deviné ?

– Il paraissait nerveux quand il parlait de son frère et de ses amis dans le clergé, et je ne voyais pas ce qui aurait pu mettre Miotti dans cet état, sinon cela. On ne peut pas dire qu'il est celui de nos hommes qui a l'esprit le plus large. » Puis, après quelques instants de réflexion, il ajouta : « Et on ne peut pas dire non plus que ce soit une surprise qu'un prêtre soit gay.

– C'est le contraire qui serait étonnant, à mon avis », répondit Vianello en reprenant la descente de l'escalier. Mais il revint sur le sujet de Miotti, n'ayant pas besoin de faire une transition pour le bénéfice de Brunetti. « Vous avez pourtant toujours dit que c'était un bon policier, monsieur.

– Il n'a pas besoin d'être ouvert d'esprit pour faire un bon policier, Vianello.

– En effet, en effet », admit le sergent.

Ils émergèrent de la questure quelques minutes plus tard ; Bonsuan, le pilote, les attendait à bord de la vedette de la police. Tout brillait : de la moindre pièce de cuivre du bateau jusqu'aux parements de laiton au col de Bonsuan, des feuilles toutes neuves de la vigne vierge sur le mur, de l'autre côté du canal, à la bouteille vide qui flottait à la surface de l'eau, elle-même une étendue toute scintillante. Rien que de voir toute cette lumière, Vianello écarta les bras et sourit.

Le mouvement attira l'attention de Bonsuan, qui se tourna pour regarder. Soudain gêné, Vianello commença à faire semblant de s'étirer, tel un rond-de-cuir après une longue journée d'écriture ; c'est alors que passa, au ras de l'eau, un couple d'hirondelles amoureuses, et le sergent renonça à donner le change. « C'est le printemps ! » lança-t-il joyeusement au pilote en sautant sur le pont. Il donna une tape sur l'épaule de Bonsuan, saisi d'un débordement de joie irrépressible.

« Tout ceci est-il le résultat de tes soirées d'entraînement, Vianello ? » demanda Brunetti en embarquant à son tour.

Bonsuan, qui apparemment ignorait tout de la dernière

toquade de Vianello, lui lança un regard dégoûté, se tourna et lança le moteur ; puis il fit manœuvrer la vedette dans l'étroit canal.

N'ayant rien perdu de sa bonne humeur, Vianello resta sur le pont pendant que Brunetti passait dans la cabine, où il prit le plan de la ville qui était toujours sur l'étagère latérale, afin de vérifier l'emplacement exact des trois adresses qu'il possédait. D'où il était, il voyait aussi les deux hommes poursuivre leurs échanges : Vianello étalant sans complexe sa bonne humeur d'adolescent, le pilote, taciturne, surveillant sa proue tandis qu'ils s'engageaient dans le bassin de San Marco. Vianello posa une main sur l'épaule de Bonsuan et lui montra, à l'est, un voilier au mât impressionnant qui se dirigeait vers eux, sa grand-voile creusée par l'agréable brise de printemps. Bonsuan hocha la tête, une seule fois, puis reporta son attention sur le cap pris par la vedette. Le sergent renversa la tête en arrière et éclata de rire, et les échos de son timbre grave et sonore s'infiltrèrent jusque dans la cabine.

Brunetti résista jusqu'à ce qu'ils fussent au milieu du bassin puis, cédant à la contagion, devant la bonne humeur débordante de Vianello, il retourna sur le pont. Juste à ce moment-là, la vedette coupa le sillage du ferry se rendant au Lido. Le commissaire perdit l'équilibre et serait tombé contre le bastingage du bateau, si, d'un geste rapide, Vianello n'avait pas saisi son supérieur par la manche pour l'aider à reprendre pied. Il attendit que le bateau eût arrêté de bouchonner pour le lâcher, disant alors :

« Surtout pas dans cette eau !

– Tu as peur que je me noie ? »

Bonsuan se mêla alors à la conversation.

« C'est plutôt le choléra qui pourrait vous avoir.

– Le choléra ? » s'étonna Brunetti, éclatant de rire devant tant d'exagération, mais peut-être aussi d'entendre le pilote, pour la première fois, risquer une plaisanterie.

Bonsuan tourna la tête et regarda Brunetti sans même sourire.

« Oui, le choléra. »

Lorsque l'homme eut repris sa position de pilote, Vianello et Brunetti se regardèrent comme deux écoliers pris en faute, et Brunetti eut l'impression que le sergent avait du mal à ne pas éclater de nouveau de rire.

« Quand j'étais petit, reprit Bonsuan sans autre préambule, je me baignais devant ma maison. J'avais juste à plonger depuis le bord du canal de Cannaregio. On pouvait voir le fond. Il y avait des poissons, des crabes. Maintenant, il n'y a plus que de la boue et de la merde. »

Vianello et Brunetti échangèrent un nouveau coup d'œil.

« Il faudrait être fou pour manger un poisson qui sort de cette flotte », conclut le pilote.

On avait bien rapporté de nombreux cas de choléra, l'année dernière, mais c'était dans le Sud – là où se produisait toujours ce genre de choses. Brunetti se souvenait que les autorités avaient fait fermer le marché aux poissons de Bari, une mesure qui, à ses yeux, était l'équivalent d'interdire aux vaches de brouter de l'herbe. Les pluies et les inondations de l'automne avaient chassé cette information des premières pages des éditions nationales, mais Brunetti avait néanmoins eu le temps de se demander si la même chose ne serait pas possible, ici, dans le Nord, et à quel point il était raisonnable de continuer à manger des poissons pêchés dans les eaux de plus en plus contaminées de l'Adriatique.

Lorsque le bateau se présenta au mouillage des gondoles qui se trouve à gauche de la Cá Dario, Vianello prit l'extrémité d'un cordage roulé et sauta sur le quai, d'où il tira sur l'amarre pour rapprocher le bateau de l'appontement, tandis que Brunetti descendait à terre.

« Est-ce que je dois vous attendre, monsieur ? demanda Bonsuan.

– Non, ce n'est pas la peine. Je ne sais pas pour combien de temps nous en aurons. Tu n'as qu'à rentrer. »

Bonsuan porta mollement la main à sa casquette, en un geste d'adieu qui était aussi un salut. Puis il passa la marche arrière et recula dans le canal, sans un seul autre coup d'œil pour les deux hommes qui se tenaient sur le quai.

« Par quoi on commence ? demanda Vianello.

– Dorsoduro 723. C'est à côté du Guggenheim, sur la gauche. »

Les deux policiers remontèrent l'étroite ruelle, tournant à droite au premier croisement. Brunetti avait toujours autant envie d'un café et s'étonna de voir qu'il n'y avait pas un seul bar dans la rue.

Parce qu'un vieil homme qui promenait son chien se dirigeait vers eux, Vianello se plaça derrière Brunetti pour libérer le passage, mais ils continuèrent néanmoins à commenter la remarque de Bonsuan.

« Vous pensez que l'eau pourrait être nocive à ce point-là, monsieur ?

– Oui, je le crois.

– Pourtant, j'ai vu des gens qui se baignaient dans le canal de la Giudecca, objecta Vianello.

– Quand ?

– À la fête du Rédempteur.

– Ils devaient certainement être ivres. »

C'était, aux yeux de Brunetti, la seule explication.

Vianello haussa les épaules et s'arrêta, comme venait de le faire son supérieur.

« Je crois que nous y sommes, dit Brunetti en tirant le papier de sa poche. Da Prè », ajouta-t-il à voix haute en parcourant des yeux les noms, sur la double rangée de plaques de laiton bien astiquées et impeccablement alignées à la gauche de la porte.

« Qui est-ce ? demanda Vianello.

– Ludovico, héritier de la signorina Da Prè. Pourrait s'agir de n'importe qui. Un cousin, un frère... un neveu.

– Quel âge avait-elle ?

– Soixante-douze ans, répondit Brunetti, se souvenant des colonnes soignées sur la liste de Maria Testa.

– De quoi est-elle morte ?

– D'une crise cardiaque.

– Le moindre soupçon pèserait-il, demanda Vianello avec un mouvement du menton en direction des plaques de laiton, sur la personne qui habite ici ?

– Elle lui a légué cet appartement et plus de cinq cents millions de lires.

– Cela signifie-t-il que ce serait possible ? »

Brunetti venait d'apprendre qu'il fallait faire refaire le toit, dans l'immeuble qu'il habitait, et que sa quote-part était de neuf millions.

« Si l'appartement est bien, qui sait si je ne serais pas capable de tuer pour l'avoir ? »

Vianello, qui ignorait tout du problème du toit, jeta un coup d'œil intrigué à son supérieur.

Brunetti sonna. Rien ne se produisit. Les deux hommes échangèrent un regard puis, au bout d'un moment, comme aucune réaction ne se produisait, Brunetti sortit sa liste pour vérifier les adresses suivantes. Ils se tournaient déjà pour prendre la direction de l'Académie, lorsqu'une voix haut perchée, désincarnée, s'éleva de l'interphone.

« Qui est là ? »

Le timbre avait eu le côté plaintif et asexué que donne l'âge, si bien que Brunetti se demandait s'il avait affaire à un homme ou une femme. « C'est bien la famille Da Prè, ici ?

– Oui. Qu'est-ce que vous voulez ?

– Il y a quelques précisions qui nous manquent sur la fortune de la signorina Da Prè, et nous aimerions pouvoir vous parler. »

Il n'y eut pas d'autre question, et la porte s'ouvrit avec un cliquetis. Ils entrèrent dans une cour assez vaste, au centre de laquelle un puits était envahi de vigne vierge. Il y avait un seul escalier, sur la gauche. Une porte était ouverte sur le palier du deuxième étage avec, dans son encadrement, l'un des hommes les plus petits que Brunetti eût jamais vus.

Les deux policiers avaient beau ne pas être particulièrement grands, ils dominaient ce personnage de la tête et des épaules ; plus ils s'en rapprochaient, plus il paraissait rapetisser.

« Signor Da Prè ? demanda Brunetti.

– Oui », répondit le petit homme, qui s'avança d'un pas et tendit une main pas plus grande que celle d'un enfant. Il la leva en même temps à hauteur de son épaule, si bien que Brunetti n'eut pas à se baisser pour la saisir – sinon, il n'aurait sans doute pu faire autrement. La poignée de main de Da Prè était ferme et il adressa un regard clair et direct à son vis-à-vis. Il avait un visage très étroit, en lame de couteau. L'âge, ou bien des souffrances prolongées, avaient creusé des rides profondes de part et d'autre de sa bouche, et il avait des cernes sombres sous les yeux. Sa taille rendait son âge impossible à déterminer : il aurait pu avoir la cinquantaine comme plus de soixante-dix ans.

Ayant remarqué l'uniforme de Vianello, Da Prè ne lui tendit pas la main, se contentant d'une inclinaison de tête dans sa direction. Il recula, franchit la porte en ouvrant le battant plus grand, et invita ses visiteurs à entrer.

Marmonnant le *Permesso* de rigueur, les deux policiers le suivirent dans un vestibule et attendirent qu'il eût refermé la porte.

« Par ici, s'il vous plaît », dit l'homme en prenant la direction d'un couloir.

De derrière, on voyait la bosse prononcée qui déformait le côté gauche de son veston comme le bréchet d'un poulet. Da Prè ne boitait pas, mais tout son corps était incliné de côté quand il marchait, comme si les murs étaient aimantés et sa bosse un sac rempli de paille de fer. Il les conduisit dans un séjour qui avait des fenêtres des deux côtés. On voyait des toits par celles de gauche, tandis que les autres donnaient sur les volets fermés d'un bâtiment, de l'autre côté de l'étroite ruelle.

Tout le mobilier était de la même échelle que les deux armoires monumentales qui occupaient le mur du fond : un canapé à dossier surélevé sur lequel six personnes auraient pu s'asseoir ; quatre fauteuils sculptés qui, à voir le travail du bois de leurs bras, devaient être d'origine espagnole ; et une immense desserte florentine dont le plateau était jonché d'une quantité de petits objets auxquels Brunetti ne fit pas spécialement attention. Da Prè grimpa dans l'un des fauteuils et fit signe à Brunetti et Vianello de s'installer.

Une fois assis, c'est tout juste si Brunetti arrivait à poser ses pieds sur le sol ; ceux de Da Prè, remarqua-t-il, pendaient à une trentaine de centimètres du plancher. Mystérieusement, du fait de l'intense austérité qui se dégageait du visage du petit homme, ce délirant décalage d'échelle entre lui et son mobilier n'avait rien de ridicule.

« Vous avez laissé entendre qu'il y aurait un problème avec le testament de ma sœur ? demanda Da Prè d'un ton froid.

– Non, signor Da Prè, répondit Brunetti, je ne veux pas qu'il y ait confusion et je ne tiens pas à vous induire en erreur. Notre curiosité n'a rien à voir avec les biens légués par votre sœur ou avec les clauses de son testament. Nous nous intéressons à sa mort, ou plutôt, aux causes de sa mort.

– Mais alors, pourquoi m'avoir répondu cela pour commencer ? s'étonna le petit homme d'un ton certes plus chaleureux, mais qui ne plut pas davantage à Brunetti.

– Ce sont bien des tabatières que je vois là, signor Da Prè, n'est-ce pas ? intervint soudain Vianello, qui se leva et se dirigea vers la desserte.

– Quoi ? fit vivement le petit homme.

– Ce sont bien des tabatières ? répéta Vianello en se penchant sur les objets pour les voir de plus près.

– Pourquoi me posez-vous la question ? »

Da Prè avait parlé d'un ton nettement intéressé, même s'il n'était pas plus chaleureux.

« Mon oncle Luigi, à Trieste, en avait une collection. J'adorais aller lui rendre visite, quand j'étais petit, parce qu'il me les montrait et me laissait les toucher. » Comme pour qu'il ne vînt pas un instant à l'esprit du petit homme que cette effrayante éventualité risquait de se concrétiser, Vianello mit ses mains croisées dans son dos, et ne fit rien de plus que rester incliné sur les tabatières. Puis, gardant la main suffisamment éloignée, il montra l'une des boîtes d'un doigt. « Celle-ci n'est-elle pas hollandaise ?

– Laquelle ? » demanda Da Prè, qui se leva et alla se placer à côté du sergent. Sa tête arrivait à peine à la hauteur du plateau, et il dut se mettre sur la pointe des pieds pour voir la tabatière que lui désignait Vianello. « En effet. Elle est de Delft. XVIIIe siècle.

– Et celle-ci ? fit Vianello, avec un geste qui montrait que surtout il n'y toucherait pas. Bavaroise, non ?

– Excellent », commenta Da Prè. Il saisit la petite boîte

et la tendit à Vianello, qui la prit dans ses deux mains en coupe, puis la retourna et examina le fond. « Oui, il y a la marque... Elle est vraiment ravissante, n'est-ce pas ? ajouta-t-il avec de l'enthousiasme dans la voix. Mon oncle aurait adoré celle-ci, en particulier la façon dont elle est divisée en deux compartiments. »

Pendant que les deux hommes continuaient d'examiner les tabatières, Brunetti parcourut la pièce des yeux. Trois des toiles qui ornaient les murs étaient du XVIIe siècle, ce qui ne les empêchait pas d'être de très mauvaises peintures : mises à mort de cerfs, de sangliers, et encore de cerfs. On voyait beaucoup trop de sang et d'animaux pantelants au goût de Brunetti. Les œuvres restantes paraissaient représenter des scènes bibliques, mais celles-ci aussi avaient trop à voir avec du sang versé en grandes quantités, humain dans ce cas-là. Brunetti se tourna vers le plafond, qui comprenait un médaillon central en stuc orné d'un motif compliqué, d'où pendait un lustre en cristal de Murano composé de centaines de fleurs pastel à petits pétales.

Il regarda de nouveau vers les deux hommes, maintenant accroupis devant une porte ouverte, dans le bas de la desserte. Brunetti eut l'impression que des centaines d'autres tabatières en occupaient les étagères. Un instant, il se sentit au bord de la suffocation, saisi par l'étrangeté de ce salon de géant dans lequel s'était emprisonné un avorton d'homme, dans la seule compagnie de ces souvenirs d'une époque révolue pour lui rappeler ce qui devait être, à ses yeux, la véritable échelle des choses.

Les deux hommes se redressèrent et Da Prè referma la porte du cabinet pour retourner vers sa chaise ; il y reprit place d'un petit saut dont on sentait qu'il était le résultat d'une longue pratique. Vianello s'attarda encore un instant, jetant un dernier regard admiratif aux tabatières disposées sur le plateau du meuble, puis regagna à son tour son siège.

Brunetti risqua un sourire, le premier depuis son arrivée, et Da Prè le lui rendit en l'accompagnant d'un coup d'œil en direction de Vianello.

« Je n'aurais pas cru, remarqua-t-il, que de telles personnes travaillaient dans la police. »

Ni Brunetti, d'ailleurs, ce qui ne l'empêcha nullement de répondre :

« Oui, tout le monde connaît bien, à la questure, la passion du sergent pour les tabatières. »

Détectant dans le ton de Brunetti l'ironie avec laquelle l'ignorant considère toujours le véritable enthousiaste, Da Prè répliqua :

« Les tabatières constituent un aspect important de la culture occidentale. Certains, parmi les plus talentueux artisans du continent, ont consacré des années de leur vie, quand ce n'étaient pas des dizaines d'années, à en fabriquer. Il n'y avait pas de meilleur moyen de montrer le cas que l'on faisait d'une personne que de lui offrir une tabatière. Mozart, Haydn... » Le petit homme s'étouffait d'enthousiasme, au point qu'il acheva sa péroraison par un geste désordonné de son minuscule bras en direction de la desserte surchargée.

Vianello, qui, de plusieurs hochements de tête, avait acquiescé en silence pendant tout ce discours, se tourna vers son supérieur.

« J'ai bien peur que vous ne compreniez pas, commissaire. »

Brunetti prit la mine humble du néophyte, non sans se demander par quel miracle il avait obtenu d'avoir auprès de lui un homme habile au point d'être capable de désarmer le plus récalcitrant des témoins.

« Votre sœur partageait-elle votre passion ? » La question de Vianello était un modèle digne du manuel dans l'art de la parfaite transition.

Le petit homme donna un coup de pied dans le barreau de sa chaise.

« Non, ma sœur ne s'y intéressait absolument pas. » Vianello secoua la tête devant tant d'aveuglement et Da Prè, encouragé, ajouta : « Elle ne s'intéressait d'ailleurs à rien.

– À rien ? s'étonna Vianello, avec dans la voix une note de sincère commisération.

– Absolument à rien, si l'on excepte l'intérêt qu'elle portait aux prêtres. »

À la façon dont il prononça ce dernier mot, on pouvait

déduire que le seul enthousiasme qu'il pourrait éprouver pour les prêtres consisterait à signer leur arrêt de mort.

Vianello secoua la tête, comme s'il ne pouvait concevoir péril plus grand, en particulier pour une femme, que de tomber entre les mains des prêtres. C'est donc d'une voix remplie d'horreur qu'il demanda : « Mais elle ne leur a tout de même pas légué quelque chose, n'est-ce pas ? avant d'ajouter précipitamment : Je suis désolé. Il ne me revient pas de poser une telle question.

– Oh, c'est très bien, sergent, c'est très bien, répondit Da Prè. Ils ont bien essayé, mais ils n'ont pas obtenu une lire. » Il eut un sourire sardonique. « D'ailleurs, personne de ceux qui ont essayé de lui soutirer quelque chose n'y a réussi. »

Vianello sourit largement pour montrer sa joie à l'idée qu'un tel désastre avait été évité. Le coude sur le bras du fauteuil et le menton dans la main, il s'installa pour écouter le récit du triomphe du signor Da Prè.

Le petit homme se cala contre le dossier de son siège, si bien que ses jambes étaient maintenant presque à l'horizontale.

« Elle a toujours eu une faiblesse pour la religion. Nos parents l'ont envoyée dans des écoles religieuses tenues par des sœurs. Je crois que c'est pour cette raison qu'elle ne s'est jamais mariée. »

Brunetti eut un coup d'œil pour la main gauche de Da Prè, agrippée au bras du fauteuil, mais il n'y vit aucune alliance.

« Nous ne nous sommes jamais bien entendus, reprit-il simplement. Elle, seule la religion l'intéressait, tandis que moi, j'aimais les arts. »

Autrement dit, songea Brunetti, les tabatières émaillées.

« À la mort de nos parents, nous avons hérité conjointement de cet appartement. Mais il nous était impossible de vivre ensemble. » Vianello acquiesça, l'air de dire qu'en effet rien n'était plus difficile que de cohabiter avec une femme. « Si bien que je lui ai vendu ma part. Il y a vingt-trois ans de cela. Et je me suis acheté un appartement plus petit. J'avais besoin de cet argent pour enrichir ma collection. » Vianello hocha de nouveau la tête – comprenant, cette fois-ci, les nombreuses exigences de l'art.

« Puis, il y a trois ans, elle a fait une chute et s'est cassé le col du fémur, et comme la fracture n'a pu être convenablement réduite, il n'y avait pas d'autre solution, pour elle, que d'aller à la maison de repos. » Il marqua une pause, un vieil homme pensant à toutes les raisons qui pouvaient rendre impossible d'échapper à une telle calamité. « Elle m'a demandé de m'installer ici, pour surveiller ses affaires, reprit-il au bout d'un instant, mais j'ai refusé. J'ignorais si elle ne retournerait pas chez elle, et je ne voulais pas avoir encore à déménager. Je ne voulais pas non plus déménager ma collection ici – or, je ne peux pas vivre sans l'avoir toujours près de moi – pour devoir la transporter à nouveau, au cas où elle guérirait. Trop dangereux, trop de risque de casser quelque chose. » Les mains de Da Prè étreignirent inconsciemment les bras du siège, tant cette seule idée le terrorisait.

Brunetti se rendit compte que, au fur et à mesure qu'avançait le récit, lui aussi se mettait à hocher la tête de manière approbatrice, entraîné malgré lui dans un monde délirant où une tabatière cassée était une tragédie plus grande qu'une fracture du col du fémur.

« À sa mort, j'appris qu'elle m'avait institué légataire universel, mais qu'elle avait aussi essayé de leur donner cent millions. Elle avait ajouté cette clause à son testament pendant qu'elle était là-bas.

– Qu'avez-vous fait ? demanda Vianello.

– J'ai mis l'affaire entre les mains de mon avocat, répondit aussitôt Da Prè. Il m'a demandé de déclarer qu'elle avait perdu la raison au cours des derniers mois de sa vie, autrement dit quand elle avait fait ce codicille.

– Et alors ? l'aiguillonna Vianello.

– Il a été annulé, bien entendu, répondit le petit homme avec beaucoup de fierté. Les juges m'ont suivi. C'était de la folie de la part d'Augusta. Ils ont déclaré ce legs nul et non avenu.

– Si bien que vous avez hérité de tout ? demanda Brunetti.

– Évidemment, fit Da Prè d'un ton sec. J'étais le seul à faire partie de sa famille proche.

– Et avait-elle perdu la raison ? » voulut savoir Vianello.

Da Prè se tourna vers le sergent et lui répondit sans hésiter.

« Bien sûr que non. Elle avait gardé toute sa tête, elle l'a gardée jusqu'à la dernière fois où je l'ai vue, c'est-à-dire la veille de sa mort. Mais le testament n'avait pas de sens. »

Brunetti n'était pas bien sûr de suivre ce raisonnement mais, au lieu de demander des éclaircissements, il préféra poser une autre question.

« Est-ce que les gens de la maison de repos vous ont semblé au courant de ce legs ?

– Que voulez-vous dire ? demanda Da Prè, soupçonneux.

– Personne ne vous a parlé de cette clause du testament, à la maison de repos ? Ils n'ont pas protesté contre votre décision de faire opposition au testament ?

– L'un d'eux m'a appelé avant les funérailles pour me demander de faire un sermon pendant la messe. Je leur ai dit qu'il n'était pas question de sermon. Augusta avait laissé des instructions pour ses funérailles, dans son testament, et désirait une messe de requiem. Il n'était pas question de s'y opposer. Mais elle n'avait rien dit de précis sur un sermon, et j'ai au moins pu les empêcher de venir nous rebattre les oreilles sur l'autre monde et les âmes des bienheureux qui se retrouvent là-haut. »

Da Prè sourit de nouveau ; ce n'était pas très beau à voir.

« L'un d'eux est venu me voir après les funérailles. Un gros homme, très gras. Il m'a rattrapé pour me dire quelle grande perte était Augusta pour la "communauté des chrétiens". (Da Prè prononça ces derniers mots avec une ironie mordante.) Puis il m'a sorti à quel point elle avait toujours été généreuse, et combien elle avait été pleine d'attentions pour l'ordre. »

Da Prè s'arrêta, donnant l'impression qu'il se représentait la scène et s'amusait à son souvenir.

« Que lui avez-vous répondu ? demanda finalement Vianello.

– Que sa générosité allait l'accompagner dans la tombe », fit Da Prè avec de nouveau un de ses sourires sinistres.

Les deux policiers restèrent quelques instants sans voix, puis Brunetti demanda :

« Est-ce qu'ils ont intenté une action ?

– Vous voulez dire, contre moi ? »

Brunetti acquiesça.

« Non, rien. » Le petit homme resta un moment sans rien dire, puis ajouta : « Ce n'est pas parce qu'ils avaient mis la main sur elle qu'ils devaient la mettre sur son argent.

– Avez-vous jamais parlé avec votre sœur de ce que vous appelez "mettre la main sur elle" ? demanda Brunetti.

– Que voulez-vous dire ?

– Elle aurait pu vous confier qu'ils la harcelaient pour qu'elle leur lègue sa fortune...

– Me confier ?

– Oui. Elle aurait pu vous dire, par exemple, qu'ils essayaient de la persuader de leur laisser son argent.

– Je ne sais pas. »

Brunetti ne voyait pas comment poser la prochaine question. Il préféra laisser Da Prè s'expliquer, ce que fit celui-ci.

« Il était de mon devoir de lui rendre visite tous les mois, et je n'avais pas plus de temps à lui consacrer, d'autant que nous n'avions rien à nous dire. Je lui apportais son courrier, mais il s'agissait toujours de choses ayant trait à la religion, des revues, des demandes d'argent. Je lui demandais comment elle allait. Et comme il n'y avait rien dont nous pouvions parler, je partais.

– Je vois », dit Brunetti en se levant.

Elle était restée là-bas trois ans et avait tout laissé à un frère trop occupé pour lui rendre visite plus d'une fois par mois – trop occupé, sans doute, par ses petites boîtes.

« Mais à quoi rime tout cela ? demanda Da Prè avant que Brunetti se fût éloigné de lui. Est-ce qu'ils envisagent de contester le jugement qui a été rendu ? »

Da Prè commença à dire quelque chose puis se tut, et Brunetti crut bien le voir esquisser un sourire ; mais le petit homme se cacha la bouche de la main, et le moment passa.

« Non, ce n'est pas cela, signore. En réalité, nous nous intéressons à quelqu'un qui travaillait là-bas.

– Sur ce point, je ne peux pas vous aider. Je n'ai connu aucun des membres du personnel. »

Vianello se leva à son tour et vint se placer près de Brunetti, la tonalité chaleureuse de la conversation qu'il avait eue sur les tabatières venant tempérer l'indignation que son supérieur avait beaucoup de mal à dissimuler.

Da Prè ne posa pas d'autre question. Il se leva et reconduisit ses deux visiteurs jusqu'à l'entrée de l'appartement. Là, Vianello serra la petite main que lui tendait son hôte, et le remercia de lui avoir montré ses ravissantes tabatières. Brunetti lui serra aussi la main, mais il ne le remercia pas et fut le premier à franchir la porte.

4

« QUEL HORRIBLE NABOT, quel horrible nabot ! » marmonna Vianello tandis qu'ils descendaient l'escalier.

Dehors, il faisait plus frais, comme si Da Prè avait confisqué la tiédeur du jour.

« Quel répugnant nabot, continua de gronder Vianello. Il se croit le propriétaire de toutes ces tabatières. L'insensé !

– Quoi, sergent ? fit Brunetti, qui n'avait pas suivi la pensée bondissante de Vianello.

– Il s'imagine posséder tout cela, toutes ces petites boîtes ridicules !

– Je croyais qu'elles te plaisaient ?

– Seigneur, non, elles me répugnent ! Mon oncle en possédait des dizaines, et à chaque fois que nous allions lui rendre visite, il fallait absolument qu'il me les montre. Il était exactement pareil, toujours à acquérir des objets, des objets, et à s'imaginer qu'il les possédait.

– Pourquoi ? Ils n'étaient pas à lui ? demanda Brunetti, qui s'arrêta à un angle de rue pour mieux entendre ce qu'allait répondre le sergent.

– Bien sûr que si, elles lui appartenaient, répondit Vianello, s'arrêtant à son tour. Si vous préférez, il payait pour les avoir, il avait même des reçus, il pouvait en faire tout ce qu'il voulait. Mais nous ne possédons jamais vraiment quelque chose, n'est-ce pas ? ajouta-t-il en regardant son supérieur droit dans les yeux.

– Je ne suis pas très sûr de ce que tu veux dire, Vianello.

– Réfléchissez. Nous achetons des choses. Nous les portons sur nous, ou nous les accrochons au mur, ou on s'assoit dessus mais n'importe qui, s'il le veut, peut nous les enlever, ou les casser. » Vianello secoua la tête, frustré par le mal qu'il avait à expliquer ce qui lui paraissait pourtant une idée relativement simple. « Tenez, voyez Da Prè. Après sa mort, quelqu'un d'autre possédera ces stupides petites boîtes, et puis encore un autre après lui, tout comme quelqu'un les a possédées avant lui. Mais personne ne pense jamais à ça : les objets nous survivent, poursuivent leur existence propre. Il est ridicule de croire que nous les possédons. Et c'est un péché qu'ils soient si importants. »

Brunetti savait son subordonné tout aussi athée et impie qu'il l'était lui-même, savait aussi que les seules choses sacrées, à ses yeux, étaient la famille et les liens du sang, si bien qu'il était étrange de l'entendre parler de péché ou définir les choses en termes de péché.

« Et comment a-t-il pu laisser sa sœur dans un endroit pareil pendant trois ans et n'aller lui rendre visite qu'une fois par mois ? » demanda Vianello, comme s'il croyait vraiment que la question pouvait avoir une réponse.

C'est d'un ton apparemment indifférent que réagit le commissaire.

« J'imagine que l'endroit n'est pas si mal, pourtant. »

Mais il y avait une telle froideur dans sa voix, en réalité, que Vianello se souvint brusquement que la mère de Brunetti se trouvait dans un établissement du même genre.

« Ce n'est pas ce que j'ai voulu dire, monsieur, se hâta-t-il d'expliquer. Je voulais dire... dans tous les endroits du même genre. » Il se rendit compte que le correctif n'était pas fameux. « Enfin, ne pas aller lui rendre visite plus souvent, la laisser comme ça toute seule...

– Il y a en général beaucoup de personnel, lui objecta Brunetti tandis qu'ils repartaient et tournaient à gauche au Campo San Vio.

– Mais ils ne sont pas de la famille », insista Vianello, toujours convaincu que l'affection familiale possédait de bien plus grandes vertus thérapeutiques que tous les soins payants, aussi parfaits fussent-ils, des services professionnels. Pour ce que Brunetti en savait, le sergent n'avait peut-être pas tort, mais c'était une conversation qu'il n'avait aucune envie de poursuivre, ni en ce moment, ni dans un futur proche.

« Qui est le suivant ? » demanda Vianello, manière tacite pour lui de faire savoir qu'il était d'accord pour changer de sujet et abandonner, au moins temporairement, un thème qui ne pouvait être que source de souffrance.

« Je crois que c'est par là », répondit Brunetti, qui s'engagea dans une ruelle étroite s'ouvrant sur le canal qu'ils longeaient depuis un moment.

L'héritier du comte Egidio Crivoni se serait-il tenu derrière la porte à les attendre qu'il n'aurait pu réagir plus rapidement à leur coup de sonnette. Et c'est tout aussi rapidement que la porte massive s'ouvrit, lorsque Brunetti eut expliqué qu'ils étaient venus chercher des informations à propos du patrimoine du comte Crivoni. Ils montèrent deux volées de marches, puis encore deux autres ; Brunetti remarqua avec étonnement qu'il n'y avait qu'une seule porte par palier, ce qui laissait à penser que chaque appartement occupait tout l'étage – et donc que leurs occupants disposaient de moyens importants.

À l'instant précis où les deux policiers mettaient le pied sur le palier du dernier niveau, un majordome habillé de noir ouvrit la porte – unique aussi – qui se trouvait en face d'eux. Plus exactement, à la manière dont l'homme inclina la tête, affichant une expression pénétrée et gardant une attitude distante et solennelle, Brunetti conclut que c'était un domestique, hypothèse qui fut confirmée quand il proposa au commissaire de le débarrasser de son manteau en lui disant que « la Signora Contessa » allait les recevoir dans son bureau. L'homme disparut quelques instants derrière une porte mais réapparut presque aussitôt, cette fois sans le manteau de Brunetti.

Ce dernier n'eut que le temps d'apercevoir brièvement des yeux bruns et une petite croix en or au revers gauche de son veston : le majordome s'était tourné et les précédait dans un couloir. Des tableaux, tous des portraits datant de siècles différents et peints dans des styles différents, s'alignaient sur les murs, des deux côtés. Bien que sachant qu'il en allait presque toujours ainsi avec les portraits, Brunetti fut frappé de l'air malheureux de tous ces personnages; malheureux, et quelque chose d'autre encore; agité, peut-être, comme s'ils avaient pensé qu'au lieu de gaspiller leur temps à poser, cédant ainsi à la vanité de laisser d'eux ce souvenir matériel, ils auraient mieux fait d'aller conquérir les contrées sauvages ou convertir les païens. Les femmes paraissaient convaincues d'y parvenir du seul fait de la vie exemplaire qu'elles menaient, tandis que les hommes semblaient avoir davantage foi en la puissance de leur épée.

L'homme s'arrêta devant une porte, frappa un coup et poussa le battant sans attendre la réponse. Il la tint ouverte pour laisser entrer les visiteurs et la referma silencieusement derrière eux.

Trois vers de Dante revinrent à l'esprit de Brunetti :

Oscura e profonda era e nebulosa
Tanto che, per ficcar lo viso a fondo
*Io non vi discerna alcuna cosa**.

Telle était aussi cette pièce : crépusculaire, à croire que, comme Dante, ils venaient de laisser derrière eux la lumière du monde, le soleil et la joie. De hautes fenêtres s'ouvraient dans l'un des murs de la pièce, mais elles étaient toutes occultées par des rideaux de velours d'un brun particulièrement sourd, une nuance située quelque part entre le sépia et le sang séché. Le peu de lumière qui en filtrait se reflétait sur les reliures de cuir de centaines de volumes à l'aspect très sérieux, alignés du sol au plafond sur tous les autres murs. Le plancher était du parquet, non pas fait de lames de bois contrecollées sur un support, mais un vrai parquet, où chacune des lattes avait été soigneusement découpée et mise en place individuellement.

Dans un coin de la salle, assise derrière un bureau mas-

---

* Dante, *Enfer*, chant IV, 10-13 : « Elle était obscure, profonde et nébuleuse, et j'avais beau en scruter le fond, je n'y distinguais pas la moindre chose. » (Traduction du traducteur)

sif couvert de livres et de papiers, Brunetti vit la moitié supérieure d'une grosse femme habillée de noir. La sévérité de sa tenue et de son expression rendait tout d'un coup le reste de la pièce presque gai.

« Que voulez-vous ? » Manifestement, la vue de l'uniforme du sergent lui évitait d'avoir à leur demander également qui ils étaient.

D'où il se tenait, Brunetti ne pouvait se faire une idée précise de l'âge de la femme, bien que son timbre – profond, sonore et impérieux – suggérât qu'elle n'était pas de la première jeunesse ni même, sans doute, de la seconde. Il s'avança de quelques pas et s'arrêta à deux ou trois mètres du bureau.

« Contessa ? commença-t-il.

– Je vous ai demandé ce que vous vouliez », claqua la réponse.

Brunetti sourit.

« Je vais m'efforcer de prendre le moins possible de votre temps, Contessa. Je sais que vous êtes très occupée. Ma belle-mère m'a souvent parlé de votre dévouement pour les bonnes œuvres et de l'énergie et de la générosité avec laquelle vous aidez notre sainte mère l'Église. »

Il essaya de dire ces derniers mots avec respect, ce qui ne lui était pas des plus facile.

« Et qui est votre belle-mère ? » exigea-t-elle de savoir, sur un ton pouvant faire penser qu'elle s'attendait à ce que ce fût sa couturière.

Brunetti visa avec précision, juste entre les deux yeux, qu'elle avait très rapprochés.

« La comtesse Falier.

– Donatella Falier ? » s'exclama-t-elle, dissimulant très mal l'étonnement qu'elle éprouvait.

Brunetti fit semblant de n'avoir rien remarqué.

« Oui. Encore la semaine dernière, je crois, je l'ai entendu parler de vos derniers projets.

– Vous voulez parler de la campagne pour interdire la vente de contraceptifs en pharmacie ? demanda-t-elle, donnant à Brunetti l'information dont celui-ci avait justement besoin.

– En effet. »

Il acquiesça comme s'il approuvait pleinement cette initiative et sourit.

Elle se leva alors, fit le tour de son bureau et lui tendit la main – maintenant qu'il avait prouvé son humanité par le fait de sa parenté, même si c'était par alliance, avec l'une des femmes les mieux nées de Venise. Debout, elle révélait toute l'ampleur du corps qu'avait partiellement caché le bureau. Plus grande que Brunetti, elle devait bien peser vingt kilos de plus que lui. Sa masse, cependant, n'était pas celle, compacte et charnue, d'une personne vigoureuse, mais évoquait plutôt les couches de saindoux, molles et trémulantes, de ceux qui sont perpétuellement immobiles. Ses mentons s'empilaient les uns sur les autres jusqu'à sa robe, réduite en fait à un immense tuyau de laine qui pendait du formidable contrefort de sa poitrine. Brunetti n'eut pas le sentiment qu'il y ait eu beaucoup de joie, et encore moins de plaisir, à l'accumulation de toute cette chair.

« Vous êtes le mari de Paola, dans ce cas, n'est-ce pas ? demanda-t-elle en s'approchant, précédée de l'odeur âcre d'une peau qui n'a pas été lavée.

– En effet, Contessa. Guido Brunetti », répondit-il en prenant la main tendue. La tenant comme si c'était un fragment de la Vraie Croix, il s'inclina dessus et l'approcha jusqu'à un centimètre de ses lèvres. Puis, se redressant, il ajouta : « C'est un honneur pour moi de faire votre connaissance », dit-il, réussissant à avoir l'air sincère.

Il se tourna vers Vianello.

« Et voici le sergent Vianello, mon assistant. »

Celui-ci exécuta une courbette élégante, l'expression aussi solennelle que celle de son supérieur, s'arrangeant pour donner l'impression qu'il avait été réduit au silence par l'honneur qui lui était fait, lui qui n'était qu'un vulgaire policier de rang inférieur. C'est à peine si la comtesse lui adressa un regard.

« Je vous en prie, asseyez-vous, *dottor* Brunetti », dit-elle avec un geste de la main en direction d'une chaise à dossier droit placée devant son bureau. Brunetti se dirigea vers le siège, puis se tourna et fit signe à Vianello d'aller se poser sur une chaise identique, près de la porte, où il serait probablement plus à l'abri de l'éclat resplendissant émanant de tant de noblesse.

La comtesse retourna derrière son bureau et s'assit laborieusement. Elle déplaça quelques papiers sur sa droite, puis regarda Brunetti.

« N'avez-vous pas dit à Stefano qu'il y aurait un problème concernant le patrimoine laissé par mon mari ?

– Non, Contessa, rien d'aussi sérieux », répondit Brunetti avec un sourire qu'il espéra désarmant. Elle acquiesça et attendit ses explications.

Le commissaire accentua son sourire et se mit à inventer au fur et à mesure qu'il parlait.

« Comme vous le savez, Contessa, la criminalité ne cesse d'augmenter dans ce pays. (Elle acquiesça.) On dirait qu'il n'y a plus rien de sacré, que l'on n'est plus à l'abri de rien, que certains sont capables d'aller jusqu'à d'impensables extrémités pour extorquer de l'argent à ceux qui en possèdent légitimement. »

Nouvel acquiescement attristé de la comtesse.

« Une des dernières formes prises par ce genre d'escroquerie a été introduite par des gens qui n'hésitent pas à s'en prendre aux biens des personnes âgées et qui essaient, trop souvent avec succès, de les tromper et de les gruger. »

La comtesse leva une main aux doigts boudinés.

« Voulez-vous dire que cela risquerait de m'arriver ?

– Nullement, Contessa. Vous pouvez en être assurée. Mais ce dont nous voudrions être sûrs, c'est que feu votre époux... (et ici, Brunetti s'autorisa à secouer légèrement la tête par deux fois, pour déplorer le fait qu'un homme d'une telle vertu eût été arraché si jeune aux siens) que feu votre époux n'a pas été victime de ce genre de machination sordide.

– Me laisseriez-vous entendre qu'on aurait volé Egidio ? Qu'on l'aurait trompé ? Je ne vois pas de quoi vous voulez parler. »

Elle s'inclina en avant et sa poitrine vint s'appuyer sur le bureau.

« Permettez-moi de m'expliquer plus clairement,

Contessa. Nous voulons acquérir la certitude que personne n'a réussi à persuader le comte, avant sa mort, de lui faire un legs, que personne n'a exercé sur lui une influence indue dans le but d'obtenir une partie de son patrimoine, qui aurait ainsi été détournée de ses héritiers de droit. »

La comtesse accusa le coup mais ne dit rien.

« Serait-il possible qu'une telle chose se soit produite, Contessa ?

– D'où vous viennent vos soupçons ? demanda-t-elle en guise de réponse.

– Le nom de votre mari est apparu de façon purement accidentelle, Contessa, dans le cadre d'une enquête sans aucun rapport.

– Sur des personnes dont l'héritage aurait été détourné ?

– Non, Contessa, sur autre chose. Mais avant d'agir officiellement, je tenais à venir vous voir personnellement – à cause de la très haute estime dans laquelle vous êtes tenue – et, si possible, m'assurer qu'il n'y avait aucune enquête à faire.

– Et qu'attendez-vous de moi ?

– L'assurance que le testament de feu votre époux ne comportait rien d'anormal.

– D'anormal ?

– Un legs à une personne qui ne ferait pas partie de la famille, peut-être ? » suggéra Brunetti.

Elle secoua la tête.

« À quelqu'un qui n'était pas un ami proche ? »

Elle répéta son geste de manière si énergique, cette fois, que ses bajoues en tremblèrent.

« Une institution à laquelle il aurait fait un don ? »

Brunetti vit son regard s'allumer.

« Que voulez-vous dire, par institution ?

– Certains de ces escrocs arrivent à convaincre les gens de faire des contributions à de prétendues institutions charitables. Nous avons eu un cas, par exemple, où de l'argent qui devait aller à des hôpitaux pour enfants en Roumanie a été détourné ; ou encore, on avait dit aux donateurs que c'était pour un hospice de mère Teresa. » Brunetti chargea sa voix d'indignation avant d'ajouter : « Affreux. Scandaleux. »

La comtesse croisa son regard et exprima le même jugement d'un hochement de tête.

« Non, il n'y a rien eu de tel. Mon mari a laissé tout son patrimoine à la famille, comme il se doit. Il n'y a eu aucun legs douteux. Tous ceux qui ont reçu quelque chose l'ont reçu légitimement. »

Étant placé face à la comtesse, Vianello prit la liberté de hocher vigoureusement la tête pour montrer son approbation.

Brunetti se leva.

« Vous me voyez extrêmement soulagé, Contessa. Je craignais qu'un homme aussi généreux que votre mari ait pu être victime de tels aigrefins. Mais après ce que vous m'avez déclaré, c'est avec plaisir que nous allons pouvoir faire disparaître son nom de notre enquête. » Il mit une bonne dose de chaleur dans sa voix avant d'ajouter : « En tant que représentant officiel de l'ordre public, je suis toujours heureux quand cela se produit, mais c'est en tant que personne privée que je tiens à vous dire à quel point je suis satisfait qu'il en soit ainsi. » Il se tourna vers Vianello et lui fit signe de se lever.

Lorsqu'il fit de nouveau face à la comtesse, celle-ci avait contourné son bureau et propulsait sa corpulente personne dans sa direction.

« Pouvez-vous m'en dire un peu plus sur cette affaire, dottore ?

– Hélas non, Contessa. Mais du moment que je sais que votre mari n'a rien eu à voir avec ces gens, je pourrai dire à mon collègue...

– Votre collègue ?

– Oui, le commissaire chargé de l'enquête pour escroquerie. Je lui enverrai un mémo pour lui dire que votre mari n'est en rien concerné par cette affaire, grâce au ciel, et je pourrai retourner à mes propres affaires.

– Si celle-ci n'est pas la vôtre, demanda-t-elle carrément, pourquoi êtes-vous venu ici ? »

Brunetti sourit avant de répondre.

« J'espérais qu'il serait moins désagréable pour vous que la question vous soit posée par une personne qui...

comment dire... par une personne sensible à la position que vous occupez dans la communauté. Je ne voulais pas vous inquiéter plus qu'il ne fallait, même si ce n'était que de manière temporaire. »

Au lieu de remercier Brunetti pour tant de courtoisie, la comtesse acquiesça à ce qu'elle considérait sans doute comme son dû.

Brunetti tendit la main et, lorsqu'elle lui laissa prendre la sienne, il se pencha de nouveau dessus, résistant à la brusque envie de claquer des talons.

Sur quoi il battit en retraite vers la porte, où Vianello l'attendait. Là, les deux policiers se fendirent d'une dernière petite courbette avant de passer dans le couloir. Stefano, si tel était bien le nom de l'homme à la petite croix d'or, les attendait là, non pas appuyé contre un mur, mais au milieu du corridor, le manteau de Brunetti dans les bras. Quand il les aperçut, il ouvrit le manteau et aida le commissaire à l'enfiler. Sans mot dire, il les reconduisit jusqu'à l'entrée et leur tint la porte pendant qu'ils sortaient.

5

AUCUN DES DEUX n'ouvrit la bouche pendant qu'ils descendaient l'escalier ; lorsqu'ils se retrouvèrent dans la rue, la nuit printanière tombait sur la ville.

« Eh bien ? » fit Brunetti en tirant de nouveau la liste de sa poche. Il vérifia l'adresse suivante et en prit la direction, tandis que Vianello lui emboîtait le pas.

« Est-ce qu'on peut dire que cette dame est un personnage important de Venise ? proposa Vianello pour répondre quelque chose.

– Je crois.

– Pauvre Venise, alors. » Voilà tout l'effet magique qu'avait eu sur le sergent son contact avec la noblesse patentée de la ville. « C'est elle qui a payé la rançon de Lucia, non ? » demanda-t-il. Il faisait allusion à une célèbre affaire de kidnapping, vieille de plus de dix ans ; dérobés dans l'église qui les abritait, les ossements de sainte Lucie avaient ensuite fait l'objet d'une demande de rançon. On n'avait jamais su le montant de la somme payée aux voleurs, mais la police avait retrouvé des ossements – probablement ceux de la malheureuse sainte – dans un champ, sur la terre ferme. On les avait réinstallés dans leur reliquaire au cours d'une cérémonie solennelle, et l'affaire avait été classée.

Brunetti acquiesça.

« Je l'ai entendu dire, en effet, mais on ne sait jamais, n'est-ce pas ?

– Probablement des os de cochon, de toute façon », observa Vianello d'un ton qui disait qu'il l'espérait bien.

Étant donné que le sergent paraissait ne pas vouloir répondre à une question indirecte, Brunetti lui en posa une directe.

« Qu'est-ce que tu penses de la comtesse ?

– Elle a eu tout d'un coup l'air intéressée lorsque vous avez suggéré que quelque chose avait peut-être été donné à une institution. Les parents et les amis n'ont pas eu l'air de l'inquiéter, par contre.

– Oui, reconnut Brunetti. L'histoire de ces hôpitaux en Roumanie. »

Vianello se tourna vers Brunetti et lui adressa un long regard.

« Où est-ce que vous avez pris tous ces gens qui se sont fait convaincre, soi-disant, de donner de l'argent pour mère Teresa ? »

Brunetti sourit et réagit par un haussement d'épaules.

« Il fallait bien que je lui dise quelque chose. La trouvaille en valait bien une autre.

– Ça n'a pas beaucoup d'importance, au fond, n'est-ce pas ?

– Qu'est-ce qui n'a pas beaucoup d'importance ?

– Que mère Teresa touche l'argent ou qu'il reste dans la poche des escrocs. »

Surpris, Brunetti demanda :

« Que veux-tu dire ?

– Personne ne sait jamais où va l'argent, en fin de compte. Elle a gagné tous ces prix, et il y a toujours des gens qui recueillent de l'argent en son nom, mais quand est-ce qu'on en voit la couleur, en fait ? »

Il y avait là un degré de cynisme que Brunetti n'avait jamais réussi à atteindre lui-même.

« Eh bien, au moins ont-ils une mort décente, ces gens qu'elle recueille dans son hospice. »

La réaction de Vianello ne traîna pas.

« Ils préféreraient faire un repas décent, à mon avis. »

Puis, regardant ostensiblement sa montre, sans chercher à déguiser son scepticisme grandissant quant à la manière dont son supérieur gaspillait son temps, il ajouta :

« Ou boire quelque chose de décent. »

Difficile de ne pas saisir l'allusion. Aucune des deux personnes auxquelles ils avaient parlé, aussi désagréables qu'elles eussent été, ne leur avait fait l'impression d'être coupable de quelque chose. « Encore un », proposa Brunetti, content d'avoir présenté cela comme une suggestion plutôt qu'un ordre.

Le hochement de tête fatigué et le haussement d'épaules de Vianello furent un commentaire sur ce que leur travail avait de répétitif et de barbant. « Et ensuite, *un' ombra* », ajouta-t-il sans que ce fût une suggestion ou un ordre.

Brunetti acquiesça, consulta de nouveau l'adresse, et tourna dans la ruelle à leur droite. Ils se retrouvèrent dans une cour où ils s'arrêtèrent, à la recherche d'un numéro sur la porte la plus proche.

« C'est le combien, monsieur ?

– Le 112.

– Ça doit être par là », dit Vianello, posant une main sur le bras de Brunetti et montrant l'autre côté de la cour.

En la traversant, ils remarquèrent des narcisses et des jonquilles se détachant sur la couleur sombre de la terre, près du centre ; les fleurs les plus petites commençaient à se refermer avec la venue de la nuit et de la fraîcheur.

Ils trouvèrent effectivement le numéro qu'ils cherchaient et Brunetti sonna.

Au bout d'un moment, une voix s'éleva dans l'interphone, leur demandant qui ils étaient.

« Je suis venu à propos du signor Lerini, répondit Brunetti.

– Le signor Lerini n'est plus de ce monde, fit la voix.

– Je le sais, signora. J'ai quelques questions à vous poser sur son patrimoine.

– Son seul patrimoine est au ciel », rétorqua la voix.

Brunetti et Vianello échangèrent un regard.

« Je parle de celui qu'il a laissé derrière lui sur cette terre », dit Brunetti, sans faire d'effort pour cacher son impatience.

– Et d'abord, qui êtes-vous ?

– Police », répliqua-t-il sèchement.

Il y eut le cliquetis sec d'un combiné reposé brutalement. Rien ne se passa pendant ce qui parut être un long moment, puis la porte s'ouvrit.

Ils grimpèrent de nouveau un escalier. Comme le couloir de la comtesse Crivoni, il était agrémenté de portraits, mais qui représentaient tous la même personne : Jésus-Christ, à chacune des étapes, plus sanglantes à chaque fois, qui l'avaient conduit à la crucifixion et menaient à présent au troisième étage. Brunetti s'arrêta, le temps d'examiner l'un des tableaux, et se rendit compte que, loin d'être les reproductions découpées dans une revue religieuse qu'il s'était attendu à trouver, il s'agissait de dessins exécutés avec soin, avec des crayons de couleur, des crayons qui, bien que s'étant amoureusement attardés sur les plaies, les épines et les clous, n'en réussissaient pas moins à donner au visage du Christ souffrant une écœurante douceur saccharinée.

Lorsque Brunetti détourna son attention de cette image pieuse, ce fut pour voir une femme qui se tenait sur le pas d'une porte ouverte ; un instant, il crut que le hasard l'avait fait de nouveau tomber sur Suor'Immacolata en personne – une Suor'Immacolata qui aurait retrouvé son ordre et son habit. Mais un deuxième coup d'œil lui apprit que cette femme n'avait rien à voir avec Maria Testa, sinon par sa tenue : une longue jupe blanche qui tombait jusqu'à terre et un chandail noir, informe, boutonné par-dessus une blouse blanche lui montant jusqu'au cou. Il lui aurait suffi d'un voile et d'un rosaire accroché à la ceinture pour que la tenue soit parfaite. La peau de son visage, trop blanche, faisait penser à du papier, comme si elle ne voyait jamais, ou que trop rarement, la lumière du soleil. Elle avait un long nez, rose au bout, et le menton trop étroit par rapport au reste de son visage. La fraîcheur de ses traits, par ailleurs, rendait difficile d'apprécier son âge et Brunetti supposa qu'elle devait avoir entre cinquante et soixante ans.

« Signora Lerini ? demanda le policier sans prendre la peine de gaspiller un sourire.

– Signorina, le corrigea-t-elle avec une promptitude qui laissait à penser qu'elle avait souvent eu à faire la même remarque et s'attendait peut-être à devoir la faire encore.

– Je suis venu vous poser quelques questions à propos du patrimoine laissé par votre père.

– Et puis-je vous demander qui vous êtes ? s'enquit-elle d'un ton qui parvenait à être en même temps agressif et intimidé.

– Commissaire Brunetti, répondit-il avant de se tourner. Et voici le sergent Vianello, qui m'accompagne.

– Je suppose que je dois vous faire entrer », dit-elle.

Brunetti acquiesça et elle recula d'un pas, leur tenant la porte. Après le *Permesso* de rigueur, ils entrèrent dans l'appartement. Brunetti fut tout de suite frappé par une odeur qu'il ne put identifier, sur le moment, alors qu'elle lui était pourtant familière. Contre l'un des murs du couloir était appuyée une desserte en acajou, dont la surface disparaissait presque sous une accumulation de photos dans des cadres en argent compliqués. Brunetti y jeta un bref coup d'œil, continua un instant son inspection des lieux puis revint aux photos pour les étudier un peu mieux. Tous les personnages qu'elles représentaient semblaient porter un habit religieux : évêques, cardinaux, quatre nonnes en rang d'oignons – même le pape était là. La femme se tourna pour les conduire dans une autre pièce et Brunetti en profita pour examiner les clichés de plus près. Ils étaient tous dédicacés, et la plupart d'entre eux à la signorina Lerini, un cardinal allant même jusqu'à s'adresser à elle comme à « Benedetta, notre bien-aimée sœur en Jésus-Christ ». Il éprouva la sensation étrange de se trouver dans la chambre d'une adolescente remplie des posters de ses rock stars préférées, vêtues de tenues délirantes en accord avec leur profession.

Il rattrapa rapidement la signorina Lerini et Vianello, pour entrer dans une pièce qu'il prit tout d'abord pour une chapelle mais qui n'était en fin de compte qu'un salon. Un des angles abritait une madone en bois à côté de laquelle brûlaient six cierges, source de l'odeur qu'il n'avait pu identifier. Un prie-Dieu était installé devant la statue, sans le moindre coussin pour protéger les genoux.

Devant un autre mur était installé un autel d'un genre différent, apparemment dédié, celui-ci, à feu le père de la signorina ; ou tout du moins, à la photo d'un personnage masculin à cou de taureau, en costume trois-pièces, s'appuyant lourdement à un bureau, les mains serrées devant lui. Il n'était pas éclairé par des bougies, mais par deux spots tamisés dont les rayons tombaient d'un endroit perdu entre les poutres du plafond ; Brunetti eut l'impression qu'ils devaient rester allumés vingt-quatre heures sur vingt-quatre.

La signorina Lerini se posa sur une chaise, ou plutôt sur le bord extérieur de celle-ci, le dos bien droit, raide comme une rapière.

« J'aimerais commencer, fit Brunetti lorsqu'ils furent tous installés, par vous présenter mes condoléances pour la perte que vous venez de subir. Votre père était une personnalité éminente et sans aucun doute un citoyen de valeur pour cette ville, et je suis sûr que sa disparition doit être très difficile à supporter. »

La signorina Lerini pinça les lèvres et inclina la tête.

« Il faut accepter la volonté du Seigneur. »

Brunetti entendit Vianello, assis juste à ses côtés, qui murmurait distinctement un « Amen », mais il résista à l'envie de se tourner vers lui. La signorina Lerini, néanmoins, leva la tête vers Vianello et découvrit un visage dont l'expression était autant empreinte de solennité et de piété que la sienne. Ses traits se détendirent alors visiblement, et elle perdit un peu de sa rigidité de rapière.

« Je n'ai aucun désir, signorina, de m'immiscer dans votre chagrin, car je sais qu'il doit être immense, mais il y a quelques questions que j'aimerais vous poser à propos des biens laissés par votre père.

– Comme je vous l'ai dit, son seul bien est d'être maintenant avec le Seigneur. »

Cette fois-ci, Brunetti entendit un *« Si, si »* discret à côté de lui ; il se demanda si Vianello n'en rajoutait pas un peu. Apparemment non, car la signorina Lerini regarda le sergent et hocha la tête avec satisfaction, sans doute de savoir qu'il y avait au moins un autre chrétien dans la pièce.

« Malheureusement, signorina, ceux d'entre nous qui restent sur cette terre doivent s'occuper de certains détails matériels. »

À ces mots, la signorina Lerini jeta un coup d'œil à la photo de son papa, qui parut dans l'incapacité absolue de l'aider.

« Et quelles sont ces choses dont vous devez vous occuper ? demanda-t-elle.

– Des informations qui nous sont parvenues dans le cadre d'une autre enquête, dit Brunetti en reprenant le même mensonge, nous font penser que certaines personnes, ici, à Venise, ont été victimes d'escrocs ayant capté leur confiance au nom de la charité, c'est-à-dire en se présentant comme mandatés par diverses institutions charitables. Ils ont réussi à obtenir le versement de sommes d'argent, parfois considérables, de la part de leurs victimes. » Il attendit que la signorina Lerini manifestât quelque signe de curiosité, mais ce fut en vain, et il poursuivit. « Nous avons des raisons de croire que l'un de ces escrocs a réussi à gagner la confiance de certains des patients qui se trouvaient dans la même maison de repos que votre père. »

La signorina Lerini leva vers lui des yeux agrandis par la curiosité.

« Pouvez-vous me dire, signorina, si ces gens ont jamais approché votre père, le signor Lerini ?

– Comment pourrais-je le savoir ?

– Je me disais que votre père vous avait peut-être informée de changements effectués dans son testament, qu'il avait éventuellement envisagé de faire un legs à une organisation charitable dont vous n'auriez jamais entendu parler auparavant, par exemple. » La signorina Lerini garda le silence. « Un legs à une telle organisation figure-t-il dans le testament de votre père, signorina ?

– Que voulez-vous dire par un legs à une organisation ? »

Brunetti avait l'impression que sa question était simple, mais il ne s'en expliqua pas moins.

« À un hôpital, ou bien à un orphelinat, peut-être ? »

Elle secoua la tête.

« Je suis sûr, cependant, qu'il a laissé de l'argent à une institution religieuse qui en était digne », avança Brunetti.

Elle secoua de nouveau la tête, sans offrir davantage d'explications.

Vianello intervint brusquement.

« Si je puis me permettre de vous interrompre, monsieur, il me semble que quelqu'un comme le signor Lerini n'aurait certainement pas attendu sa mort pour commencer à partager les fruits de son labeur avec notre sainte mère l'Église. »

Sur ces paroles, le sergent inclina la partie supérieure de son corps en direction de la fille du signor Lerini, laquelle lui adressa un sourire gracieux en réponse à l'hommage qui venait d'être rendu à la générosité de son père.

« Mon sentiment, continua Vianello, encouragé par ce sourire, est que notre devoir envers l'Église est quelque chose qui nous concerne toute notre vie, et pas seulement à l'heure de notre mort. »

Ayant proféré cette profonde vérité, Vianello retomba dans un silence respectueux, l'Église défendue, et lui satisfait d'avoir été son défenseur.

« La vie de mon père, commença alors la signorina Lerini, fut un exemple éclatant de vertu chrétienne. Non seulement il a consacré toute son existence au travail, mais son souci permanent pour le bien-être spirituel de tous ceux avec qui il entrait en contact, aussi bien sur un plan professionnel que personnel, a créé un précédent qu'il sera difficile d'égaler. »

Elle continua dans cette veine pendant encore quelques minutes, sur quoi Brunetti coupa le son et laissa son esprit vagabonder pendant que ses yeux erraient sur la pièce.

Le lourd mobilier, relique d'une époque révolue, lui était familier ; il était construit pour l'éternité – et au diable les idées de confort et de beauté. Après un tour rapide du salon où les quelques tableaux accrochés aux murs relevaient plus de la piété que de l'esthétique, il concentra son attention sur l'étude approfondie des pieds bulbeux munis de griffes par lesquels se terminaient tables et chaises.

Il retoucha terre au moment précis où la signorina Lerini en était à la péroraison d'un discours qu'elle avait déjà dû faire un nombre incalculable de fois. Elle le récitait sur un ton tellement monocorde que Brunetti en vint à se demander si elle avait vraiment conscience de ses propos, et finit par conclure que ce n'était pas du tout évident.

« J'espère que cela satisfait votre curiosité, dit-elle, terminant enfin.

– C'est incontestablement un catalogue impressionnant de vertus, signorina. »

La vieille fille se contenta de cette réponse et sourit, son père ayant reçu le tribut qui lui était dû.

Brunetti revint sur un point qui n'avait pas été mentionné :

« Pouvez-vous me dire si la maison de repos a bénéficié de la générosité de votre père ? »

Le sourire disparut du visage de la signorina Lerini.

« Que voulez-vous dire ?

– S'est-il souvenu d'elle dans son testament ?

– Non.

– N'a-t-il pas pu donner quelque chose pendant qu'il était encore ici bas ?

– Je ne sais pas », répondit-elle d'une voix douce destinée à faire comprendre son manque d'intérêt pour des préoccupations aussi bassement matérielles ; mais, étant donné le regard perçant qu'elle lui décocha, elle ne parvint qu'à avoir l'air sur ses gardes et mécontente.

« Quel contrôle votre père exerçait-il sur ses finances quand il était encore de ce monde, signorina ?

– Je ne suis pas sûre de comprendre votre question, commissaire.

– Était-il en contact personnel avec sa banque, pouvait-il rédiger des chèques ? S'il n'était plus capable de cela, vous demandait-il, à vous ou à un fondé de pouvoir, de s'occuper de ses affaires, de payer les factures, de faire des dons ? »

Il ne voyait pas comment poser plus clairement sa question.

Celle-ci, d'ailleurs, ne plut manifestement pas à la signorina Lerini, mais Brunetti en avait assez de ses protestations et de son angélisme.

« Je croyais que vous étiez à la recherche d'escrocs,

commissaire, dit-elle d'un ton tellement sec qu'il regretta sur-le-champ sa propre causticité.

– C'est bien le cas, signorina, c'est bien le cas. Je désire justement savoir s'ils n'ont pas pu profiter de la générosité de votre père pendant qu'il était dans la maison de repos.

– Comment une telle chose aurait-elle été possible ? »

Brunetti remarqua que la vieille fille étreignait les doigts de sa main gauche avec force, faisant plisser la peau qui formait un bourrelet ressemblant à une crête de poulet.

« Si ces personnes sont venues rendre visite à d'autres patients, ou se sont trouvées là-bas pour toute autre raison, elles ont pu entrer en contact avec votre père... voilà comment cela aurait été possible, ajouta-t-il quand il vit qu'elle restait sans réaction.

– Et il aurait pu leur donner de l'argent ?

– C'est possible, au moins en théorie. S'il n'existe aucun legs bizarre dans son testament, et s'il n'a donné aucune instruction inhabituelle concernant ses finances, il n'y a à mon avis aucune inquiétude à avoir.

– Alors vous pouvez être rassuré, commissaire. J'avais la responsabilité des finances de mon défunt père pendant sa dernière maladie, et il ne m'a jamais parlé de rien de tel.

– Et dans son testament ? En a-t-il changé des clauses pendant la période où il était là-bas ?

– Non, aucune.

– Et vous étiez son héritière ?

– Oui. Je suis fille unique. »

Brunetti était à bout de patience autant que de questions.

« Merci de nous avoir accordé un peu de votre temps et votre coopération, signorina. Ce que vous nous avez déclaré met un terme à tout soupçon que nous aurions pu nourrir. » Sur ces fortes paroles, Brunetti se leva, aussitôt imité par Vianello. « Je me sens beaucoup mieux, signorina, enchaîna Brunetti avec un sourire qui avait toute l'apparence de la sincérité. Ce que vous m'avez dit me rassure, parce que cela signifie que ces méprisables individus n'ont pas profité de la situation de votre père. » Il sourit de nouveau et se tourna vers la porte, sentant la présence de Vianello dans son dos.

La signorina Lerini se leva et les raccompagna.

« Ce n'est pas que j'attache beaucoup d'importance à tout ceci », dit-elle avec un geste qui englobait la pièce et tout ce qu'elle contenait, espérant peut-être en montrer la vanité.

« Surtout, intervint Vianello, quand notre salut éternel est en jeu, signorina. »

Brunetti fut content d'avoir le dos tourné, car il avait l'impression qu'il n'aurait pu cacher sa stupéfaction et son dégoût devant une telle remarque.

6

UNE FOIS DEHORS, Brunetti se tourna vers Vianello et lui lança : « Puis-je avoir l'audace de te demander d'où t'est venu ce brusque accès de piété, sergent ? » Il accompagna la question d'un regard mécontent, mais l'interpellé se contenta de sourire. « Eh bien ?

– Je n'ai plus autant de patience qu'avant, monsieur. Et elle allait tellement loin que j'ai pensé qu'elle ne se rendrait pas compte de ce que je faisais.

– Quelque chose me dit que, sur ce point, tu as réussi ton coup. C'était un numéro sensationnel – "Notre salut éternel est en jeu", répéta Brunetti, ne cherchant pas à cacher son écœurement. J'espère qu'elle t'a cru, en effet, parce que ça sonnait aussi faux à mes oreilles que si c'était le diable en personne qui avait parlé.

– Oh, mais elle m'a cru, monsieur, elle m'a cru, affirma Vianello en prenant la direction de la rue et du pont de l'Académie.

– Comment peux-tu en être aussi sûr ?

– Les hypocrites n'imaginent jamais que les autres puissent être aussi fourbes qu'ils le sont eux-mêmes.

– Qu'est-ce qui te prouve qu'elle est hypocrite ?

– Vous n'avez pas vu sa tête lorsque vous avez laissé entendre que son père, son saint homme de père, aurait pu dissiper une partie du butin ? »

Brunetti acquiesça.

« Eh bien ? reprit Vianello.

– Eh bien quoi ?

– Je pense que ça suffit pour comprendre ce que signifiaient toutes ces simagrées religieuses, en réalité.

– Et qu'est-ce qu'elles signifient, à ton avis ?

– Qu'elles font d'elle quelqu'un de spécial, quelqu'un qui sort de l'ordinaire. Elle n'est pas belle, même pas jolie, et rien n'indique qu'elle soit très intelligente. Si bien que la seule chose qui puisse la distinguer des autres, ce que nous désirons tous plus ou moins, j'imagine, c'est de se montrer la plus dévote possible. De cette façon, tous ceux qui la rencontrent s'exclament : "Oh, comme cette personne est intéressante !" Et pour cela, elle n'a pas besoin de faire quoi que ce soit, d'apprendre quoi que ce soit, ou de travailler à quoi que ce soit. Elle n'a même pas besoin d'être intéressante. Il lui suffit de tenir certains propos, des propos religieux et pieux, et tout le monde saute en l'air en disant : "Voyez comme elle est bonne !". »

Brunetti n'était pas entièrement convaincu, mais il se garda bien de le dire. Il y avait certainement eu quelque chose d'excessif et qui sonnait faux dans les manifestations de piété de la signorina Lerini, mais il ne pensait pas qu'il s'agissait d'hypocrisie. Pour lui, qui en avait vu plus que sa part dans le cadre de son travail, ces discours mystiques relevaient du simple fanatisme. Cette femme, estimait-il, n'avait pas l'intelligence et ne manifestait pas l'autosatisfaction que l'on trouvait en général chez un authentique hypocrite.

« On dirait que ce genre de comportement t'est familier, Vianello », dit Brunetti en entrant dans un bar. Après avoir eu à subir un tel déluge d'homélies, il avait besoin d'un verre. Vianello aussi, apparemment, puisqu'il commanda deux vins blancs.

« Ma sœur, répondit le sergent en guise d'explication. Sauf qu'elle en est sortie.

– Qu'est-ce qui s'est passé ?

– Tout a commencé deux ans avant son mariage, à peu près. » Vianello prit une gorgée de vin, reposa son verre et s'empara, dans le bol mis à la disposition des consommateurs, d'un cracker qu'il se mit à grignoter. « Heureusement, ça lui a passé une fois mariée. » Nouvelle gorgée, un sourire. « Pas de place pour Jésus dans le lit, je suppose. » Une rasade, cette fois. « C'était affreux. On a dû l'écouter nous rabâcher les mêmes rengaines pendant des mois, qu'il fallait prier, faire de bonnes œuvres et combien elle aimait la Madone. Les choses en sont arrivées à un stade où même ma mère – qui, elle, est vraiment une sainte – ne la supportait plus.

– Et qu'est-ce qui s'est passé ?

– Comme je vous l'ai dit, elle s'est mariée, les enfants sont arrivés et elle n'a plus eu de temps à perdre pour toutes ces bondieuseries. Je suppose qu'ensuite elle a oublié ça.

– Tu crois que c'est ce qui s'est passé avec la signorina Lerini ? demanda Brunetti, qui buvait lui aussi son vin, à petites gorgées.

– À son âge – au fait, combien elle a ? Cinquante ans ? » demanda-t-il. Brunetti acquiesça et il poursuivit. « À son âge, personne n'aurait de raison de l'épouser, sauf pour son argent. Et elle n'a pas l'air du genre à vouloir lâcher le moindre sou, hein ?

– Tu ne peux vraiment pas l'encadrer, n'est-ce pas ?

– J'ai les hypocrites en horreur. Et je n'aime pas les grenouilles de bénitier. Vous n'avez qu'à imaginer ce que je pense de ceux qui combinent les deux.

– Tu viens cependant de dire que ta mère est une sainte. Elle n'est pas pieuse ? »

Vianello acquiesça et fit glisser son verre sur le bar. Le barman le lui remplit, jeta un coup d'œil à Brunetti qui hocha affirmativement la tête et tendit son verre à son tour.

« Si. Mais chez elle, c'est une foi sincère, la foi en la bonté humaine.

– N'est-ce pas ce que devrait être le christianisme bien compris ? »

Comme réponse, Vianello se contenta d'un petit reniflement coléreux.

« Vous savez, commissaire, je parlais sérieusement, quand je vous ai dit que ma mère était une sainte. Elle a élevé deux autres gosses en plus des trois siens. Leur père travaillait avec le mien et, quand sa femme est morte, il s'est mis à boire et ne s'occupait plus de ses enfants. Et ma mère les a pris chez elle, tout simplement, et les a élevés avec nous. Elle n'en a pas fait toute une histoire, il n'y a pas eu de grands discours sur la générosité. Un jour, elle a surpris mon frère qui se moquait de l'un d'eux et disait que son père était un ivrogne. J'ai bien cru qu'elle allait le tuer, le Luca, mais non ; elle l'a fait venir dans la cuisine et lui a dit qu'il lui faisait honte. C'est tout, qu'il lui faisait honte. Et Luca a pleuré pendant une semaine. Elle n'a pas été dure avec lui, mais elle a clairement dit ce qu'elle pensait. »

Le sergent reprit une gorgée de vin, perdu dans les souvenirs de son enfance.

« Et ensuite ? voulut savoir Brunetti.

– Hein ?

– Qu'est-ce qui s'est passé ? Pour ton frère ?

– Oh, environ deux semaines plus tard, pendant que nous revenions tous ensemble de l'école, des vauriens du quartier ont commencé à se moquer du petit, disant les mêmes choses que Luca avait dites.

– Et alors ?

– Alors ? Je crois que Luca est devenu comme fou. Il en a battu deux jusqu'au sang, et en a poursuivi un jusqu'à mi-chemin de Castello. Et il n'arrêtait pas de leur gueuler qu'ils n'avaient pas le droit de dire ces choses sur son frère. » Le regard de Vianello brillait à cette évocation. « Il est revenu à la maison couvert de sang. Je crois qu'il s'était cassé un doigt pendant la bagarre. Toujours est-il que mon père a été obligé de le conduire à l'hôpital.

– Et ?

– Eh bien, pendant que nous étions là-bas, à l'hôpital, Luca a raconté à mon père ce qui s'était passé, et en rentrant à la maison mon père l'a raconté à ma mère. »

Vianello finit son verre et sortit quelques billets de sa poche.

« Et qu'est-ce qu'a dit ta mère ?

– Oh, rien de bien spécial, en fait. Sauf que ce soir-là elle a fait du *risotto di pesce*, le plat préféré de Luca. Cela faisait deux semaines qu'on n'en avait pas eu, comme si elle s'était mise en grève. Ou qu'elle nous avait mis en grève de la faim à cause de ce que Luca avait dit, ajouta-t-il avec un gros rire. Mais ensuite, Luca a retrouvé le sourire. Ma mère n'en a jamais reparlé. Luca était le plus jeune, et j'ai toujours pensé qu'il était son préféré. » Il prit sa monnaie et l'empocha. « Elle est comme ça. Pas de grands sermons. Mais bonne, bonne jusqu'au fond de l'âme. »

Il alla jusqu'à la porte et la tint ouverte pour Brunetti. « Vous avez encore d'autres noms, sur votre liste, commissaire ? Parce que vous n'allez tout de même pas me faire croire que ces gens-là sont capables d'autre chose que de jouer les saintes-nitouches. » Le sergent se tourna vers l'horloge murale, au-dessus du bar.

Brunetti était tout aussi fatigué de bondieuseries que son subordonné.

« Non, probablement pas. Le quatrième testament partageait tout en parts égales pour les six enfants.

– Et le cinquième ?

– Les héritiers vivent à Turin.

– Ce qui ne nous laisse pas beaucoup de suspects, n'est-ce pas, monsieur ?

– Non, j'en ai bien peur. Et je commence à me dire qu'il n'y a pas vraiment matière à soupçons.

– Vous croyez que ça vaut la peine de repasser à la questure ? » demanda Vianello, repoussant cette fois sa manche pour consulter sa montre.

Il était dix-huit heures quinze.

« Non, il n'y a pas de raison d'y retourner, sergent. Autant rentrer chez toi à une heure décente, pour une fois. »

Vianello sourit, voulut commencer à dire quelque chose, se retint un instant, puis céda à son envie de taquiner son chef.

« Comme ça, j'aurai plus de temps pour la gym.

– Ne me parle surtout pas de ce genre de choses », répliqua Brunetti en prenant un air faussement horrifié.

Vianello éclata de rire et s'engagea sur les premières marches du pont de l'Académie, pendant que Brunetti prenait la direction de son domicile en passant par le Campo San Barnaba.

C'est sur cette place, d'ailleurs, tandis qu'il examinait pour la première fois, depuis qu'elle venait d'être nettoyée et restaurée, la façade de l'église, que l'idée vint à Brunetti. Il coupa par la ruelle qui longe l'édifice et s'arrêta à la dernière porte avant le Grand Canal.

Le battant s'ouvrit à son deuxième coup de sonnette, et il entra dans l'immense cour d'un palazzo – celui de ses beaux-parents. Luciana, la domestique qui était déjà au service des Falier lorsque Brunetti avait rencontré Paola, lui ouvrit la porte, en haut des marches, et l'accueillit avec un sourire amical.

« *Buonasera*, dottore, dit-elle en reculant d'un pas pour le laisser entrer.

– *Buonasera*, Luciana. Ça me fait plaisir de te voir », répondit Brunetti en lui laissant son manteau, prenant soudain conscience du nombre de fois où il l'avait enfilé et enlevé depuis seize heures.

« J'aimerais parler à ma belle-mère. Si elle est ici, bien entendu. »

Luciana, si elle fut étonnée, n'en laissa rien paraître.

« La comtesse est en train de lire, dottore. Mais je suis sûre qu'elle sera ravie de vous voir. » Tandis qu'elle conduisait Brunetti dans la partie habitée du palais, elle demanda, d'une voix chargée d'affection :

« Comment vont les enfants ?

– Raffi est amoureux, répondit Brunetti, auquel le sourire chaleureux de Luciana faisait du bien. Et Chiara aussi, ajouta-t-il, s'amusant, cette fois, des grands yeux qu'ouvrait la domestique. Mais heureusement, Raffi est amoureux d'une fille, et Chiara du nouvel ours blanc du zoo de Berlin. »

Luciana s'arrêta et posa une main sur le bras de Brunetti.

« Oh, dottore, vous ne devriez pas faire des plaisanteries pareilles à une vieille femme, dit-elle, portant l'autre main à son cœur, faussement mélodramatique. Et qui est la jeune fille ? Est-ce qu'elle est bien, au moins ?

– Elle s'appelle Sara Paganuzzi. Elle habite à l'étage

en dessous du nôtre. Raffi la connaît depuis l'enfance. Son père dirige une fabrique de verre à Murano.

– C'est ce Paganuzzi-là ? demanda Luciana avec une réelle curiosité.

– Pourquoi ? Tu le connais ?

– Non, pas personnellement, mais j'ai vu ce qu'il faisait. C'est très, très beau. Mon neveu travaille à Murano, et il dit toujours que Paganuzzi est le meilleur de tous les verriers. »

Luciana s'arrêta devant le bureau de la comtesse et frappa à la porte.

« *Avanti !* » fit la voix de Donatella Falier. Luciana ouvrit et fit entrer Brunetti sans l'annoncer. Après tout, il n'y avait guère de danger qu'il trouvât sa belle-mère se livrant à quelque occupation coupable – lisant en secret, par exemple, une revue de body-building.

La comtesse regarda par-dessus ses lunettes de lecture, posa son livre à l'envers sur le canapé, les lunettes par-dessus, et se leva aussitôt. Elle vint rapidement au-devant de Brunetti et lui tendit son visage pour recevoir deux baisers légers. Il avait beau savoir qu'elle avait soixante-cinq ans, elle en paraissait dix de moins ; elle n'avait pas un seul cheveu blanc, ses rides étaient estompées par un maquillage élaboré avec beaucoup de soin, et son corps menu avait gardé une silhouette impeccable.

« Il s'est passé quelque chose, Guido ? » demanda-t-elle, une inquiétude bien réelle dans la voix. Brunetti éprouva un instant de regret à l'idée qu'il était un tel étranger pour cette femme qu'elle n'imaginait en le voyant que danger ou catastrophe.

« Non, pas du tout. Tout le monde va très bien. »

Il la vit se détendre pendant qu'il répondait.

« Bien, bien. Veux-tu boire quelque chose, Guido ? »

Elle se tourna vers la fenêtre comme pour déterminer l'heure à la quantité de lumière restante, afin de savoir la boisson qu'il fallait offrir ; elle parut surprise, remarqua-t-il, de découvrir que les vitres s'étaient assombries.

« Quelle heure est-il donc ?

– Dix-huit heures trente.

– Vraiment ? » Elle avait posé la question de manière

purement rhétorique tout en regagnant son canapé. « Viens t'asseoir ici et dis-moi comment vont les enfants. » Elle reprit sa place, ferma le livre et le posa sur la table basse à côté d'elle. Puis elle plia les lunettes et les rangea près du livre. « Non, viens te mettre ici, Guido », dit-elle lorsqu'elle vit qu'il se dirigeait sur le fauteuil placé en vis-à-vis, de l'autre côté de la table.

Il se soumit à la volonté de sa belle-mère et alla la rejoindre sur le canapé. Au cours de toutes ces années de mariage avec Paola, il ne s'était retrouvé que très rarement en tête à tête avec Donatella Falier, si bien que l'image qu'il avait d'elle n'était pas claire. Elle lui faisait parfois l'effet d'être une tête de linotte, l'archétype de la mondaine irréfléchie, incapable de faire une chose aussi simple que de se préparer un verre, mais elle l'avait parfois stupéfait par son analyse des comportements humains, d'une froide pénétration et d'une justesse implacable. Mais Brunetti était incapable de déterminer si ces remarques étaient intentionnelles ou non. C'était cette même femme qui, un an auparavant, avait fait allusion au député néo-fasciste Fini en l'appelant « Mussofini », sans qu'il eût pu dire si le nom erroné était le résultat d'une confusion ou du mépris.

Il parla donc des enfants, assurant la comtesse que l'un et l'autre travaillaient bien en classe, qu'ils dormaient avec la fenêtre fermée et mangeaient deux sortes de légumes à chaque repas. Cela l'ayant apparemment rassurée sur le sort de ses petits-enfants, elle tourna son attention vers les parents.

« Et toi et Paola, ça va ? Tu as incontestablement l'air en pleine forme, Guido. »

Brunetti se surprit à se redresser et à rentrer le ventre.

« Bon, dis-moi, maintenant, veux-tu boire quelque chose ?

– Non, vraiment. Je suis venu pour te poser quelques questions sur des personnes que tu connais peut-être.

– Vraiment ? s'étonna-t-elle, en tournant vers lui des yeux vert jade grands ouverts. Mais pour quelle raison ?

– Eh bien, le nom de l'une d'entre elles est apparu dans une enquête que nous menons..., répondit-il, laissant la phrase en suspens.

– Et tu aimerais savoir si je suis au courant de certaines choses les concernant, n'est-ce pas ?
– Eh bien... oui.
– Mais que pourrais-je savoir qui soit utile à la police ?
– Euh... des choses personnelles.
– Des commérages, c'est ce que tu veux dire ?
– Eh bien... oui. »
Elle détourna quelques instants les yeux et lissa du doigt un minuscule pli qui s'était formé dans le tissu, sur le bras du siège.
« J'ignorais que la police s'intéressait aux commérages.
– C'est probablement notre plus grande source d'information.
– Vraiment ? » s'étonna-t-elle.
Il acquiesça.
« Comme c'est intéressant... »
Brunetti ne répondit rien et, pour éviter de croiser le regard de la comtesse et prendre une contenance, il lut à voix haute le titre du livre qu'elle avait posé sur la table, et dont il voyait le dos. « *The Voyage of the Beagle* », s'exclama-t-il, incapable de cacher sa stupéfaction à l'idée que non seulement sa belle-mère lisait Darwin, mais en plus qu'elle le lisait en anglais.
Donatella Flavia jeta un coup d'œil au livre et revint sur son gendre.
« Oui, en effet. Pourquoi, tu ne l'as pas lu ?
– Si, quand j'étais étudiant, il y a des années, mais dans une traduction », réussit-il à dire, ayant repris le contrôle de sa voix et sans manifester le moindre étonnement.
« Oui, j'ai toujours aimé ce livre, expliqua la comtesse. Et toi, est-ce qu'il t'avait plu ? continua-t-elle, mettant entre parenthèses toute discussion sur les commérages et les enquêtes de police.
– Oui, à l'époque, il m'a plu. Mais je ne suis pas sûr de très bien m'en souvenir, cependant.
– Alors tu devrais le relire. C'est un livre important, peut-être l'un des plus importants du monde moderne. Celui-ci et *L'Origine des espèces*, je dirais. » Brunetti ne put qu'acquiescer. « Veux-tu que je te le prête, lorsque

je l'aurai terminé? Tu n'auras pas de problème avec l'anglais, n'est-ce pas?

– Non, je ne crois pas, mais j'ai énormément de choses à lire, en ce moment. Peut-être plus tard, pendant l'année.

– Oui, ce serait un livre parfait pour lire en vacances, je crois. Toutes ces plages... et tous ces animaux délicieux...

– Oui, oui », marmonna Brunetti, ne sachant vraiment pas que dire.

C'est la comtesse qui le tira d'embarras.

« Et de qui veux-tu que je te dise du mal, Guido?

– Non, pas exactement du mal; je voudrais savoir si tu n'as pas entendu dire quelque chose, à leur sujet, qui pourrait intéresser la police.

– Et quel genre de chose serait susceptible d'intéresser la police? »

Il hésita un instant, puis se vit contraint d'avouer :

« Tout, je suppose.

– Oui, cela ne m'étonne pas. Eh bien?

– La signorina Benedetta Lerini.

– Celle qui habite du côté de Dorsoduro?

– Oui. »

La comtesse réfléchit quelques instants avant de répondre.

« Tout ce que je sais d'elle, c'est qu'elle est très généreuse envers l'Église, ou qu'elle passe pour l'être. Une grande partie de l'argent qu'elle a hérité de son père – un homme effrayant de méchanceté, soit dit en passant – a été donnée à l'Église.

– Mais à quel ordre, en particulier? »

La comtesse resta un instant interdite.

« N'est-ce pas étrange? fit-elle, mi-surprise, mi-curieuse. Je n'en ai pas la moindre idée. Tout ce que j'ai entendu dire se résume à ceci : qu'elle était très pieuse et donnait beaucoup d'argent à l'Église. Mais pour ce que j'en sais, il peut tout aussi bien s'agir des waldésiens ou des anglicans, ou encore de ces affreux Américains qui t'arrêtent dans la rue, tu sais, ceux qui ont des tas de femmes mais leur interdisent de boire du Coca-Cola. »

Brunetti se demandait dans quelle mesure cela enrichissait ce qu'il savait déjà sur la signorina Lerini, et il passa donc à un autre nom.

« Et la comtesse Crivoni ?

– Quoi, Claudia ? » Donatella Falier ne fit aucun effort pour cacher sa première réaction – la surprise – ni la seconde – le ravissement.

– Si c'est bien son prénom. Elle est la veuve du Comte Egidio.

– Oh, c'est trop drôle, vraiment trop drôle ! s'exclama-t-elle avec un léger rire. Comme j'aimerais pouvoir en parler aux autres, à mon prochain bridge. »

Voyant de la panique pure dans les yeux de Brunetti, elle se hâta d'ajouter :

« Non, non, ne t'inquiète pas, Guido. Je n'en dirai pas un mot. Pas même à Orazio. Paola m'a expliqué qu'elle n'avait pas le droit de répéter ce que tu lui confiais.

– Elle t'a dit ça ?

– Oui.

– Et est-ce qu'elle t'a jamais répété quelque chose ? » demanda Brunetti avant de se mordre la langue.

La comtesse sourit et posa une main couverte de bagues sur la manche de son gendre.

« Voyons, Guido, tu respectes bien ton serment en tant qu'officier de police, n'est-ce pas ? »

Il acquiesça.

« Eh bien, je respecte la parole donnée à ma fille, enchaîna-t-elle avec un sourire. Et à présent, dis-moi ce que tu voudrais apprendre à propos de Claudia.

– J'aimerais en savoir plus sur son mari, comment elle s'entendait avec lui.

– Personne ne s'entendait avec Egidio, j'en ai bien peur, Guido. » Elle avait répondu sans hésiter ; puis elle ajouta, avec la lenteur de quelqu'un qui réfléchit : « Mais je pense qu'on pourrait en dire autant de Claudia elle-même. » Elle parut analyser ce propos comme si ce qui était sorti de sa bouche l'avait surprise. « Que sais-tu d'eux, Guido ?

– Rien de plus que les potins habituels qui courent la ville.

– C'est-à-dire ?

– Qu'il a fait fortune dans les années 60 en faisant construire en toute illégalité des immeubles à Mestre.

– Et sur Claudia ?

– Qu'elle s'intéresse à la moralité publique », répondit Brunetti d'un ton neutre.

La comtesse sourit.

« Oh, aucun doute là-dessus. »

Comme elle n'ajoutait rien, Brunetti aborda le sujet autrement.

« Que sais-tu d'elle, ou plutôt, comment l'as-tu connue ?

– À cause de l'église – je parle du bâtiment – l'église de San Simeon Piccolo. Elle fait partie du comité de soutien qui essaie de réunir des fonds pour la restauration.

– En es-tu aussi membre ?

– Bonté du ciel, non ! Elle m'a priée d'en faire partie, mais je sais que cette histoire de restauration n'est qu'un prétexte.

– Pour dissimuler quoi ?

– C'est la seule église de Venise dans laquelle on dise la messe en latin. Tu ne le savais pas ?

– Non.

– Je crois qu'ils sont plus ou moins en rapport avec cet évêque français, monseigneur Lefebvre, celui qui voulait qu'on retourne au latin et à l'encens. D'où j'en conclus que l'argent recueilli risque d'être envoyé en France ou servir à acheter de l'encens. » Elle réfléchit quelques instants, puis ajouta : « Cette église est tellement laide qu'elle ne mérite vraiment pas d'être restaurée. On dirait une mauvaise copie du Panthéon. »

Quel que soit l'intérêt qu'il aurait pu trouver à cette digression architecturale, Brunetti ramena sa belle-mère au vif du sujet.

« Mais que sais-tu d'elle comme personne ? »

Donatella Falier détourna les yeux pour regarder, par la fenêtre, la vue imprenable sur les palais qui se trouvaient de l'autre côté du Grand Canal.

« Quel usage comptes-tu faire de tout ceci, Guido ? Peux-tu me le dire ?

– Puis-je savoir pourquoi tu tiens à le savoir ? répliqua-t-il en guise de réponse.

– Pour la bonne raison que, aussi désagréable que puisse être ce personnage, je ne souhaite pas qu'elle souffre injustement des suites de ragots qui sont peut-être faux. » Avant que Brunetti eût pu répondre quelque chose, elle leva la main et dit, d'un ton légèrement plus ferme : « Non, je pense qu'il serait plus juste de dire que je ne tiens pas à être responsable de ses éventuelles souffrances.

– Je peux t'assurer qu'elle ne souffrira de rien qu'elle n'aura pas mérité.

– Je trouve cette façon de répondre particulièrement ambiguë.

– Oui, je veux bien l'admettre. La vérité, c'est que j'ignore totalement si elle a fait quelque chose de condamnable, et que je n'ai même aucune idée de ce que cela aurait pu être. Je ne sais *même pas* s'il y a eu du tort fait à quelqu'un.

– Et tu viens tout de même me poser des questions sur elle ?

– Oui.

– C'est donc que ta curiosité a des raisons.

– En effet, elle en a. Mais je te promets qu'il ne s'agit que de cela. Et si tes réponses me font perdre cette curiosité, quelles qu'elles soient, ce que tu m'auras confié ne sera jamais divulgué. Cela, je te le promets.

– Et si ce n'est pas le cas ? »

Brunetti pinça les lèvres tout en réfléchissant bien à la question.

« Dans ce cas, je passerai ces informations au crible pour faire la part entre ce qui pourrait être vrai ou ce qui ne serait que simple ragot.

– Bien souvent, c'est de la pure médisance. »

Brunetti sourit à cette réplique. La comtesse n'avait certainement pas besoin qu'on lui dise que, tout aussi souvent, la vérité constituait les fondements – inébranlables – des commérages. Après un long silence, elle reprit la parole.

« Il est question d'un prêtre », dit-elle – mais ce fut tout.

« Que veux-tu dire, question d'un prêtre ? »

Elle agita la main en l'air en guise de réponse.
« Quel prêtre ?
– Je l'ignore.
– Que sais-tu, au juste ? demanda-t-il doucement.
– Il s'agit de simples remarques entendues ici et là. Rien de direct, tu comprends, ou qui puisse être interprété comme autre chose que le souci, on ne peut plus sincère, que l'on pourrait avoir de son bien-être. » Brunetti connaissait bien ce genre de bruits de couloir, qui étaient pires qu'une crucifixion. « Tu sais comment ces choses sont insinuées, Guido. Il suffit qu'elle ne vienne pas à une réunion et que quelqu'un demande si quelque chose ne va pas, ou qu'un autre s'interroge sur une éventuelle maladie et ajoute, sur ce ton que savent prendre les femmes, qu'il faut bien que ce soit une maladie, étant donné que sa santé spirituelle est l'objet des plus grands soins.
– Est-ce tout ? »
Elle acquiesça.
« Cela suffit.
– Qu'est-ce qui te fait penser qu'il s'agit d'un prêtre ? »
Une fois de plus, la comtesse agita la main.
« Le ton. Les mots ne signifient rien, en réalité ; tout est dans le ton, l'inflexion de la voix, l'allusion qui se cache sous la remarque en apparence la plus innocente.
– Depuis combien de temps cela durerait-il ?
– Guido, dit-elle en se redressant un peu, je ne sais absolument pas s'il se passe quelque chose.
– Dans ce cas, depuis combien de temps fait-on ce genre d'allusions ?
– Je ne sais pas. Plus d'un an, il me semble. J'ai mis du temps à les relever. Ou peut-être les gens faisaient-ils attention à ne pas se les permettre devant moi. On sait que je n'aime pas ce genre de choses.
– A-t-on colporté d'autres ragots ?
– Que veux-tu dire ?
– Au moment de la mort de son mari, par exemple ?
– Non. Rien dont je me souvienne.
– Rien ?
– Guido, répondit-elle, un peu inclinée vers lui, posant

de nouveau sa main couverte de bagues sur sa manche, essaie de ne pas oublier que je ne suis pas un suspect et évite de me parler comme si j'en étais un, veux-tu ? »

Il sentit le rouge lui monter aux joues et réagit immédiatement.

« Je suis désolé, absolument désolé. J'ai oublié...

– Oui, Paola m'a parlé de ça.

– T'a parlé de quoi ?

– Combien c'était important pour toi.

– Combien *quoi* était important pour moi ?

– Ce que tu considères comme la justice.

– Ce que je *considère* ?

– Ah, je suis désolée, Guido. J'ai bien peur que ce soit moi qui t'aie offensé, à présent. »

Il apporta une dénégation immédiate à cette remarque d'un vif mouvement de tête mais, avant qu'il ait pu lui demander ce qu'elle entendait par son idée de la justice, elle s'était levée et disait :

« Il fait de plus en plus sombre. »

Elle parut l'avoir oublié et alla se placer devant l'une des fenêtres, se tenant les mains croisées dans le dos. Brunetti l'étudia ; l'ensemble en soie sauvage, les talons hauts, le chignon parfait... Donatella Falier avait la silhouette d'une jeune femme, tant elle était mince et arborait un parfait port de tête.

Au bout d'un long moment, elle se tourna et jeta un coup d'œil à sa montre.

« Nous sommes invités à dîner ce soir, Orazio et moi, dit-elle. Si tu n'as pas d'autres questions à me poser, Guido, je crains de devoir te laisser pour aller me changer. »

Brunetti se leva à son tour et traversa la pièce. Pardessus l'épaule de sa belle-mère, il vit les bateaux qui allaient et venaient sur le canal, les lumières qui brillaient aux fenêtres, sur l'autre rive. Il voulait lui dire quelque chose, mais elle ne lui laissa pas le temps de trouver quoi.

« Embrasse les enfants et Paola de ma part, Guido. »

Elle lui tapota le bras, puis passa devant lui et disparut avant qu'il eût pu répondre quelque chose, le laissant à la contemplation de la vue, depuis l'une des fenêtres du palais qui serait un jour le sien.

7

BRUNETTI SE GLISSA dans l'appartement un peu avant vingt heures, accrocha son manteau dans l'entrée et se rendit directement, par le couloir, jusqu'au bureau de Paola. Il la trouva, comme il s'y attendait, pelotonnée dans son vieux fauteuil (lequel partait en lambeaux), une jambe sous elle, un stylo à la main, un livre ouvert sur les genoux. Elle leva les yeux sur lui quand il entra, fit un mouvement de baiser exagéré dans sa direction, mais replongea le nez dans son livre. Brunetti commença par s'asseoir sur le canapé en face ; au bout d'une seconde, il s'y allongea de tout son long, puis prit deux coussins dans lesquels il donna des coups de poing avant de se les glisser sous la tête. Il regarda tout d'abord le plafond, puis il ferma les yeux, sachant pertinemment qu'elle finirait le passage qu'elle avait commencé avant de s'intéresser à lui.

Une page tourna. Les minutes passèrent. Il entendit le livre tomber par terre.

« Je ne savais pas que ta mère lisait, dit-il.

– Eh oui. Elle demande à Luciana de l'aider avec les mots difficiles.

– Non, je veux dire, de vrais livres.

– Par rapport à quoi ? À lire dans les mains ?

– Non, sérieusement, Paola. J'ignorais qu'elle lisait ce genre de livre.

– Serait-elle encore plongée dans saint Augustin ? »

N'ayant aucune idée si cette réplique était ou non une plaisanterie, il se contenta de répondre :

« Non, Darwin. *The Voyage of the Beagle.*

– Ah, vraiment ? répondit Paola, paraissant peu intéressée.

– Mais savais-tu, toi, qu'elle lisait des textes comme ça ?

– À t'entendre, Guido, on croirait qu'il s'agit de livres pornographiques.

– Non, je me demandais juste si tu savais qu'elle s'intéressait à ce genre de littérature. Tout le monde ne lit pas Darwin dans le texte, tout de même.

– C'est ma mère, après tout. Bien entendu, je le savais.

– Pourtant, tu ne m'en as jamais parlé.

– Est-ce que tu l'aurais aimée davantage si je l'avais fait ?

– J'aime ta mère, Paola, répondit-il en insistant peut-être un peu trop. Mais voilà où je veux en venir : je n'ai jamais su qui elle était... ou plutôt, ce qu'elle était, ajouta-t-il, se corrigeant lui-même.

– Et le fait de savoir qu'elle lit te permet de mieux savoir ce qu'elle est ?

– Existe-t-il un meilleur moyen de le dire ? »

Paola réfléchit longtemps à la question et lui donna finalement la réponse qu'il attendait. « Non, je suppose que non. » Il l'entendit qui changeait de position dans son fauteuil, mais il garda les yeux fermés. « Au fait, comment se fait-il que tu aies parlé avec ma mère ? Et comment astu appris qu'elle lisait ce livre ? Ne me dis pas que tu l'as appelée pour qu'elle te donne des conseils de lecture.

– Non, je suis allé la voir.

– Ma mère ? Tu es allé voir ma mère ? »

Il poussa un grognement affirmatif.

« Et pourquoi donc ?

– Pour lui parler de certaines personnes qu'elle connaît.

– Qui ça ?

– Benedetta Lerini.

– *Hou la la*, répondit-elle, qu'est-ce qu'elle a fait ? Elle a enfin avoué qu'elle avait massacré ce vieux salopard à coups de marteau ?

– Tout me laisse croire que son père est mort d'une crise cardiaque.

– À la grande de joie de tout l'univers, j'en suis sûre.

– Pourquoi, de tout l'univers ? »

Paola ne répondit pas et, comme le silence se prolongeait, Brunetti ouvrit les yeux et regarda dans sa direction. Elle était assise, une jambe repliée sous elle, accoudée au fauteuil, le menton dans la main.

« Eh bien ? demanda-t-il.

– C'est drôle, Guido... maintenant que tu me le demandes, je me rends compte que je ne sais pas pourquoi. Je crois que c'est parce que j'ai toujours entendu dire que c'était un personnage détestable.

– Détestable comment ? »

Encore une fois, elle mit longtemps avant de répondre.

« Je ne sais pas. Je n'arrive pas à me rappeler quoi que ce soit, à évoquer la moindre chose que j'aurais entendu dire sur lui ; c'est juste une impression générale. Il passait pour un homme mauvais. Étrange, tout de même, non ? »

Brunetti referma les yeux.

« Je suis bien d'accord, en particulier dans cette ville.

– Où tout le monde connaît tout le monde, c'est ce que tu veux dire ?

– C'est bien ça, oui.

– Je suppose. » Ils gardèrent tous les deux le silence ; Brunetti savait qu'elle explorait les longs méandres de sa mémoire, à la poursuite de commentaires, de remarques ou d'opinions concernant feu le signor Lerini, et qu'elle aurait assimilés plus ou moins à son insu.

La voix de Paola le tira du sommeil dans lequel il était près de sombrer.

« C'était Patrizia.

– Patrizia Belloti ?

– Oui.

– Et qu'a-t-elle dit ?

– Elle a travaillé pour lui pendant environ cinq ans, avant sa mort. C'est par elle que j'ai entendu parler de lui et de sa fille. Patrizia m'a dit qu'elle n'avait jamais rencontré de personnage aussi répugnant et que tout le monde le détestait, au bureau.

– Il travaillait dans l'immobilier, n'est-ce pas ?

– Oui, entre autres.
– A-t-elle dit pourquoi ?
– Pourquoi quoi ?
– Pourquoi tout le monde le détestait ?
– Laisse-moi réfléchir un instant... Il me semble que c'est en rapport avec la religion. »

Brunetti s'y attendait plus ou moins. Si la fille tenait du père, celui-ci devait avoir été un de ces bigots confits en dévotion qui interdisent les jurons dans leurs bureaux et donnent des rosaires en guise de cadeaux de Noël.

« Mais qu'a-t-elle dit, au juste ?
– Écoute, tu connais Patrizia, non ? »

Amie d'enfance de Paola, cette Patrizia n'avait jamais paru très intéressante à Brunetti, qui devait tout de même reconnaître qu'il ne l'avait pas rencontrée plus d'une douzaine de fois au cours de toutes ces années.

« Euh... oui.
– Elle est très croyante. »

Cela, Brunetti s'en souvenait très bien, puisque c'était l'une des raisons pour lesquelles il ne l'aimait pas.

« Je crois me rappeler qu'il aurait fait une scène, un jour, parce que quelqu'un, une secrétaire ou quelque chose comme ça, avait accroché une image pieuse dans son bureau. Ou un crucifix. Je ne sais plus exactement ; c'était il y a des années. Mais toujours est-il qu'il a piqué une crise et exigé que l'objet soit enlevé. Il a aussi juré comme un charretier – il me semble bien que c'est ce qu'elle a raconté. Vraiment très grossier, la Madone ceci, la Madone cela, des choses que Patrizia n'a même pas voulu me répéter. Même toi, tu aurais été scandalisé, Guido. »

Brunetti ignora cette révélation, faite en passant par Paola, qu'elle paraissait le considérer plus ou moins comme bon juge en matière de grossièretés, et préféra s'intéresser à ce qu'elle venait de lui apprendre sur le signor Lerini. Ses réflexions furent interrompues par la douce pression du corps de Paola, venue s'asseoir sur le canapé à hauteur de sa hanche. Il s'enfonça un peu plus dans le siège pour lui faire de la place, sans ouvrir les yeux, puis il sentit le coude, le bras et la poitrine de sa femme venir peser contre lui.

« Pourquoi es-tu allé voir ma mère ? fit la voix de Paola, juste en dessous du menton de Guido.

– Parce que je pensais qu'elle connaîtrait peut-être la fille Lerini, et une autre femme.

– Qui ?

– Claudia Crivoni.

– Et elle la connaissait ? »

Il répondit par un grognement affirmatif.

« Qu'est-ce qu'elle t'a dit ?

– Il a été question d'un prêtre.

– Un prêtre ? » répéta Paola, exactement sur le même ton que lui quand on lui avait fait cette même révélation.

« Oui, mais ce n'est qu'une rumeur.

– Ce qui signifie qu'elle est probablement vraie.

– Qu'est-ce qui est vrai ?

– Oh, ne fais pas l'idiot, Guido. D'après toi, qu'est-ce qui pourrait être vrai ?

– Avec un prêtre ?

– Et pourquoi pas ?

– Ils n'ont pas fait vœu de chasteté, ou un truc comme ça ? »

Elle s'écarta un peu de lui.

« Je n'arrive pas à y croire. Est-ce que tu penses sérieusement que cela change quelque chose ?

– Ça devrait.

– Oui, c'est comme les enfants, qui devraient être obéissants et studieux.

– Pas les nôtres », répondit-il avec un sourire.

Il sentit le corps de Paola secoué par le rire.

« Tu peux le dire. Non, sérieusement, Guido, tu me faisais marcher, n'est-ce pas ?

– Je ne crois pas qu'elle ait une liaison avec qui que ce soit.

– Comment peux-tu en être aussi sûr ?

– Parce que je l'ai vue », répliqua-t-il en l'attrapant brusquement par la taille et en l'attirant sur lui.

Paola laissa échapper un cri de surprise, mais un cri qui trahissait la même peur délicieuse que ceux que poussait Chiara quand son frère ou son père la chatouillaient. Elle se tortilla, mais Brunetti la serra un peu plus dans ses bras et elle fut obligée de s'arrêter.

Au bout d'un moment, il dit :

« Je ne connaissais pas ta mère.

– Voyons, Guido, tu la connais depuis vingt ans.

– Mais pas réellement. Au bout de toutes ces années, je n'avais aucune idée de ce qu'elle était.

– Ça paraît t'attrister », remarqua Paola en se soulevant un peu pour mieux voir le visage de son mari.

Il relâcha son emprise. « Tu ne trouves pas que c'est triste, toi, d'avoir connu quelqu'un pendant vingt ans sans jamais savoir ce qu'était sa vraie personnalité ? Tout ce temps perdu... »

Elle se laissa retomber contre la poitrine de Guido, puis glissa de côté, de manière à venir mieux se caler contre son flanc, dont son corps épousa les courbes. À un moment donné, il laissa échapper un ouf ! surpris, lorsque le coude de Paola s'enfonça dans son estomac, puis elle ne bougea plus, et il la tint de nouveau serrée dans ses bras.

Chiara, qui arriva une demi-heure plus tard, affamée et prête à passer à table, les trouva endormis dans cette position.

8

LE LENDEMAIN, Brunetti s'éveilla en proie à une sensation étrange : l'impression d'avoir soudain la tête plus claire, comme s'il avait eu un bref accès de fièvre pendant la nuit et venait d'être remis d'aplomb. Il resta longtemps au lit, parcourant mentalement toutes les informations qu'il avait recueillies au cours des deux journées précédentes. Loin d'en arriver à la conclusion qu'il avait occupé son temps utilement, que la questure et ses affaires se trouvaient en de bonnes mains, et qu'il menait l'enquête, il se sentit brusquement gêné de s'être lancé dans ce qui lui apparaissait comme une fausse piste. Et non content d'avoir gobé l'histoire de Maria Testa, il avait embrigadé Vianello et s'était permis d'aller interroger des personnes qui, de toute évidence, ne voyaient pas où il voulait en venir et n'avaient absolument pas compris pourquoi un commissaire de police s'était présenté chez elles sans se faire annoncer.

Patta devait revenir dans dix jours, et Brunetti n'avait aucun doute sur ce que serait sa réaction lorsqu'il apprendrait à quelles opérations s'était livrée la police. Même bien à l'abri et au chaud, au fond de son lit, il sentait déjà un frisson lui parcourir l'échine à l'idée de l'ironie glaciale dont Patta allait l'abreuver. « Quoi ? Vous voulez dire que vous avez avalé cette histoire à dormir debout racontée par une *nonne*, une femme qui a passé toute sa vie cachée au fond d'un couvent ? Et vous vous êtes permis de persécuter ces personnes, de leur faire penser qu'un de leurs proches avait pu être assassiné ? Auriez-vous perdu l'esprit, Brunetti ? Savez-vous donc qui sont ces gens ? »

Il décida cependant qu'avant d'abandonner il lui fallait avoir un dernier entretien avec quelqu'un qui pourrait sinon corroborer l'histoire de Maria, du moins lui permettre d'évaluer sa fiabilité en tant que témoin. Et qui pouvait être mieux à même de lui rendre ce service que l'homme auquel elle avait confessé ses péchés depuis six ans ?

L'adresse que cherchait Brunetti se trouvait à l'autre bout du quartier de Castello, près de l'église San Francesco della Vigna. Les deux premières personnes qu'il interrogea n'avaient aucune idée de l'endroit où se trouvait le numéro, mais lorsqu'il demanda où il pourrait trouver les pères de la Sainte-Croix, on lui répondit immédiatement que c'était au pied du pont suivant, deuxième porte à gauche, ainsi que le prouva la petite plaque en laiton portant le nom de l'ordre surmonté d'une croix maltaise.

On vint lui ouvrir dès son premier coup de sonnette. L'homme à cheveux blancs qui l'accueillit avait tout de ce personnage si courant de la littérature médiévale : le brave moine. Ses yeux rayonnaient de bonté comme la chaleur rayonne du soleil, et le reste de son visage se fendait d'un immense sourire, à croire que rien ne le ravissait plus que l'arrivée de cet étranger.

« Puis-je vous aider ? demanda-t-il sur un ton qui montrait que, de toute évidence, rien n'aurait pu lui faire plus plaisir.

– J'aimerais parler au padre Pio Cavaletti, mon père.

– Oui, oui, entrez, mon fils, entrez », répondit le moine en tenant la porte grande ouverte pour laisser passer Brunetti. « Faites attention au cadre », dit-il avec un geste d'une main vers le sol, tendant instinctivement l'autre pour aider le policier lorsque celui-ci enjamba le montant de bois dans lequel s'ouvrait le battant, au milieu de la lourde porte cochère. Le moine portait la longue robe blanche de l'ordre de Suor'Immacolata, mais sous un tablier marron taché par des années passées à travailler la terre.

Brunetti s'avança dans un air qui embaumait et s'immobilisa pour regarder autour de lui, essayant d'identifier le parfum.

« Du lilas, expliqua le moine, ravi de lire autant de plaisir sur le visage de Brunetti. Le padre Pio en est fou, il s'en fait envoyer du monde entier. »

C'était vrai, comme le constata sans peine Brunetti. Des buissons, des arbustes et même de grands arbres remplissaient la cour, devant lui, et leur parfum lui parvenait par vagues tourbillonnantes. Il remarqua alors que seuls quelques-uns des buissons ployaient sous les efflorescences mauves ; la plupart des autres n'avaient pas encore fleuri.

« C'est incroyable que si peu de fleurs puissent répandre une telle odeur, s'étonna Brunetti, incapable de dissimuler sa stupéfaction.

– Je sais, je sais, répondit le moine avec un sourire de fierté. Ce sont les premiers à s'ouvrir, les plus foncés : Dilatata, Claude-Bernard et Ruhm-von-Horstenstein. » Brunetti supposa que cette avalanche de noms exotiques était celle des variétés dont il sentait le parfum. « Ceux-là, par contre », enchaîna le moine qui prit Brunetti par le coude et lui montra, sur la gauche, une douzaine de buissons regroupés devant un mur de brique, vers le fond du jardin : « White Summers, Marie-Finon et Ivory Silk, ne fleuriront pas avant juin et certains seront encore probablement en fleur en juillet, pour peu qu'il ne fasse pas chaud trop tôt. » Regardant autour de lui, la voix débordant du même plaisir que celui qu'on lisait sur son visage, il poursuivit : « On compte vingt-sept variétés différentes dans cette seule cour. Et dans notre maison mère de Trente, nous en avons trente-quatre autres. » Brunetti n'eut même pas le temps de répondre quelque chose. « Certains viennent de très loin, jusque du Minnesota, dit le moine en faisant sonner les voyelles de manière toute italienne, et du Wisconsin, conclut-il avec une prononciation très approximative.

– Et c'est vous le jardinier ? demanda Brunetti, même si la question n'était guère nécessaire.

– Par la grâce de Dieu, oui, mon fils. Je travaillais déjà

dans ce jardin, ajouta-t-il en examinant plus attentivement son visiteur, alors que vous étiez encore un enfant.

– C'est superbe, mon père. Vous pouvez en être fier. »

Le vieil homme fronça légèrement ses épais sourcils en regardant Brunetti. L'orgueil, après tout, fait partie des sept péchés capitaux.

« Je veux dire, fier qu'il y ait tant de beauté pour célébrer la gloire de Dieu, se corrigea le policier, rendant ainsi le sourire au moine.

– Le Seigneur ne fait jamais rien qui ne soit beau, observa le vieillard avant de s'engager sur l'allée dallée qui traversait le jardin. Si jamais vous en doutez, vous n'avez qu'à regarder Ses fleurs. » Il accompagna cette affirmation d'un vigoureux hochement de tête et demanda : « Avez-vous un jardin ?

– Hélas non, dut admettre Brunetti.

– Ah, quel dommage. C'est merveilleux de voir pousser les choses. Cela donne un sens à la vie. »

Ils arrivèrent à une porte et le moine s'effaça pour laisser Brunetti entrer dans le long corridor du monastère.

« Et les enfants ? demanda Brunetti. Est-ce qu'ils comptent ? J'en ai deux.

– Oh, ils comptent plus que tout au monde, répondit le moine avec un sourire. Rien n'est plus beau, et rien ne rend davantage gloire à Dieu. »

Brunetti rendit son sourire au moine et acquiesça, pleinement d'accord avec au moins la première partie de la réponse.

Le moine s'arrêta devant une porte et frappa. « Entrez, dit-il sans attendre qu'on lui répondît. La porte du padre Pio est ouverte à tous. » Avec un sourire et une petite tape sur le bras de Brunetti, il disparut pour retourner sans doute à son jardin et à ses lilas – le parfum même du paradis, tel que Brunetti l'avait toujours imaginé.

Un homme de haute taille était assis à une table et écrivait. Il redressa la tête à l'arrivée de Brunetti, posa son stylo et se leva pour faire le tour de son bureau et s'approcher de ce visiteur inconnu, main tendue, tandis qu'un sourire naissait dans ses yeux et s'étendait jusqu'à sa bouche.

Le prêtre avait des lèvres si pleines et si rouges qu'elles attiraient d'abord l'attention, mais c'étaient ses yeux qui révélaient son esprit. D'une couleur hésitant entre le gris et le vert, ils débordaient de vie et d'une curiosité attentive pour le monde autour de lui, et Brunetti se dit que cette attitude devait être constante chez le padre Pio. Il était grand et efflanqué, une maigreur accentuée par les longs plis de la robe de son ordre. Il devait être âgé de plus de quarante ans, mais il n'avait pas un seul cheveu blanc ; le seul signe de l'âge était une calvitie en forme de tonsure au sommet de son crâne.

« *Buongiorno*, dit-il d'une voix chaleureuse. En quoi puis-je vous être utile ? »

Sa voix, bien que jouant avec des modulations typiquement vénitiennes, n'avait pas l'accent de la ville. Peut-être était-il de Padoue, pensa Brunetti ; mais le prêtre ne lui laissa pas le temps de répondre. « Excusez-moi, enchaîna-t-il. Asseyez-vous, je vous en prie, asseyez-vous. Par ici. » Il y avait deux chaises près du bureau ; il en indiqua une à Brunetti et attendit que celui-ci fût assis pour s'installer sur l'autre.

Le commissaire se sentit soudain pris du désir d'en finir, d'en finir rapidement, d'en finir avec Maria Testa et son histoire. « Je désire vous parler d'un membre de votre ordre, mon père. » Un souffle d'air entra dans la pièce, soulevant les papiers épars sur le bureau, et Brunetti se rappela des riches promesses de la saison. Il se rendit compte qu'il faisait bon et, regardant autour de lui, vit que les fenêtres donnant sur la cour étaient ouvertes pour laisser entrer le parfum des lilas.

Le prêtre remarqua son coup d'œil. « Je dois passer la moitié de la journée à retenir des papiers qui veulent s'envoler, dit-il avec un sourire embarrassé. Mais le temps des lilas est tellement court... Je tiens à en profiter autant que possible. » Un instant il baissa les yeux, puis les releva sur Brunetti. « Je suppose que c'est une forme de gloutonnerie.

– Je ne pense pas que ce soit un vice bien grave, mon père », répondit Brunetti avec un sourire aimable.

D'un signe de tête, le padre Pio remercia son visiteur pour ce jugement.

« J'espère ne pas avoir l'air impoli, signore, mais il me semble que je dois d'abord vous demander qui vous êtes, avant de parler avec vous d'un membre de notre ordre. »

Il affichait un sourire gêné, à présent, et il tendit la main, paume ouverte, vers Brunetti, comme pour demander de la compréhension.

« Je suis le commissaire Brunetti.

– De la police ? demanda le prêtre sans chercher à cacher sa surprise.

– Oui.

– Dieu du ciel ! Personne n'a été blessé, au moins ?

– Non, pas du tout. En fait, je voudrais vous poser quelques questions au sujet d'une femme qui a fait partie de votre ordre.

– Qui a fait partie... une femme, commissaire ?

– Oui.

– Alors j'ai bien peur de ne pas être en mesure de vous aider. La mère supérieure pourrait certainement vous donner beaucoup plus d'informations que moi. Elle est la mère spirituelle des sœurs.

– Je crois que vous connaissez cette femme, mon père.

– Ah bon ? Et qui est-elle ?

– Maria Testa. »

Le sourire d'excuse – pour son ignorance – qu'eut le prêtre fut complètement désarmant.

« J'ai bien peur que ce nom ne signifie rien pour moi, commissaire. Savez-vous quel était celui qu'elle portait quand elle était encore dans les ordres ?

– Suor'Immacolata. »

Le visage du padre Pio s'éclaira.

« Ah, oui, elle travaillait à la maison de retraite San Leonardo. Elle était d'un grand secours pour les patients. Ils étaient nombreux à l'aimer très profondément, un sentiment qu'elle leur rendait bien, je crois. J'ai été attristé de sa décision de quitter l'ordre. J'ai prié pour elle. »

Brunetti acquiesça et le prêtre reprit, avec une inquiétude soudaine dans la voix :

« Mais qu'est-ce que la police lui reproche ? »

Ce fut cette fois à Brunetti de faire un signe apaisant de la main.

« Je n'ai que quelques questions à vous poser à son sujet, mon père. Elle n'a rien fait de mal, croyez-moi. »

Le soulagement du padre Pio fut visible.

« Est-ce que vous la connaissiez bien, mon père ? »

La question plongea le padre Pio dans une profonde réflexion.

« Il m'est difficile de vous répondre, commissaire, dit-il au bout de quelques instants.

– Je croyais que vous étiez son confesseur. »

Le prêtre écarquilla les yeux mais les détourna rapidement pour ne pas laisser voir sa surprise. Il croisa les mains, réfléchissant à ce qu'il pouvait dire, puis regarda de nouveau Brunetti.

« Je crains que cela ne vous semble inutilement compliqué, commissaire, mais il est important que je puisse distinguer entre la Suor'Immacolata que je connais comme supérieur de l'ordre et celle que je connais comme confesseur.

– Pourquoi donc ? demanda Brunetti, même s'il avait une idée précise de la réponse.

– Parce que je ne puis, sans risquer de pécher gravement, vous révéler quoi que ce soit qu'elle m'aurait dit sous le sceau de la confession.

– Néanmoins, vous pouvez tout de même me confier ce que vous savez en tant que son supérieur hiérarchique, n'est-ce pas ?

– Oui, tout à fait, en particulier si ces informations peuvent vous être utiles. » Il décroisa les mains, et l'une d'elles saisit les perles du rosaire qui pendait à sa ceinture. « Que souhaitez-vous savoir, commissaire ?

– Maria Testa est-elle une femme honnête ? »

Ce coup-ci, le prêtre ne fit aucun effort pour dissimuler sa stupéfaction.

« Honnête ? Vous voulez dire qu'elle aurait pu voler ?

– Ou mentir.

– Non. Ni l'un ni l'autre. Jamais. »

Le padre Pio avait répondu sans hésiter et sans émettre de restriction.

« Et qu'en est-il de sa vision du monde ?

– J'ai bien peur de ne pas comprendre votre question, commissaire, répondit-il avec un petit mouvement de dénégation de la tête.

– D'après vous, est-elle capable de bien juger de la nature humaine ? Par exemple, serait-elle fiable en tant que témoin ? »

Le prêtre réfléchit longuement avant de répondre.

« Je pense que tout dépendrait de la chose qu'elle jugerait. Ou de la personne à juger.

– Ce qui veut dire ?

– J'ai l'impression qu'elle est... comment dire ? Facilement excitable, si vous voulez. Hypersensible. Suor' Immacolata sait voir tout de suite ce qui est bien chez les gens, mais (son visage s'assombrit) elle est parfois tout aussi prompte à soupçonner le mal. » Il s'interrompit un instant. « J'ai bien peur que ce que je vais vous dire à présent ne vous paraisse empreint du pire des préjugés. » Il se tut à nouveau, de toute évidence mal à l'aise à l'idée de ce qu'il s'apprêtait à déclarer. « Suor'Immacolata est du Sud, et il me semble que, de ce fait, elle a une certaine vision de l'humanité et de la nature humaine. » Il détourna les yeux et Brunetti le vit qui se mordait la lèvre inférieure, comme s'il voulait retenir les mots qu'il venait de prononcer ou se punir de les avoir laissé échapper.

« N'est-il pas bizarre d'entrer au couvent avec une telle vision des choses ?

– Vous voyez ? répondit le prêtre, manifestement gêné. Je ne sais pas comment exprimer ce que je veux dire. Si je pouvais parler en termes théologiques, je dirais qu'elle souffre d'un manque d'espérance. Si elle possédait un peu plus de cette vertu, je crois qu'elle aurait alors davantage foi en la bonté des gens. » Il s'interrompit et se mit à tripoter les perles de son rosaire. « Je crains bien de ne pouvoir vous en dire davantage, commissaire.

– À cause du risque de me révéler quelque chose qui ne me regarderait pas ?

– Quelque chose que vous ne devez savoir à aucun prix », le reprit-il avec dans la voix l'intonation de la certitude la plus absolue. Devant le regard que lui lança Brunetti, il ajouta : « Je sais que cela peut paraître étrange à certaines personnes, en particulier dans le monde dans lequel nous vivons. Cependant, c'est une tradition aussi ancienne que l'Église elle-même et je pense qu'elle fait partie de celles qu'il faut s'efforcer le plus de conserver. Que nous devons conserver. » Il eut un sourire triste. « J'ai bien peur de ne pouvoir vous en dire davantage.

– Néanmoins, vous ne la croyez pas capable de mentir?

– Non. Vous pouvez en être assuré. Jamais. Elle peut faire des erreurs d'interprétation ou exagérer, mais jamais Suor'Immacolata ne fera sciemment un mensonge. »

Brunetti se leva.

« Merci pour le temps que vous m'avez accordé, mon père », dit-il en tendant la main.

Le prêtre avait une poignée de main ferme et sèche. Il accompagna Brunetti jusqu'à sa porte et lui répondit seulement : « Allez en Dieu » lorsque le commissaire renouvela ses remerciements.

Quand il sortit dans la cour, Brunetti aperçut le jardinier agenouillé dans la terre à côté d'un pied de rosier, vers le mur du fond. Le vieil homme vit aussi Brunetti et posa une main à plat sur le sol dans un effort pour se relever.

« Non, mon père, lui lança le policier, ne vous dérangez pas. Je sortirai tout seul. »

Une fois que le commissaire fut dehors, le parfum des lilas l'accompagna, comme une bénédiction, jusqu'à ce qu'il eût tourné au premier coin de rue.

Le lendemain, le ministre des Finances en exercice vint à Venise. Il avait beau s'agir d'une visite à caractère exclusivement privé, la police n'en était pas moins responsable de sa sécurité pendant son séjour. De ce fait, mais aussi à cause d'une épidémie de grippe qui avait cloué cinq policiers au lit et envoyé un sixième à l'hôpital, les doubles des testaments des cinq personnes mortes à la maison de retraite de San Leonardo restèrent sur le bureau de Brunetti jusqu'au début de la semaine suivante, sans que celui-ci en prît connaissance. Il réussit cependant à y penser, et alla même jusqu'à demander à la signorina Elettra où l'affaire en était, pour se faire répondre du tac au tac que tout avait été mis sur son bureau deux jours plus tôt.

Ce ne fut qu'une fois le ministre reparti pour Rome et les écuries d'Augias de son ministère que Brunetti repensa aux cinq testaments, et encore parce qu'il tomba dessus en cherchant d'autres documents parmi tous ceux qui s'étaient entassés sur son bureau. Il décida d'y jeter un coup d'œil avant de les confier à la signorina Elettra pour archivage.

Diplômé de droit, il connaissait bien le jargon des clauses par lesquelles on stipulait, léguait, donnait – bref, par lesquelles ceux qui ne sont pas encore morts redistribuaient ces lambeaux du monde que sont nos possessions terrestres. À la lecture de ces phrases rédigées avec circonspection, il ne put s'empêcher de penser aux remarques faites par Vianello sur l'impossibilité de jamais être réellement propriétaire de quoi que ce soit : il en avait la preuve sous les yeux. Les testateurs avaient transmis la fiction de la possession à leurs héritiers et ainsi perpétué l'illusion, jusqu'à ce que la mort prive, à leur tour, ces héritiers.

Brunetti en vint même à se dire que ces chefs de tribu celtes avaient peut-être raison, lorsqu'ils faisaient empiler tous leurs trésors sur une barque, avec leur dépouille mortelle, et qu'on lançait le tout vers la haute mer après y avoir mis le feu. Il lui vint à l'esprit que ce brusque accès de mépris pour les choses matérielles n'était peut-être rien de plus qu'une réaction après tout ce temps passé en compagnie du ministre des Finances, personnage si grossier, vulgaire et stupide qu'il y avait de quoi être dégoûté à jamais de la richesse. Cette réflexion lui arracha un petit rire et il reporta son attention sur les testaments.

En dehors de celui de la signorina Da Prè, deux des testaments mentionnaient la maison de repos. La signora Cristanti avait légué cinq millions de lires à l'institution, une somme tout à fait modeste, et la signora Galasso seulement deux millions, laissant l'essentiel de sa fortune à un neveu de Turin.

Cela faisait trop longtemps que Brunetti était policier pour ne pas savoir qu'on pouvait tuer pour des sommes aussi ridicules et bien souvent, même, sans la moindre hésitation ; mais il avait aussi appris que les tueurs professionnels courent rarement le risque de se faire prendre pour un butin aussi dérisoire. Il lui semblait donc peu vraisemblable que de telles sommes eussent été des motivations suffisantes pour que quelqu'un, à la maison de repos, en arrivât à prendre le risque de tuer ces vieillards.

À en croire la description donnée par son frère, la signorina Da Prè aurait été une vieille femme abandonnée, poussée, à la fin de sa vie, à se montrer charitable vis-à-vis de l'institution où s'étaient écoulées, dans la solitude, ses dernières années. Da Prè avait précisé que personne n'avait essayé de s'opposer à la contestation du testament de sa sœur. Brunetti ne pouvait imaginer que quelqu'un capable de tuer pour hériter laisse échapper aussi facilement le fruit de sa mauvaise action.

Il vérifia les dates et constata que les testaments de Lerini et Galasso contenant les legs faits à la maison de retraite avaient précédé leur mort de bien plus d'une année. Quant aux autres, deux avaient été signés plus de cinq ans avant le décès, et plus de douze ans auparavant dans le cas du dernier. Il aurait fallu avoir beaucoup plus d'imagination et de cynisme que n'en possédait Brunetti pour en déduire un scénario aussi sinistre.

Le fait que rien de criminel ne se soit produit tenait d'autant plus debout, de manière quelque peu perverse, il est vrai, songea Brunetti, qu'en imaginant des événements secrets aussi noirs, des événements dont elle seule avait été témoin, Suor'Immacolata pouvait ainsi justifier sa décision de quitter ce qui avait été son foyer tant sur le plan matériel que spirituel depuis qu'elle était adolescente. Brunetti avait certes souvent vu la culpabilité prendre des formes bizarres, mais rarement aussi peu de raison de se sentir coupable. Il se rendit compte qu'il ne la croyait pas, et il se sentit envahi d'une profonde tristesse à l'idée qu'elle avait commencé sa *vita nuova* sous des auspices aussi teintés d'amertume. Elle méritait mieux de la vie, et elle valait mieux elle-même, que cette dangereuse invention.

Le dossier, c'est-à-dire les doubles des cinq testaments et les quelques notes qu'il avait prises après les visites faites en compagnie de Vianello, aboutit non pas entre les mains de la signorina Elettra mais dans le tiroir du bas de son bureau, où il resta pendant encore trois jours.

Patta revint de vacances encore moins intéressé par le travail de la police qu'avant son départ. Brunetti en profita pour omettre de parler de Maria Testa et de son histoire. Le printemps déployait ses fastes et Brunetti alla voir sa mère, dans la maison de retraite, visite rendue encore plus douloureuse parce qu'elle lui faisait une fois de plus prendre conscience de l'absence de Suor'Immacolata et de sa charité instinctive.

La jeune femme ne fit pas d'autre tentative pour le joindre et Brunetti se laissa aller à penser, cédant à la vertu d'espérance, qu'elle avait renoncé à son histoire, oublié ses peurs et entamé une nouvelle existence. Il alla même jusqu'à décider d'aller lui rendre visite au Lido, un jour, mais lorsqu'il se mit à la recherche du dossier, il ne put remettre la main sur le morceau de papier où il avait noté son adresse, et fut incapable de se souvenir du nom des personnes qui l'avaient aidée à trouver un travail. Rossi, Bassi, Guzzi – quelque chose comme ça, se rappelait-il; toutefois, le climat électrique qui s'était rétabli dans la questure avec le retour de son patron finit par le gagner à son tour, et il avait tout oublié de cette affaire lorsque, deux jours plus tard, il répondit au téléphone à un homme qui disait s'appeler Vittorio Sassi.

« Êtes-vous la personne que Maria est allée voir? demanda l'homme.

– Maria Testa? dit Brunetti, qui savait cependant très bien de quelle Maria il était question.

– Suor'Immacolata.

– En effet, elle est venue me voir il y a quelques

semaines. Quelle est la raison de votre appel, signor Sassi ? Quelque chose ne va pas ?

– Elle a été renversée par une voiture.

– Où ça ?

– Ici, au Lido.

– Où se trouve-t-elle ?

– On l'a conduite aux urgences, où je me trouve moi-même en ce moment. Mais je n'arrive pas à obtenir d'informations sur son état.

– Quand est-ce arrivé ?

– Hier après-midi.

– Pourquoi avoir attendu aussi longtemps pour m'appeler ? » voulut savoir Brunetti.

Il y eut un long silence.

« Signor Sassi ? » fit Brunetti qui, n'ayant pas de réponse, ajouta d'une voix douce : « Comment est-elle ?

– Elle va mal.

– Qui l'a renversée ?

– Personne ne le sait.

– Quoi ?

– Elle rentrait du travail tard, hier en fin d'après-midi, à bicyclette. Il semble qu'une voiture l'ait heurtée par-derrière. Une voiture qui allait très vite. Le conducteur ne s'est pas arrêté.

– Qui l'a trouvée ?

– Un chauffeur de camion. Il l'a vue allongée dans le fossé, et il l'a amenée à l'hôpital.

– Quel est son état ?

– Je vous l'ai dit, je n'arrive pas à savoir exactement. Quand on m'a appelé ce matin, on m'a dit qu'elle avait une jambe cassée. Mais ils pensent que le cerveau a pu être endommagé.

– Qui pense ça ?

– Je ne sais pas. Je ne fais que vous répéter ce qu'on m'a dit au téléphone.

– Et pourtant, vous êtes à l'hôpital ?

– Oui.

– Comment ont-ils su que c'était vous qu'il fallait joindre ? s'étonna Brunetti.

– La police est allée hier à sa pension ; je suppose qu'elle devait avoir l'adresse dans son sac. Le propriétaire a donné le nom de ma femme. Il se souvenait que c'était nous qui l'avions accompagnée. Mais ils n'ont pas pris la peine de me joindre avant ce matin ; je suis venu tout de suite.

– Pourquoi m'appelez-vous ?

– Lorsqu'elle est allée à Venise, le mois dernier, nous lui avons demandé ce qu'elle voulait y faire et elle nous a dit qu'elle allait parler à un policier du nom de Brunetti. Elle n'a pas dit à quel sujet, et nous ne le lui avons pas demandé, mais nous avons pensé que... eh bien, qu'en tant que policier vous voudriez être informé de ce qui lui est arrivé.

– Je vous remercie, signor Sassi. Vous avez très bien fait de m'appeler. Pouvez-vous me dire comment elle s'est comportée, depuis qu'elle est venue me rendre visite ? »

Rien, dans la voix de Sassi, ne laissait à penser qu'il trouvait la question curieuse.

« Comme d'habitude. Pourquoi ? »

Brunetti préféra ne pas répondre et demanda à la place :

« Combien de temps allez-vous encore rester sur place, signor Sassi ?

– Pas très longtemps. Il faut que je retourne au travail, et ma femme garde nos petits-enfants.

– Quel est le nom du médecin ?

– Je ne suis même pas arrivé à le savoir. C'est le chaos, ici. Les infirmières sont en grève et il est difficile de trouver quelqu'un qui veuille bien vous dire quelque chose. Et pour Maria, personne ne semble être au courant. Pourriez-vous venir ? Peut-être seriez-vous mieux traité.

– J'y serai dans une demi-heure.

– C'est une femme très bonne », dit Sassi.

Brunetti, qui connaissait Maria Testa depuis six ans, savait très bien à quel point ce jugement était vrai.

Lorsque Sassi eut raccroché, Brunetti appela Vianello et lui demanda d'avoir une vedette prête à partir pour le Lido dans cinq minutes. Puis il fit appeler l'hôpital du Lido par le standard et demanda à parler au responsable du service des urgences. On le balada en gynécologie, en chirurgie et même aux cuisines, si bien, que, dégoûté, il finit par raccrocher et dégringola l'escalier pour rejoindre Vianello et Bonsuan qui l'attendaient, le moteur de la vedette tournant au ralenti.

Pendant qu'ils fonçaient dans la lagune, Brunetti raconta à Vianello le coup de fil qu'il venait de recevoir de Sassi.

« Les salopards ! s'exclama le sergent au récit de l'accident. Comment peut-on ne pas s'arrêter ? Laisser un mourant dans le fossé, comme ça...

– C'était peut-être exactement ce qu'ils voulaient faire », observa Brunetti ; il vit le sergent qui, soudain, comprenait.

« Évidemment, dit-il, fermant les yeux devant la simplicité de la chose. Mais nous n'avons même pas été poser la moindre question à la maison de repos. Comment ont-ils pu savoir qu'elle vous avait parlé ? s'étonna-t-il.

– Nous n'avons pas la moindre idée de ce qu'elle a fait depuis qu'elle est venue nous voir, n'est-ce pas ? »

La question était purement rhétorique, mais Vianello y répondit tout de même.

« Pour autant que je sache, non. Mais elle n'était tout de même pas innocente au point d'y aller pour accuser quelqu'un, tout de même ?

– Tu sais, Vianello, elle a passé l'essentiel de sa vie dans un couvent.

– Que voulez-vous dire ?

– Qu'elle considère vraisemblablement qu'il lui suffit d'aller dire à quelqu'un que ce qu'il fait est mal, et que le quelqu'un en question ira se constituer prisonnier en disant qu'il est désolé. » Brunetti regretta aussitôt d'avoir parlé d'un ton aussi désinvolte. « Non, ce que je veux dire, c'est qu'elle n'est sans doute pas très bon juge en matière de caractère, et que la plupart des mobiles n'ont pas beaucoup de sens pour elle.

– Vous devez avoir raison, monsieur. Le couvent n'est probablement pas le meilleur endroit pour se préparer à affronter le monde ignoble que nous avons créé. »

Brunetti ne trouva rien à lui répondre, et il garda donc le silence jusqu'au moment où la vedette accosta à l'un des appontements réservés aux ambulances, derrière l'Ospedale al Mare. Ils sautèrent du bateau et Brunetti dit à Bonsuan de les attendre, au moins jusqu'à ce qu'ils aient une idée de ce qui se passait. Une porte grande ouverte donnait sur un corridor blanc au sol en béton.

Un homme habillé d'une blouse blanche vint précipitamment à leur rencontre.

« Qui êtes-vous ? Que faites-vous ici ? Personne n'a le droit d'entrer à l'hôpital par ici. »

Ne prenant même pas la peine de lui répondre, Brunetti exhiba sa carte d'officier de police.

« Où se trouvent les urgences ? »

Il vit que l'homme envisageait de résister, de leur tenir tête, puis se résignait, comme il est habituel en Italie, à se soumettre à l'autorité, en particulier à l'autorité en uniforme ; il se reprit et donna les indications qu'on lui demandait.

Quelques minutes plus tard, les deux policiers se retrouvèrent devant le bureau d'une infirmière derrière lequel une double porte battante donnait sur un long couloir brillamment éclairé. Personne ne se trouvait au bureau, et personne ne répondit aux divers appels de Brunetti.

Au bout de quelques minutes, un homme habillé d'une blouse blanche froissée arriva par le corridor.

« Excusez-moi, dit Brunetti en levant une main.

– Oui ?

– Comment dois-je faire pour trouver le responsable des urgences ?

– Que voulez-vous savoir ? » demanda l'homme d'une voix exténuée.

Pour la deuxième fois, Brunetti exhiba sa carte. L'homme l'examina un instant.

« Que voulez-vous savoir, commissaire ? Je suis celui que le destin a condamné à avoir la responsabilité de ce service.

– Condamné ?

– Désolé. J'exagère. Cela fait trente-six heures que je suis ici parce que les infirmières ont décidé de se mettre en grève. J'essaie de m'occuper de neuf patients avec l'aide d'un interne et d'une aide-soignante. Mais je ne pense pas que vous raconter tout cela va m'aider beaucoup.

– Désolé, docteur, je ne peux pas arrêter vos infirmières.

– C'est bien dommage. En quoi puis-je vous aider ?

– Je suis venu voir une femme admise hier dans votre service. Renversée par une voiture. On m'a dit qu'elle avait une jambe cassée et un traumatisme crânien. »

La description suffit au médecin.

« Non, elle n'avait pas la jambe cassée, seulement une épaule déboîtée. Elle a peut-être aussi quelques côtes cassées. Mais c'est la blessure à la tête qui nous inquiétait.

– Qui vous inquiétait, docteur ?

– Oui. Nous l'avons fait transporter à l'Ospedale Civile moins d'une heure après son admission ici. Même si nous avions eu tout le personnel qu'il fallait, nous ne disposons pas du matériel permettant de traiter une blessure au crâne de ce type. »

Brunetti eut du mal à contenir sa colère, à l'idée d'avoir fait ce déplacement pour rien.

« Est-elle gravement touchée ?

– Elle était inconsciente à son arrivée. J'ai remis son épaule en place et je lui ai bandé les côtes, mais pour ses blessures à la tête, je ne sais pas. J'ai fait un certain nombre de tests pour découvrir la nature du traumatisme. Mais elle est repartie si rapidement que je n'ai pas eu le temps de me faire une opinion.

– Un homme est venu ici il y a quelques heures pour se renseigner sur elle, dit Brunetti. Personne ne lui a dit qu'elle avait été envoyée à Venise. »

D'un haussement d'épaules, le médecin rejeta toute responsabilité. « Je vous l'ai dit, nous ne sommes que trois. Quelqu'un aurait dû le lui dire.

– Oui, renchérit Brunetti, quelqu'un aurait dû le lui dire... Pouvez-vous me donner davantage de précisions sur son état ?

– Non. Il faudra demander cela aux gens de l'Ospedale Civile.

– Dans quel service a-t-elle été envoyée ?

– S'ils ont trouvé un neurologue, elle sera certainement

en soins intensifs. Du moins, elle devrait. » Le médecin secoua la tête, sans que Brunetti sache si c'était au souvenir des blessures de Maria, par fatigue, ou pour une tout autre raison. Soudain, la porte battante s'ouvrit de l'intérieur et une jeune femme, elle aussi portant une blouse froissée, fit son apparition.

« Docteur, dit-elle d'un ton aigu chargé d'impatience, nous avons besoin de vous. Vite. »

Il se tourna et suivit la femme, sans prendre la peine d'ajouter un mot pour Brunetti. Les deux policiers firent demi-tour et partirent par où ils étaient arrivés pour retrouver la vedette. De nouveau à bord, sans donner d'explication au pilote, le commissaire lui indiqua de retourner à Venise, à l'hôpital civil. Tandis que le bateau fendait la houle formée par le vent fraîchissant, Brunetti resta dans la cabine ; mais il regarda Vianello raconter à Bonsuan ce qui venait de se passer. À la fin de son récit, ils secouèrent tous les deux la tête de dégoût, seule réaction possible, incontestablement, devant toute interaction prolongée avec le système de santé publique.

Un quart d'heure plus tard, le bateau se rangeait le long du quai de l'hôpital civil, et Brunetti dit une fois de plus à Bonsuan de les attendre. Les deux hommes avaient déjà eu plus d'une fois l'occasion de se rendre au service des soins intensifs, et ils progressèrent rapidement dans le labyrinthe des corridors.

Un médecin que Brunetti connaissait se tenait devant la porte du service et il alla vivement vers lui.

« *Buongiorno*, Giovanni, dit-il lorsque le médecin l'eut reconnu et lui eut souri. Je cherche une femme qu'on vous a envoyée hier du Lido.

– Celle qui a une blessure à la tête ?

– Oui. Comment va-t-elle ?

– On a l'impression qu'elle s'est cognée une première fois la tête contre sa bicyclette, puis une deuxième fois sur le sol, en tombant. Elle a une plaie au-dessus de l'oreille. Mais nous n'arrivons pas à la tirer de son coma. Il n'y a pas moyen.

– Est-ce que quelqu'un sait... ? commença Brunetti, qui

s'interrompit lorsqu'il se rendit compte qu'il ignorait ce qu'il voulait demander.

– Nous ne savons rien du tout, Guido. Elle peut en sortir aujourd'hui, ou y rester plongée. Ou mourir. »

Il enfonça les mains dans ses poches.

« Qu'est-ce que vous faites, dans un cas pareil ? demanda Brunetti.

– Nous, les médecins ? »

Brunetti acquiesça.

« Des tests, et encore des tests. Et nous prions.

– Puis-je la voir ?

– À part les bandages, il n'y a pas grand-chose à voir, objecta le médecin.

– J'aimerais tout de même la voir.

– D'accord. Mais seulement vous », dit-il avec un coup d'œil à Vianello.

Le sergent acquiesça et alla s'asseoir sur une chaise placée contre le mur. Il prit ce qui restait d'un quotidien vieux de deux jours et commença à lire.

Le médecin entraîna Brunetti et s'arrêta à hauteur de la troisième porte à droite. « Nous sommes débordés, si bien que nous avons été obligés de la mettre ici. » Sur ces mots, il ouvrit la porte et passa devant Brunetti.

Rien qui ne lui fût familier : l'odeur des fleurs et de l'urine, les bouteilles d'eau minérale en plastique alignées devant la fenêtre pour rester fraîches, le sentiment des souffrances attendues. La salle comptait quatre lits, dont un seul était inoccupé. Brunetti la vit tout de suite, dans celui placé le long du mur opposé. Il ne fit pas attention au médecin qui refermait la porte et le laissait, et se dirigea tout d'abord jusqu'au pied du lit, puis il s'approcha de la blessée.

Ses cils fournis se distinguaient à peine sur le noir de ses cernes ; une courte mèche de cheveux hérissés dépassait du pansement qui lui entourait la tête. Un des côtés de son nez était barbouillé de Mercurochrome à cause d'une écorchure qui lui traversait la joue pour descendre jusqu'à son menton. Les fils des points de suture commençaient juste en dessous de sa pommette gauche et disparaissaient sous le pansement.

Sous la couverture bleu pâle, son corps, d'aspect aussi menu que celui d'un enfant, était bizarrement déformé par l'épais bandage qui lui maintenait l'épaule. Brunetti observa tout d'abord la bouche de la jeune femme et, n'y décelant aucun mouvement, regarda alors sa poitrine. Ce n'est qu'au bout de quelques instants qu'il vit la couverture se soulever au rythme de sa respiration silencieuse. Il se détendit un peu.

Derrière lui, une des autres femmes gémit ; la troisième, sans doute dérangée par le bruit, se mit à appeler un certain Roberto.

Brunetti retourna peu de temps après dans le couloir, où Vianello lisait toujours son journal. Il lui fit signe et les deux hommes regagnèrent la vedette avec laquelle ils repartirent pour la questure.

9

BRUNETTI ET VIANELLO n'eurent même pas besoin de se le dire pour, d'un commun accord, laisser tomber le déjeuner. Dès qu'ils furent de retour à la questure, le commissaire envoya son adjoint revoir la grille de service de manière à ce qu'un gardien soit mis en faction, jour et nuit, devant la chambre de Maria Testa.

De son côté, Brunetti appela la police du Lido, donna son nom et les raisons de son appel, et demanda si on en savait un peu plus sur l'accident de la veille et le conducteur en fuite. Il n'y avait rien de nouveau : aucun témoin, personne pour signaler la voiture bizarrement abîmée d'un voisin, alors même que le journal du matin rapportait l'accident et reproduisait l'appel à témoin de la police. Brunetti laissa son numéro et, plus important, son rang, demandant à être informé si l'on apprenait quoi que ce soit sur le conducteur de la voiture.

Puis il ouvrit son tiroir et, à force d'y fouiller, finit par retrouver le mince dossier qu'il y avait abandonné. Il en sortit tout d'abord le testament de Fausta Galasso, la femme qui avait tout légué à son neveu de Turin, et lut avec soin la liste des biens désignés dans le document : trois appartements à Venise, deux fermes dans les hauteurs de Pordenone et les fonds placés sur trois comptes bancaires dans la ville. Il étudia l'adresse des appartements, sans trouver quoi que ce fût de particulier.

Il décrocha alors et composa un numéro de mémoire.

…e Bucintoro, fit une voix de femme, au bout
« …deux sonneries.
…efania. Guido à l'appareil.
« … reconnu ta voix. Comment vas-tu ? Mais avant
…ondre, tu ne voudrais pas par hasard acheter un
… appartement du côté de Cannaregio, cent cin-
…mètres carrés, deux salles de bains, trois chambres,
…, salle à manger et séjour avec vue sur la lagune ?
…uel est le hic ? demanda Brunetti.
Guido ! protesta-t-elle, prise de court, et prolongeant
… première syllabe du prénom trois fois plus longtemps
qu'elle n'aurait dû.

– Il est occupé, et les locataires ne veulent pas partir ? Le toit doit être refait ? Du salpêtre a envahi les murs ? »

Il y eut un court silence, puis un petit rire de stupéfaction.

« *Acqua alta*, répondit Stefania. Si les eaux montent de plus d'un mètre cinquante, tu auras des poissons dans ton lit, Guido.

– Il n'y a plus de poissons dans la lagune, Stefania. La pollution les a tous empoisonnés.

– Alors des algues. Mais sinon, c'est un appartement superbe, crois-moi. Un couple américain l'a acheté il y a trois ans ; ils ont dépensé une fortune, des centaines de millions, pour le restaurer, mais personne ne leur avait parlé du risque d'inondation. Si bien que l'hiver dernier, avec l'*acqua alta*, ils ont perdu leur parquet et pour environ cinquante millions de meubles et de tapis, et les peintures qui venaient d'être refaites ont été fichues. Ils ont finalement fait appel à un architecte et la première chose qu'il leur a dite était qu'on ne pouvait rien y faire. Ils ont donc décidé de vendre.

– Combien ?

– Trois cents millions.

– Cent cinquante mètres carrés ?

– Oui.

– C'est donné.

– Je sais. Tu ne connais pas quelqu'un qui serait intéressé ?

– D'accord, Stefania, ce n'est pas cher pour cent cinquante mètres carrés. Mais voilà, cet appartement ne vaut rien. » Elle ne protesta pas, ne répondit rien. « Tu as un client ? demanda-t-il finalement.

– Oui.

– Qui donc ?

– Des Allemands.

– Parfait. J'espère qu'ils te l'achèteront. »

Le père de Stefania s'était retrouvé prisonnier de guerre en Allemagne pendant trois ans ; la remarque de Brunetti n'avait pas besoin d'explication.

« Si tu ne veux pas d'appartement, c'est que tu as besoin d'autre chose... d'informations, sans doute ?

– Stefania ! répliqua-t-il en adoptant le même ton offusqué qu'elle avait pris un instant auparavant, comment peux-tu penser que je t'appelle pour une autre raison que le plaisir d'entendre ta douce voix ?

– Tu sais parler aux femmes, Guido. Allez, dépêche-toi. Que veux-tu savoir ?

– Voilà. Je dispose de trois adresses d'appartements et du nom du dernier propriétaire. J'aimerais savoir s'ils sont sur le marché et, si oui, combien ils valent. Ou s'ils ont été vendus au cours de l'hiver et dans ce cas, combien.

– Je vais avoir besoin d'un ou deux jours, dit-elle.

– Pas un ?

– Très bien, un jour. Quelles sont ces adresses ? »

Brunetti les lui donna et expliqua que les appartements avaient été légués à un neveu par une certaine Fausta Galasso. Avant de raccrocher, Stefania dit à Brunetti que si elle ne concluait pas avec les Allemands, ce serait gentil de sa part de trouver quelqu'un pour la débarrasser de l'appartement de Cannaregio. Il accepta d'y penser, sans aller toutefois jusqu'à suggérer de le proposer au vice-questeur.

Le testament suivant était celui de la signora Renata Cristanti, veuve de Marcello. Le signor Cristanti avait dû particulièrement bien réussir sa carrière professionnelle, quelle qu'elle eût été, car son patrimoine comportait une longue liste d'appartements, quatre magasins et des investissements et de l'épargne totalisant plus d'un demi-milliard de lires ; tout avait été divisé en parts égales entre ses six enfants, ceux-là mêmes qui n'avaient pas pris la peine de rendre visite à leur mère. À la lecture du document, la première chose qui vint à l'esprit de Brunetti fut de se demander comment une personne aussi riche et ayant six enfants s'était vue contrainte de finir ses jours dans une institution tenue par des religieuses ayant fait vœu de pauvreté, et non pas dans quelque clinique ultra-moderne et confortable, disposant du matériel et des techniques dernier cri en matière de soins gériatriques.

Le comte Crivoni avait laissé à sa veuve l'appartement que celle-ci occupait, ainsi que deux autres appartements et divers investissements dont la valeur était impossible à déterminer au seul vu du testament. Il ne désignait aucun autre légataire.

Comme l'avait expliqué le signor Da Prè, sa sœur – mis à part le legs à la maison de repos qu'il avait contesté – lui avait tout laissé. Il était simplement désigné comme légataire universel, sans que fussent énumérés les éléments du patrimoine, si bien qu'il était impossible d'évaluer celui-ci.

Le signor Lerini avait tout laissé à sa fille Benedetta ; là aussi, le détail des biens ne figurant pas dans le document, il était impossible d'en estimer la valeur totale.

Le bourdonnement de l'interphone l'interrompit dans sa lecture.

« Oui, monsieur le vice-questeur ? dit-il en décrochant.

– J'aimerais vous parler un instant, Brunetti.

– Oui, monsieur. Je descends tout de suite. »

Cela faisait plus d'une semaine que Patta avait repris le contrôle de la questure, mais Brunetti avait jusqu'ici réussi à éviter toute entrevue en tête à tête avec lui. Il avait préparé, en vue de ce retour, un long rapport sur les activités des différents commissaires pendant l'absence du patron, sans cependant mentionner la visite de Maria Testa ni les entretiens qu'il avait été conduit à faire ensuite.

La signorina Elettra était à son bureau, dans la petite antichambre sur laquelle donnait la porte de Patta. Elle avait revêtu aujourd'hui le plus féminin des tailleurs, un ensemble gris foncé qui était presque une parodie des costumes à veston croisé et fines rayures dans lesquels le *cavaliere* Patta se pavanait avec affectation. Elle avait d'ailleurs comme lui un mouchoir blanc glissé dans la pochette et, aussi comme lui, une épingle de cravate ornée d'une pierre pour retenir sa cravate en soie.

« Très bien, vends les Fiat », l'entendit-il déclarer en entrant. Étonné, il faillit lui dire qu'il ignorait qu'elle eût une voiture, ou plusieurs, lorsqu'elle ajouta : « Mais profites-en pour acheter tout de suite mille actions de ce labo de biotechnologie allemand dont je t'ai parlé la semaine dernière. » Elle leva une main pour signaler à Brunetti qu'elle avait quelque chose à lui dire avant qu'il entrât dans le bureau de Patta. « Et débarrasse-moi de mes florins hollandais avant la fin de la journée. Un ami m'a appelé et m'a dit ce que leur ministre des Finances va annoncer demain, à la réunion de cabinet. » La personne à qui elle parlait dit quelque chose, à quoi elle répondit avec colère : « Ça m'est égal qu'on y perde. Vends. »

Sans ajouter un mot, elle raccrocha et se tourna vers Brunetti.

« Des florins hollandais ? demanda-t-il poliment.

– Si vous en avez, débarrassez-vous-en. »

Ce n'était pas le cas, mais il la remercia néanmoins d'un mouvement de la tête.

« C'est une tenue de choc que vous avez là, signorina.

– Très aimable de votre part de l'avoir remarquée, commissaire. Elle vous plaît ? » Elle se leva et fit quelques pas. Il n'y manquait vraiment rien, y compris des revers démesurés.

« C'est ravissant, dit-il. Parfait pour aller voir son agent de change.

– Oui, n'est-ce pas ? Quel dommage qu'il soit aussi idiot. Je dois tout lui expliquer.

– Et que vouliez-vous me dire ?

– Avant que vous alliez voir le vice-questeur, j'ai pensé qu'il fallait que je vous avertisse : nous allons avoir la visite de la police suisse. »

Il ne lui laissa pas le temps d'ajouter quelque chose.

« Tiens, il a découvert vos comptes numérotés ? » lança-t-il avec un sourire, en jetant un coup d'œil faussement furtif vers la porte de Patta.

Les yeux de la signorina Elettra s'écarquillèrent un bref instant, puis se voilèrent tout aussi vite, prenant une expression vexée.

« Non, commissaire, répondit-elle d'un ton parfaitement neutre, je crois que c'est en rapport avec la Commission européenne, mais le vice-questeur Patta pourra sans doute vous en dire davantage. »

Elle se rassit à son bureau et reporta son attention sur son ordinateur, tournant le dos à Brunetti.

Celui-ci frappa et entra dans le bureau de son supérieur lorsqu'il y fut convié. Le vice-questeur avait manifestement bien profité de ses récentes vacances. Son profil de médaille et son menton impérieux portaient un bronzage d'autant plus impressionnant qu'il avait été acquis en mars. Il paraissait également avoir perdu quelques kilos, à moins que les tailleurs de Bangkok fussent encore plus habiles à dissimuler un embonpoint que ceux de Londres.

« Bonjour, Brunetti », dit Patta sur un ton parfaitement charmant.

Rendu méfiant, Brunetti se contenta de marmonner quelque chose d'inaudible et prit un siège sans attendre d'y être invité. Le fait que Patta ne prît pas la peine de marquer sa désapprobation pour ce manque de respect mit Brunetti encore plus sur ses gardes.

« Je tiens à vous faire mes compliments pour votre aide pendant mon absence. »

Le signal d'alarme se mit à retentir avec une telle vigueur, sous le crâne du commissaire, qu'il lui devint presque impossible de faire attention à ce que Patta disait ; il se contenta d'acquiescer.

Le vice-questeur se leva, s'éloigna de quelques pas de son bureau, y revint, se rassit puis, comme s'il lui déplaisait soudain de bénéficier de l'avantage psychologique que la hauteur de son siège lui donnait sur la personne assise en face de lui, se releva pour venir s'installer à côté de Brunetti.

« Comme vous le savez, commissaire, c'est l'année de la coopération internationale des polices. »

À la vérité, Brunetti l'ignorait. Qui plus est, il n'y voyait aucune raison de se réjouir, car il savait que, année de la coopération internationale ou pas, tout cela allait finir par lui coûter quelque chose, probablement en temps et en mise à l'épreuve de sa patience.

« Vous n'étiez pas au courant, commissaire ?

– Non.

– Eh bien, si. Déclaration officielle de la commission de la Communauté européenne. » Comme Brunetti paraissait insensible à cette merveilleuse nouvelle, Patta lui demanda : « Ne vous tarde-t-il pas de savoir quel sera le rôle que nous devons y jouer ?

– Qui cela, nous ? »

Patta ne répondit qu'après un temps d'arrêt pour démêler cette question de grammaire.

« Eh bien, l'Italie, bien entendu.

– Les villes ne manquent pas dans le pays.

– Certes. Mais bien peu sont aussi célèbres que Venise.

– Et bien peu connaissent un taux de criminalité aussi bas. »

Patta marqua encore un temps d'arrêt, mais il continua néanmoins comme si son subordonné ne cessait d'acquiescer et de sourire à tout ce qu'il disait.

« Pour notre part, nous serons ville d'accueil, au cours des prochains mois, pour les responsables de la police des villes avec lesquelles nous sommes jumelées.

– Et qui sont ?

– Londres, Paris et Berne.

– Et nous, nous sommes ville d'accueil ?

– Oui. Étant donné que les chefs de police viendront ici, nous avons pensé que ce serait une bonne idée qu'ils puissent travailler avec nous, se faire une idée de nos méthodes...

– Attendez, laissez-moi deviner, monsieur. Nous commençons par le représentant de Berne, je m'occupe de l'accueillir, après quoi c'est moi qui irai lui rendre visite à Berne, bien connue pour sa folle ambiance nocturne, tandis que vous-même vous vous occuperez de Paris et de Londres, est-ce bien cela ? »

Si Patta éprouva une certaine surprise à voir les choses présentées de cette façon, il ne le laissa pas voir.

« Il doit arriver demain, et j'ai prévu que nous nous retrouvions tous les trois à déjeuner. J'ai pensé que vous pourriez ensuite lui faire faire un tour de la ville. Une vedette de la police sera à votre disposition.

– On pourrait peut-être en profiter pour aller voir les souffleurs de verre à Murano, n'est-ce pas ? »

Patta avait acquiescé et était sur le point de répondre que c'était une bonne idée lorsqu'il prit conscience du ton ironique sur lequel Brunetti avait fait cette suggestion.

« Cela fait partie des responsabilités de votre charge, Brunetti, que de maintenir de bonnes *public relations* », dit-il en utilisant l'expression anglaise alors qu'il massacrait cette langue.

Brunetti se leva.

« Parfait, dit-il en abaissant les yeux sur son supérieur, toujours assis. Y aura-t-il autre chose, monsieur ?

– Non, je ne pense pas. À demain pour le déjeuner, dans ce cas. »

10

DEHORS, BRUNETTI TROUVA la signorina Elettra plongée dans un conciliabule intime et silencieux avec son ordinateur. Elle se tourna et lui sourit, manière de lui faire savoir, apparemment, qu'elle était prête à lui pardonner sa remarque provocante sur ses prétendus comptes en Suisse.

« Et alors ? demanda-t-elle.

– Me voilà chargé de jouer les guides touristiques pour le chef de la police de Berne. Je dois lui faire visiter la ville... et m'estimer heureux de ne pas avoir été prié de l'inviter chez moi.

– Que veut-il que vous fassiez de lui ?

– Aucune idée. Lui montrer Venise, déjà. Lui faire visiter la questure. Je devrais peut-être lui montrer la file d'attente devant le bureau des étrangers. Tous ces gens qui demandent des permis de séjour... »

En dépit de la culpabilité qu'il éprouvait devant ce sentiment, Brunetti ne pouvait s'empêcher de se sentir de plus en plus mal à l'aise devant les hordes qui venaient tous les matins allonger un peu plus cette file ; il s'agissait la plupart du temps d'hommes jeunes, et la grande majorité d'entre eux venaient de pays n'ayant aucun rapport avec la culture européenne. Au moment où il formulait cette idée dans sa tête en l'habillant d'une terminologie sophistiquée, il se rendit compte que ce qu'il ressentait était exactement du même ordre que les sentiments à la base des propos xénophobes les plus délirants, dans les différentes ligues qui promettaient de rendre l'Italie à sa pureté ethnique et culturelle.

La signorina Elettra l'arracha à ces noires réflexions.

« Ce n'est peut-être pas catastrophique, dottore. Les Suisses nous ont beaucoup aidés, par le passé. »

Il sourit.

« Vous pourriez peut-être lui arracher quelques mots de passe d'ordinateur, signorina.

– Oh, ce n'est pas indispensable, monsieur. Les codes de la police sont très faciles à obtenir. Mais ceux qui seraient vraiment utiles, les codes d'accès aux banques – eh bien, même moi je ne gaspillerais pas mon temps à essayer de les trouver. »

Sans bien savoir d'où lui venait cette idée, Brunetti demanda soudain à la signorina Elettra si elle ne pourrait pas faire quelque chose pour lui.

« Volontiers, monsieur, répondit-elle en prenant un crayon, tout à fait comme s'il n'avait jamais fait de plaisanterie sur les comptes secrets suisses.

– Il y a un prêtre, attaché à l'église San Polo, le padre Luciano quelque chose. Je ne connais pas son nom de famille. J'aimerais savoir s'il n'y a jamais eu d'histoires avec lui.

– Des histoires, monsieur ?

– S'il n'a pas été arrêté, accusé de quelque chose. Ou s'il n'a pas été souvent transféré. Tenez, essayez de trouver quelle a été sa dernière paroisse et pour quelle raison il a été envoyé ici.

– Les banques suisses seraient presque plus faciles, murmura-t-elle comme pour elle-même.

– Pardon ?

– Ce sont des informations très difficiles à obtenir.

– Mais... s'il a été arrêté ?

– Les choses de ce genre ont une curieuse tendance à disparaître, monsieur.

– Les choses comme quoi ? demanda-t-il, intéressé par la neutralité de son ton.

– Comme l'arrestation d'un prêtre, par exemple. Ou quand l'un d'eux fait la une de l'actualité. Rappelez-vous donc cette histoire de sauna, à Dublin. Combien de temps les journaux en ont-ils parlé ? »

Brunetti se souvenait du scandale qui avait été révélé un an auparavant, et dont seulement *Il Manifesto* et *L'Unita* s'étaient fait l'écho : un prêtre irlandais était mort d'une crise cardiaque dans un sauna fréquenté par des homosexuels, à Dublin... et les derniers sacrements lui avaient été administrés par deux autres prêtres qui se trouvaient également sur place. L'information, qui avait provoqué des hurlements de rire de la part de Paola, avait disparu de la unc des journaux dès le lendemain, alors qu'il s'agissait pourtant de la presse de gauche.

« Pour les dossiers de la police, c'est certainement différent », objecta-t-il.

Elle lui jeta un coup d'œil, accompagné d'un sourire de compassion semblable à ceux que lui adressait Paola quand elle voulait mettre un terme à une discussion.

« Je vais chercher son nom et voir ce que je peux trouver, monsieur. » Elle tourna la page. « Autre chose ?

– Non, je ne crois pas. »

Il quitta le bureau de la signorina Elettra pour regagner le sien, sans se presser.

Depuis que la jeune femme travaillait à la questure, c'est-à-dire quelques années, Brunetti avait fini par s'habituer à l'ironie de ses répliques, mais elle était encore capable de dire des choses qui le prenaient complètement au dépourvu, comme elle venait de le faire à l'instant avec sa remarque sur les prêtres ; des remarques cependant trop embarrassantes pour qu'il ose lui demander de s'expliquer. Il n'avait jamais discuté religion et clergé avec elle, mais il se dit qu'à la réflexion les opinions de la jeune femme ne devaient pas être très éloignées de celles de Paola.

Une fois dans son bureau, il mit de côté tout ce qui concernait la signorina Elettra et l'Église apostolique et romaine, et décrocha le téléphone. Il composa le numéro de Lele Bortoluzzi, qui répondit dès la deuxième sonnerie, et lui dit qu'il l'appelait de nouveau à propos du docteur Messini.

« Comment as-tu su que j'étais de retour, Guido ?

– De retour d'où ?

– D'Angleterre. J'avais une exposition à Londres et je

ne suis rentré qu'hier après-midi. Je voulais justement t'appeler aujourd'hui.

– Et à quel propos ? demanda Brunetti, trop intéressé par ce que Lele avait à lui dire pour perdre son temps en questions polies sur le succès obtenu par l'exposition.

– Il semble que le signor Messini aime les dames, répondit Lele.

– Contrairement à nous qui ne les aimons pas, peut-être ? »

Lele, dont la réputation de coureur, dans sa jeunesse avait été bien connue à Venise, éclata de rire.

« Non. Ce que je veux dire, c'est qu'il aime la compagnie des jeunes femmes au point d'être prêt à payer pour en avoir. Et il semble qu'il en aurait deux.

– Deux ?

– Oui, deux. Une ici, à Venise, dans un appartement dont il paie le loyer, quatre pièces près de Saint-Marc, et une autre au Lido. Aucune des deux ne travaille, mais elles s'habillent cependant fort bien l'une et l'autre.

– Est-il le seul ?

– Comment, le seul ?

– À leur rendre visite ? expliqua Brunetti en employant un euphémisme.

– Hummm... je n'ai pas pensé à poser la question, avoua Lele avec une intonation laissant entendre qu'il regrettait sa maladresse. Il paraît qu'elles sont très belles.

– Il paraît ? Et qui le dit ?

– Des amis, répondit Lele, sibyllin.

– Que racontent-ils d'autre ?

– Qu'il leur rend visite à l'une et à l'autre deux à trois fois par semaine.

– Et quel âge m'as-tu dit qu'il avait, déjà ?

– Je ne t'ai rien dit du tout, mais il doit avoir à peu près le mien.

– Eh bien... » marmonna Brunetti calmement. Puis, après une pause, il ajouta :

« Est-ce que, par hasard, tes amis t'auraient parlé des maisons de retraite médicalisées ?

– Des *foyers pour personnes âgées*, le corrigea Lele.

– Il en possède combien ?
– Il semble qu'il en dirige cinq, à présent, celui de Venise et quatre sur le continent. »
Brunetti resta si longtemps sans répondre que c'est le peintre qui reprit finalement la parole.
« Guido ? Tu es toujours en ligne ?
– Oui, oui, Lele, excuse-moi... Tes amis ne savent rien de spécial sur ces foyers ?
– Non, sinon que c'est le même ordre religieux qui les tient tous.
– Les sœurs de la Sainte-Croix ? » demanda-t-il, donnant le nom de l'ordre qui gérait la maison de retraite où se trouvait sa mère, et auquel Maria Testa n'appartenait plus.
« Oui, cinq en tout.
– Mais dans ce cas, comment se fait-il qu'il en soit le propriétaire ?
– Je n'ai pas dit cela. J'ignore en fait s'il en est le propriétaire ou simplement le gérant. Toujours est-il qu'il est responsable des cinq.
– Je vois, dit Brunetti, préparant son prochain mouvement. Merci, Lele. Tu es sûr que tu n'as rien appris d'autre ?
– Non, répondit le peintre d'un ton sec. Y a-t-il autre chose que je puisse faire pour toi, commissaire ?
– Désolé, Lele, je ne voulais pas me montrer impoli. Tu sais comment je suis. »
Lele, qui connaissait Brunetti depuis la naissance de celui-ci, le savait, en effet.
« Laisse tomber, Guido, ce n'est rien. Passe donc me voir un de ces jours, d'accord ? »
Brunetti le lui promit, le salua chaleureusement, raccrocha, oublia sur-le-champ sa promesse, décrocha à nouveau et demanda au standard de lui trouver le numéro de la maison de retraite San Leonardo, qui se trouvait quelque part dans le quartier de l'hôpital Giustiniani, et de l'appeler pour lui.
Quelques minutes plus tard, il avait en ligne la secrétaire du docteur Messini, et obtenait un rendez-vous pour quatre heures de l'après-midi afin de discuter du transfert de sa mère, Regina Brunetti, dans cette institution.

11

LE QUARTIER DE L'HÔPITAL Giustiniani était relativement proche de celui qu'habitait Brunetti, mais c'était cependant un secteur qu'il ne connaissait pas très bien, sans doute parce qu'il ne se trouvait pas sur le chemin qui séparait son domicile des autres parties de la ville où il avait des raisons de se rendre plus régulièrement. Il n'y passait que pour rejoindre la Giudecca ou bien, à l'occasion, lorsqu'il amenait Paola sur les Zattere pour s'asseoir à la terrasse d'un café, un dimanche par beau temps, et y lire les journaux.

Ce qu'il savait de ce secteur tenait autant de la légende que des faits, comme tant d'informations dont les Vénitiens, lui compris, disposent sur leur ville. Derrière ce mur s'étendait le jardin d'une ancienne star de cinéma, mariée à un industriel de Turin. Derrière cet autre, la demeure du dernier des Contadini, qui passait pour ne pas l'avoir quittée depuis vingt ans. S'y trouvait aussi la porte des dernières dames Salva, que l'on ne voyait jamais qu'au gala d'ouverture de l'opéra, dans la loge royale, et toujours habillées de rouge. Il connaissait ces murs et ces portes comme les enfants connaissent leurs héros de bandes dessinées ou de dessins animés ; et ces personnages, maisons et palais, lui parlaient de sa jeunesse et d'une vision différente du monde.

Tout comme les enfants finissent par ne plus croire aux bouffonneries de Mickey ou de Donald et par comprendre l'illusion dont elles sont faites, au cours de ses années dans la police Brunetti avait fini par apprendre quelles étaient, souvent, les sombres réalités qui se cachaient derrière les murs de sa jeunesse. L'actrice buvait, et on avait arrêté par deux fois l'industriel turinois parce qu'il la battait. Le dernier des Contadini était effectivement resté cloîtré pendant vingt ans, enfermé par de hauts murs surmontés de tessons de verre et surveillé par trois domestiques qui ne faisaient rien pour le détromper : dans son délire, il croyait que Hitler et Mussolini avaient gagné la guerre et sauvé le monde de la mainmise juive. Quant aux sœurs Salva, rares étaient ceux qui savaient qu'elles allaient à l'opéra parce qu'elles étaient convaincues de recevoir des vibrations émanant de l'esprit de leur mère, morte dans cette même loge soixante-cinq ans auparavant.

La maison de retraite s'abritait elle aussi derrière un haut mur. Sur une plaque de bronze portant sa raison sociale, il était précisé que les heures de visite allaient de neuf à onze heures du matin, tous les jours de la semaine. Après avoir sonné, Brunetti recula de quelques pas, mais il ne vit aucun tesson de verre au sommet du mur. Il n'était guère probable que le pensionnaire d'une maison de retraite médicalisée eût la force d'escalader un mur, tessons de verre ou pas, se sermonna Brunetti, et il n'y avait plus qu'une chose qu'on pouvait enlever à ces vieillards et à ces infirmes, leur vie.

Une religieuse en habit blanc lui ouvrit. Elle lui arrivait à peine à hauteur d'épaule et il se baissa instinctivement pour lui parler.

« Bonjour, ma sœur. J'ai rendez-vous avec le docteur Messini. »

Elle leva vers lui un regard intrigué.

« Mais le docteur ne vient ici que le lundi, objecta-t-elle.

– Écoutez, j'ai parlé ce matin même à sa secrétaire, et on m'a dit de venir à quatre heures, pour parler du transfert de ma mère ici. »

Il consulta sa montre pour essayer de lui dissimuler son déplaisir. La secrétaire avait été précise en lui donnant l'heure du rendez-vous et il se sentait irrité de ce contretemps.

Elle sourit, et Brunetti se rendit compte seulement à cet instant combien elle était jeune.

« Oh, c'est que vous devez avoir rendez-vous avec son adjoint, la dottoressa Alberti.

– Peut-être, en effet », concéda Brunetti avec amabilité.

Elle recula pour laisser entrer le visiteur ; il se retrouva dans une grande cour au centre de laquelle s'élevait un puits recouvert d'un toit. Dans cet espace protégé, les boutons de rose paraissaient prêts à éclore, et le doux parfum d'un lilas mauve foncé, en fleur dans un angle, parvenait jusqu'à lui.

« C'est très beau, ici, observa-t-il.

– Oui, n'est-ce pas ? » répondit-elle en se tournant pour le précéder vers une entrée, de l'autre côté.

C'est pendant qu'il traversait la cour inondée de soleil que Brunetti les vit, dans l'ombre du balcon qui courait sur deux des murs. Alignés en rang d'oignons comme autant d'antiques *memento mori*, ils étaient six ou sept, immobiles dans leur fauteuil roulant, les yeux aussi vides que ceux des statues grecques. Il passa devant eux, mais aucun de ces vieillards ne le remarqua ni ne parut faire attention à lui.

À l'intérieur du bâtiment, les murs étaient peints en jaune vif et comportaient tous une main courante à hauteur de la taille. Le sol était d'une propreté impeccable, mis à part les marques laissées ici et là par les roues en caoutchouc des fauteuils roulants.

« Par ici, s'il vous plaît, monsieur », lui dit la jeune religieuse en tournant dans un corridor, sur leur gauche. Il la suivit, ayant eu seulement le temps de remarquer que ce qui avait sans doute été, jadis, une salle de banquet avec ses fresques et ses lustres remplissait encore aujourd'hui la même fonction, mais avec des tables en formica et des chaises en plastique moulé.

La nonne s'arrêta devant une porte, frappa un coup, entendit une réponse, ouvrit et tint la porte pour Brunetti.

La pièce dans laquelle il entra comportait une rangée de quatre fenêtres donnant sur la cour, et la lumière qui y entrait à flots se réfléchissait dans les minuscules particules de mica de son dallage vénitien, la remplissant d'une ambiance magique. L'unique bureau étant placé juste en face des fenêtres, il fut tout d'abord difficile à Brunetti de distinguer la personne qui s'y trouvait assise ; puis ses yeux s'accoutumèrent à l'intensité de la lumière et il vit la silhouette massive d'une femme, habillée d'une sorte de blouse de couleur sombre.

« Dottoressa Alberti ? » demanda-t-il en s'avançant de manière à se placer dans l'ombre du mur, entre deux fenêtres.

« Signor Brunetti ? » répondit-elle, avant de se lever et de contourner son bureau pour se diriger vers lui. La première impression de Brunetti avait été la bonne ; c'était une femme de haute taille, presque aussi grande que lui, et il ne devait pas la dépasser, en poids, de plus de quelques kilos. Elle était large d'épaules et forte de hanches ; elle avait un visage rond, fortement coloré, comme quelqu'un qui aime à boire et à manger. Au-dessus d'un nez en trompette étonnamment petit, on voyait deux yeux de couleur ambrée et largement espacés – sans doute ce que ses traits avaient de plus séduisant. Sa longue blouse n'était qu'une tentative, assez réussie, pour dissimuler sa corpulence dans un tissu sombre.

Ils se serrèrent la main et Brunetti fut surpris de sa poigne.

« Heureux de faire votre connaissance, dottoressa. Je vous suis reconnaissant d'avoir accepté de me consacrer un peu de temps.

– Cela fait partie de notre contribution à la communauté », répondit-elle simplement. Il fallut un certain temps à Brunetti pour se rendre compte qu'elle avait parlé sérieusement.

Une fois installé dans un fauteuil faisant face au bureau, et après avoir refusé un café, il expliqua que, comme il l'avait dit par téléphone à la secrétaire, lui et son frère envisageaient le transfert de leur mère à San Leonardo, mais qu'ils tenaient à mieux connaître l'institution auparavant.

« Nous avons ouvert cette maison il y a six ans, signor Brunetti, avec la bénédiction du patriarche de Venise ; ce sont les excellentes sœurs de l'ordre de la Sainte-Croix qui en assurent la bonne marche. »

Brunetti acquiesça, laissant ainsi entendre qu'il avait reconnu l'habit de la religieuse qui l'avait accueilli.

« Notre institution est mixte, reprit la dottoressa Alberti.

– J'ai bien peur de ne pas comprendre ce que cela signifie, dottoressa, observa Brunetti avant qu'elle eût le temps de continuer.

– Que nous avons ici des patients envoyés par les services de santé du pays, qui en assurent les frais d'entretien. Mais nous en avons également à titre privé. Pouvez-vous me dire dans quelle catégorie se range votre mère ? »

Les interminables journées passées dans les antichambres de la bureaucratie italienne, afin d'obtenir pour sa mère le droit à un traitement que lui avaient acquis les quarante années de travail de son père, avaient rendu Brunetti parfaitement conscient qu'elle était prise en charge à cent pour cent par les services de santé de l'État ; néanmoins, il sourit au médecin et répondit :

« Elle viendrait ici en tant que patiente privée, bien entendu. »

À cette nouvelle, la dottoressa Alberti parut se dilater et occuper soudain encore plus de place, derrière son bureau.

« Vous devez savoir que de toute façon cela ne change absolument rien à la manière dont les personnes qui nous sont confiées sont traitées. Nous voulons simplement le savoir pour simplifier les questions de comptabilité. »

Brunetti sourit et hocha la tête comme s'il la croyait.

« Et quel est l'état de santé de votre mère ?

– Excellent, excellent. »

Elle parut moins intéressée par cette deuxième réponse que par la première.

« Et à quel moment avez-vous envisagé, vous et votre frère, de faire transférer votre mère ?

– Nous aimerions que tout soit terminé avant la fin du printemps. » La dottoressa Alberti sourit et acquiesça à cette nouvelle. « Bien entendu, je tiens auparavant à me faire une idée précise de vos installations et des services que vous offrez.

– Bien entendu », répéta-t-elle. Elle prit, sur sa gauche, un mince dossier. « Toutes les informations utiles figurent là-dedans, signor Brunetti. Vous trouverez la liste complète des services mis à la disposition de nos patients, celle du personnel médical, et un court historique de ce lieu et de l'ordre de la Sainte-Croix. Y figurent également les noms de nos protecteurs.

– Vos protecteurs ?

– Oui, des membres de la communauté qui ont estimé de leur devoir de parler favorablement de nous et qui ont accepté que nous utilisions leur nom. C'est en quelque sorte une recommandation pour la haute qualité des soins que nous procurons à nos patients.

– Bien sûr, je comprends, dit Brunetti, hochant gravement la tête. Les tarifs figurent-ils aussi dans ce document ? »

La dottoressa Alberti répondit par un simple acquiescement à cette question, sans laisser voir si elle ne l'avait pas trouvée un peu cavalière ou manquant de goût.

« Est-ce qu'il me serait possible de faire une petite visite des lieux, dottoressa ? » En voyant son mouvement de surprise, il ajouta : « Vous comprenez, je voudrais me faire une idée, essayer de voir si ma mère serait heureuse ici. » Il détourna les yeux, comme s'il s'intéressait tout à coup aux livres alignés sur des étagères, contre le mur. Il ne tenait pas à ce que son interlocutrice pût lire sur son visage des indices de ce double mensonge : sa mère ne serait jamais transférée dans cette institution, de même qu'elle ne serait jamais de nouveau heureuse.

« Rien n'empêche qu'une de nos religieuses vous serve de guide, signor Brunetti, au moins dans une partie de nos locaux.

– Ce serait très aimable de votre part, dottoressa », répondit-il en se levant, un sourire aimable aux lèvres.

Elle appuya sur un bouton placé sur son bureau et, au bout d'un moment, la même jeune nonne qui l'avait introduit entra sans frapper.

« Oui, dottoressa ?

– Sœur Clara, j'aimerais que vous fassiez visiter la salle de repos et les cuisines au signor Brunetti. Ainsi qu'une des chambres privées, peut-être.

– Ah, une dernière chose, dottoressa, dit Brunetti comme s'il venait juste d'y penser.

– Oui ?

– Ma mère est une personne très pieuse, très dévote. Si par hasard c'était possible, j'aimerais pouvoir échanger quelques mots avec la mère supérieure. » Il la vit sur le point de soulever une objection et ajouta précipitamment : « Ce n'est pas que je nourrisse le moindre doute ; je n'ai entendu que des louanges et des compliments sur San Leonardo. Cependant, j'ai promis à ma mère de lui parler, et je ne voudrais pas lui mentir, dans le cas contraire. » Il lui adressa un sourire contrit de petit garçon, la suppliant de comprendre sa situation.

« Ce n'est pas très habituel... » répondit tout d'abord la dottoressa Alberti. Puis elle se tourna vers sœur Clara. « Pensez-vous que ce soit possible, ma sœur ?

La jeune religieuse acquiesça.

« Je viens de voir la mère supérieure à l'instant. Elle revenait de la chapelle. »

Le médecin se tourna vers Brunetti.

« Dans ce cas, vous pourrez avoir un petit entretien avec elle. Ma sœur, aurez-vous l'obligeance de reconduire le signor Brunetti là-bas après lui avoir fait voir la chambre de la signora Viotti ? »

La religieuse hocha de nouveau la tête et repartit en direction de la porte. Brunetti s'avança jusqu'au bureau et tendit sa main par-dessus.

« Je tiens à vous remercier de la manière dont vous m'avez reçu, dottoressa. Merci, vraiment. »

Elle se leva et lui serra la main.

« C'est avec le plus grand plaisir, signore. Et si je peux être d'une aide quelconque au cas où vous auriez d'autres questions à poser, n'hésitez pas à m'appeler. »

Sur ces mots, elle tendit le dossier à Brunetti.

« Ah oui », dit-il en le prenant. Il lui adressa un sourire plein de gratitude avant de se diriger vers la porte. Lorsqu'il l'eut atteinte, il se tourna et la remercia à nouveau, puis il emboîta le pas à sœur Clara.

Dans la cour, la religieuse tourna à gauche et ils retournèrent à l'intérieur du bâtiment pour s'engager dans un long corridor. À son extrémité, ils arrivèrent dans une grande salle ouverte où un petit nombre de personnes âgées étaient assises. Deux ou trois d'entre elles poursuivaient une conversation qui, pour avoir été répétée de nombreuses fois, était complètement décousue. Les autres, une demi-douzaine environ, restaient assis dans leur fauteuil, l'œil vague, évoquant un souvenir, ou remâchant peut-être des regrets.

« Voici notre salle de repos », annonça sœur Clara, sans que cela fût très utile. Elle laissa Brunetti pour aller ramasser une revue tombée des mains d'une vieille dame, puis bavarder un instant avec elle après la lui avoir rendue. Brunetti l'entendit donner quelques mots d'encouragement en dialecte vénitien avant qu'elle revînt vers lui.

Lorsque sœur Clara fut de nouveau près de lui, c'est donc en vénitien qu'il lui dit :

« Le foyer dans lequel ma mère se trouve actuellement est également tenu par votre ordre, ma sœur.

– Ah oui ? Lequel ? » demanda-t-elle sans réelle curiosité, mais comme quelqu'un d'habitué à manifester de l'intérêt ; attitude, songea Brunetti, qui devait se développer chez une personne occupant sa fonction.

« À Dolo, Casa Marina.

– En effet, notre ordre est là-bas depuis des années. Pourquoi voulez-vous faire venir votre mère ici ?

– Elle serait plus près de mon frère et de moi. Et de cette manière nos épouses consentiraient plus facilement à lui rendre visite. »

Elle acquiesça, sans aucun doute consciente du peu d'envie qu'ont les gens, en général, de rendre visite aux personnes âgées, en particulier quand ils ne sont pas leurs parents. Elle reconduisit Brunetti dans la cour en passant par le même long corridor.

« Il y avait là-bas une religieuse, depuis plusieurs années... Je crois qu'elle a été transférée ici. Il y a un an de cela, il me semble.

– Oui ? fit-elle avec cette même courtoisie de façade. Comment s'appelait-elle ?

– Suor'Immacolata », répondit-il en observant quelle allait être sa réaction.

Il eut l'impression qu'elle chancelait, ou alors elle avait trébuché en marchant.

« La connaissez-vous ? » demanda Brunetti.

Il la vit qui luttait contre l'envie de mentir. Mais elle finit par répondre que oui, sans offrir davantage d'explications.

Faisant semblant de ne pas avoir remarqué sa réaction, il poursuivit :

« Elle était très bonne pour ma mère. En fait, ma mère lui était très attachée. Mon frère et moi sommes ravis qu'elle soit ici, parce qu'elle nous donne l'impression, comment dire... d'avoir une influence apaisante sur notre mère. » Brunetti jeta un coup d'œil à sœur Clara. « Je suis sûr que vous savez comment il en est des vieilles personnes, en général. Parfois, elles... » Il n'acheva pas sa phrase.

« Et voici la cuisine », dit sœur Clara en ouvrant une porte.

Brunetti examina les lieux, feignant l'intérêt.

L'inspection de la cuisine terminée, elle l'entraîna dans la direction opposée et ils montèrent une volée de marches.

« Nous sommes ici dans la partie réservée aux femmes. La signora Viotti est sortie pour la journée avec son fils et vous allez donc pouvoir jeter un coup d'œil dans sa chambre. »

Brunetti fut sur le point de faire remarquer que la signora Viotti pourrait avoir quelque chose à redire là-dessus, mais il la suivit néanmoins dans le corridor, couleur crème celui-ci, et bien entendu équipé de l'omniprésente main courante.

Elle poussa une porte et Brunetti inspecta rapidement la pièce, disant ce que l'on dit toujours lorsqu'on est confronté à un lieu confortable mais impersonnel. Cela fait, sœur Clara prit de nouveau la direction de l'escalier.

« Avant de voir la mère supérieure, j'aimerais pouvoir dire bonjour à Suor'Immacolata, dit Brunetti, se hâtant d'ajouter : Si c'est possible, bien entendu. Je ne voudrais pas la déranger dans ses tâches.

– Suor'Immacolata n'est plus ici, dit alors sœur Clara d'une petite voix tendue.

– Oh, je suis désolé de l'apprendre. Ma mère va être terriblement déçue. Ainsi que mon frère. » Puis il essaya de prendre un ton résigné et philosophe. « Mais l'œuvre de Dieu doit être poursuivie partout, et peu importe où l'on nous envoie. » La nonne ne répondit pas. « L'a-t-on envoyée travailler dans une autre maison de retraite, ma sœur ?

– Elle n'est plus parmi nous », répondit sœur Clara.

Brunetti parut se pétrifier sur place, comme frappé de stupeur. « Quoi ? elle est morte ? Mon Dieu, ma sœur, c'est terrible. » Puis, comme s'il se souvenait des exigences de la piété, il ajouta : « Puisse Dieu avoir pitié de son âme...

– Puisse Dieu avoir pitié de son âme, en effet, dit sœur Clara en se tournant vers lui. Elle n'est pas morte ; elle a simplement quitté l'ordre. Elle a été surprise par un patient en train de voler de l'argent dans sa chambre.

– Dieu du ciel, s'exclama Brunetti, que m'apprenez-vous là !

– Quand il l'a surprise, elle l'a bousculé et il s'est cassé le poignet. Après quoi elle est partie, comme ça. Elle a tout simplement disparu.

– N'a-t-on pas appelé la police ?

– Non, je ne crois pas. Personne ne voulait faire de scandale.

– Quand cela s'est-il passé ?

– Il y a quelques semaines.

– Il me semble que la police devrait en être informée. Une personne capable d'une pareille chose ne devrait pas être laissée libre d'aller où elle veut. Profiter ainsi de la confiance et de la faiblesse des personnes âgées ! C'est dégoûtant. »

Sœur Clara ne fit aucun commentaire à ces remarques. Ils empruntèrent un couloir étroit, tournèrent à droite et s'arrêtèrent devant une lourde porte de bois. Elle frappa une fois, entendit une réponse venue de l'intérieur, ouvrit la porte et entra. Elle ressortit quelques instants plus tard. « La mère supérieure va vous recevoir. »

Brunetti la remercia. « *Permesso* », dit-il en entrant. Il referma derrière lui, afin de mieux légitimer encore sa présence ici, et se tourna pour regarder où il se trouvait.

La salle était à peu près vide, avec pour seule décoration un immense Christ sculpté, sur le mur du fond. À ses pieds, debout à côté d'un prie-Dieu dont elle semblait venir de se lever, se tenait une femme de haute taille portant les habits de l'ordre et, sur sa vaste poitrine, une croix de compagnon ; elle regardait Brunetti sans curiosité ni enthousiasme.

« Oui ? » dit-elle comme si elle était interrompue dans une conversation particulièrement intéressante avec le personnage aux reins ceints d'un pagne.

« J'ai demandé si je pouvais m'entretenir un instant avec la mère supérieure.

– Je suis la mère supérieure. À quel propos ?

– Je souhaiterais avoir quelques informations sur l'ordre.

– Et dans quel but ?

– Celui d'en apprendre un peu plus sur votre sainte mission », répondit Brunetti d'un ton parfaitement égal.

Elle s'éloigna du crucifix pour s'approcher d'une cheminée vide près de laquelle attendaient deux chaises à dossier raide. Elle s'assit sur la plus haute et fit signe à Brunetti d'en faire autant sur celle qui lui faisait face.

Une fois Brunetti installé, la mère supérieure resta longtemps sans rien dire – tactique bien connue du policier : elle provoquait en général, chez l'interlocuteur, un vif besoin de parler, et de parler souvent à tort et à travers. Il en profita pour étudier son visage, dans lequel des yeux sombres brillaient d'intelligence et dont le nez à l'arête étroite trahissait soit des origines aristocratiques, soit de l'ascétisme.

« Qui êtes-vous ? demanda-t-elle.

– Le commissaire Guido Brunetti.

– De la police ? »

Il acquiesça.

« Il est bien rare que la police vienne rendre visite à un couvent, dit-elle finalement.

– Cela dépend des événements qui peuvent se passer dans le couvent en question, peut-on penser.

– Ce qui signifie ?

– Précisément ce que j'ai voulu dire, ma mère. Ma présence ici est motivée par des événements qui se sont produits parmi des membres de votre ordre.

– À savoir ? demanda-t-elle avec mépris.

– À savoir des calomnies criminelles, des diffamations, et l'oubli de signaler un délit à qui de droit, pour ne citer que les fautes dont j'ai été témoin et sur lesquelles je suis prêt à témoigner.

– Je n'ai aucune idée de ce dont vous parlez », répondit-elle. Brunetti la croyait sans peine.

« Un membre de votre ordre m'a appris aujourd'hui que Maria Testa, autrefois connue sous le nom de Suor'Immacolata, a été chassée de l'ordre sous prétexte qu'elle aurait volé un de vos patients. On m'a également dit qu'au cours de sa tentative de vol elle aurait poussé la victime sur le sol et que celle-ci se serait cassé le poignet. » Il se tut, espérant qu'elle allait faire un commentaire. Comme rien ne venait, il poursuivit. « Si ces choses se sont réellement produites, il est clair qu'un délit grave a été commis, assorti d'un deuxième délit pour n'avoir pas signalé le premier à la police. Dans l'éventualité où ces choses ne se seraient pas produites, la personne qui m'a rapporté ces faits pourrait être accusée de propos diffamatoires.

– Est-ce sœur Clara qui vous a raconté cela ?

– Ce détail est sans importance. Ce qui compte est que cette accusation doit refléter ce que croient les membres de votre ordre. » Il se tut un instant et ajouta : « Du moins, si elle est exacte.

– Elle ne l'est pas.

– Dans ce cas, quelle est la raison de cette rumeur ? »

Elle sourit pour la première fois, mais d'une façon qui n'était pas particulièrement belle à voir.

« Vous savez comment sont les femmes. Elles aiment colporter des commérages, en particulier les unes sur les autres. » Brunetti, qui avait toujours pensé que cela était encore plus vrai des hommes que des femmes, s'abstint de réagir à cette remarque. « Suor'Immacolata n'est pas, continua la mère supérieure, un ancien membre de notre ordre, comme vous avez l'air de le penser. Tout au contraire. Elle est toujours liée par les vœux qu'elle a prononcés. » Puis, comme si Brunetti ignorait ce que cela voulait dire, elle les énuméra en comptant sur les doigts de sa main. « Pauvreté. Chasteté. Obéissance.

– Si elle a décidé de partir, quelle est la loi qui fait d'elle, de force, un membre de votre ordre ?

– La loi de Dieu », répondit-elle d'un ton sec, comme si elle était plus habituée que lui à ce genre de choses.

« Et la loi en question... possède-t-elle la moindre validité juridique ?

– Si ce n'est pas le cas, alors il y a quelque chose qui ne va pas dans une société qui permet qu'elle n'en ait pas.

– Je reconnais volontiers qu'il y a bien des choses qui ne vont pas dans notre société, ma mère, mais je ne pense pas qu'une loi qui permette à une femme de vingt-sept ans de changer d'avis sur une décision prise alors qu'elle était adolescente en fasse partie.

– Et comment se fait-il que vous soyez au courant de son âge ? »

Brunetti ignora la question, répondant par une autre.

« Y a-t-il une raison pour que vous mainteniez à tout prix que Maria Testa est encore membre de votre ordre ?

– Je ne maintiens rien du tout, répliqua-t-elle d'un ton lourd de sarcasme. Je ne fais que vous dire la vérité divine. À Dieu seul appartient de lui pardonner son péché ; moi, je me contenterai simplement de l'accueillir à nouveau parmi nous.

– Si Maria n'a pas commis les fautes dont elle est accusée, comment se fait-il, alors, qu'elle ait décidé de quitter l'ordre ?

– Je ne sais pas qui est cette Maria dont vous me parlez. Je ne connais que Suor'Immacolata.

– Comme vous voudrez, concéda Brunetti. Comment se fait-il, disais-je, qu'elle ait décidé de quitter votre ordre ?

– Elle a toujours été entêtée et rebelle. Elle a toujours

trouvé difficile de se soumettre à la volonté de Dieu et à la plus grande sagesse de ses supérieurs.

– Ce qui sans doute, dans votre esprit, est synonyme? demanda Brunetti.

– Plaisantez si vous voulez, mais vous le faites à vos risques et périls.

– Je ne suis pas venu ici pour plaisanter, ma mère. Mais pour découvrir pour quelle raison elle a quitté l'endroit où elle travaillait. »

La religieuse prit tout son temps pour réfléchir à cette demande formelle. Brunetti la vit qui portait une main à son crucifix, sans s'en rendre compte, de manière purement machinale. « Il a été question de... », commença-t-elle; mais elle n'acheva pas sa phrase. Elle baissa les yeux, vit ce que faisait sa main et l'éloigna de la croix. Puis elle leva de nouveau la tête vers Brunetti.

« Elle a refusé d'obéir à sa mère supérieure, et quand j'ai suggéré qu'elle fasse pénitence pour son péché, elle est partie.

– Avez-vous parlé d'elle à son confesseur?

– Oui, après son départ.

– Et vous a-t-il rapporté quelque chose qu'elle aurait pu lui avoir confié? »

Elle réussit à prendre un air scandalisé.

« Si elle lui a parlé en confession, il ne pouvait évidemment pas me le dire. Le secret de la confession est inviolable. C'est un vœu sacré.

– Seule la vie est sacrée », rétorqua Brunetti, regrettant sur-le-champ ce qu'il venait de dire.

Il la vit qui se retenait de lui répliquer quelque chose, et se leva.

« Merci », dit-il.

Elle ne montra pas si elle était ou non surprise par la manière abrupte dont il mettait un terme à l'entretien. Il alla jusqu'à la porte et ouvrit. Quand il se retourna pour la saluer, elle tripotait son crucifix, assise toute droite sur sa chaise.

12

IL PRIT LA DIRECTION de son domicile, s'arrêta en chemin pour acheter de l'eau minérale et arriva chez lui à dix-neuf heures trente. Lorsqu'il ouvrit la porte, il sut immédiatement que tout le monde était à la maison ; Chiara et Raffi riaient devant la télévision, dans la salle de séjour, et Paola, dans son bureau, fredonnait tout en écoutant du Rossini.

Il alla poser les bouteilles d'eau dans la cuisine, salua les enfants au passage et se rendit dans l'antre de Paola. Un petit lecteur de CD était posé sur l'une des étagères de la bibliothèque et Paola chantait à mi-voix en suivant le livret qu'elle tenait sur ses genoux.

« Cecilia Bartoli ? » demanda-t-il en entrant.

Elle leva les yeux, stupéfaite qu'il ait reconnu la voix de la cantatrice dont elle accompagnait l'air – sans soupçonner un instant qu'il avait vu son nom sur le nouveau disque du *Barbier de Séville* qu'elle avait acheté une semaine auparavant.

« Comment l'as-tu deviné ? s'étonna-t-elle, laissant Bartoli continuer seule dans *Una voce poco fa*.

– On garde un œil sur tout, dans notre métier, répondit-il, avant de se corriger : et une oreille...

– Tu me prends pour une idiote, Guido ! » s'exclama-t-elle en riant. Elle referma le livret et le jeta sur son bureau, puis, se penchant en avant, elle coupa la musique.

« Crois-tu que cela ferait plaisir aux gosses, si on sortait dîner ? demanda-t-il.

– Je ne pense pas. Ils sont en train de regarder un film idiot qui va durer jusqu'à huit heures et j'ai déjà quelque chose de prêt.

– Quoi donc ? » Il se rendit compte, tout à coup, qu'il avait très faim.

« Gianni avait du porc magnifique, ce matin.

– Excellent. Comment l'as-tu préparé ?

– Avec du *porcini*.

– Et de la polenta ? »

Elle lui sourit.

« Évidemment. Pas étonnant que tu aies cet estomac.

– Quel estomac ? » s'offusqua Brunetti en rentrant le ventre. Comme elle ne répondait pas, il expliqua : « C'est la fin de l'hiver. » Pour la divertir, et peut-être aussi pour mettre un terme à la discussion sur son embonpoint, il lui raconta les événements de la journée, depuis l'instant où il avait reçu le coup de téléphone de Vittorio Sassi, dans la matinée.

« Est-ce que tu l'as rappelé ?

– Non, j'ai été trop occupé.

– Pourquoi ne pas le faire tout de suite ? » proposa-t-elle. Elle le laissa pour qu'il pût téléphoner de son bureau, et alla dans la cuisine où elle mit de l'eau sur le feu, en prévision de la polenta.

Il la rejoignit dix minutes plus tard.

« Eh bien ? lui demanda-t-elle en lui tendant un verre de *dolcetto*.

– Merci. » Il saisit le verre et en prit une petite gorgée. « Je lui ai dit quel était son état et où elle se trouvait.

– Quelle impression te fait-il, cet homme ?

– D'être quelqu'un de suffisamment bien pour l'avoir aidée à trouver un travail et un toit. Et aussi pour s'être inquiété de son sort et m'appeler quand c'est arrivé.

– Qu'est-ce qui s'est passé, d'après toi ?

– Il peut s'agir d'un accident, mais aussi de quelque chose de pire, répondit-il en sirotant son vin.

– Tu veux dire qu'on a peut-être essayé de la tuer ? »

Il acquiesça.

« Pourquoi ?

– Cela risque de dépendre des personnes qu'elle est

allée voir depuis qu'elle m'a parlé. Et de ce qu'elle leur a raconté.

– Pourrait-elle avoir été inconsciente à ce point ? »

Les seules choses que Paola savait sur Maria Testa étaient ce que Guido lui avait dit de Suor'Immacolata au cours des années, autrement dit des louanges sans réserves sur la charité et la patience de la religieuse ; nullement le genre d'information qui aurait pu lui donner une idée de la manière dont la jeune femme se comporterait dans une situation telle que Brunetti venait de la lui décrire.

« Elle ne devait même pas se rendre compte du risque qu'elle prenait, à mon avis. Elle a été religieuse pendant l'essentiel de sa vie, Paola, ajouta-t-il, comme si cela était une explication suffisante.

– Qu'est-ce que cela est supposé vouloir dire ?

– Qu'elle n'a pas une idée très claire de la manière dont se comportent les gens. Qu'elle ne s'est probablement jamais trouvée confrontée à la malignité et aux tromperies des hommes.

– Tu as bien dit qu'elle était sicilienne, non ?

– Ce n'est pas drôle.

– Je ne plaisante pas, Guido, se récria Paola, blessée. Je suis tout à fait sérieuse. Si elle a passé son enfance dans cette société... » Elle se détourna de la cuisinière. « Quel âge avait-elle, déjà, quand elle est entrée dans les ordres ?

– Quinze ans, je crois.

– Eh bien, si elle a passé les quinze premières années de sa vie en Sicile, elle en a sûrement vu assez, sur le comportement des hommes, pour accepter la possibilité du mal. N'en fais pas un personnage romantique. Ce n'est pas une sainte en plâtre qui va s'effondrer à la première réaction grossière ou malveillante. »

Brunetti ne put dissimuler complètement son agressivité lorsqu'il riposta. « Tuer cinq personnes âgées, c'est tout de même autre chose que de la grossièreté ou de la malveillance, il me semble. »

Paola ne répliqua pas ; elle se contenta de le regarder un instant, puis elle se détourna pour ajouter du sel à l'eau qui bouillait.

« Très bien, très bien, je sais que les preuves sont minces », concéda-t-il. Puis, Paola refusant toujours de se retourner, il se corrigea encore : « Bon, d'accord, il n'y en a pas. Mais dans ce cas, pourquoi faire courir le bruit qu'elle aurait tenté de voler et bousculé un des pensionnaires ? Et pourquoi a-t-elle été renversée et laissée pour morte sur le bord de la route ? »

Paola ouvrit le paquet de farine de maïs qu'elle avait préparé, et en prit une poignée. Tout en répondant, elle laissa tomber un filet de farine dans l'eau bouillante, remuant le tout avec une cuillère.

« Il peut s'agir d'un chauffard qui a pris la fuite. Et les femmes seules n'ont pas grand-chose à faire sinon colporter des commérages. »

Brunetti en resta bouche bée.

« Et ça, finit-il par dire, dans la bouche d'une femme qui se considère comme une féministe ? Le ciel me préserve d'entendre ce que les femmes qui ne le sont pas racontent à ce propos.

– Je suis sérieuse, Guido. À ce titre, les femmes ou les hommes, c'est pareil. » Nullement ébranlée par les protestations de Brunetti, elle continua à verser délicatement la farine tout en remuant lentement le mélange pour éviter la formation de grumeaux. « Laisse des gens tout seuls suffisamment longtemps, et tout ce qui leur reste à faire c'est de se raconter des histoires les uns sur les autres. C'est pire encore quand ils n'ont aucun sujet de diversion.

– Comme le sexe ? demanda-t-il, espérant la choquer, ou au moins la faire rire.

– En particulier s'il n'y a pas de sexe. »

Elle versa le reste de la farine et Brunetti se mit à réfléchir à ce qu'ils venaient de dire.

« Tiens, continue de remuer pendant que je mets la table, dit-elle en lui tendant la cuillère de bois.

– Non, je vais mettre le couvert. » Il se leva et ouvrit le placard. Sans se presser, il disposa les assiettes, les verres et les couverts. « Il y a de la salade ? » demanda-t-il. Paola ayant acquiescé, il prit quatre autres assiettes et les disposa sur le plan de travail. « Du dessert ?

– Des fruits. »

Il sortit encore quatre assiettes, puis se rassit à sa place et prit une gorgée de *dolcetto* dans son verre.

« Très bien. C'était peut-être un accident, et c'est peut-être purement par hasard qu'on parle d'elle en très mauvais termes à la maison de repos. » Il reposa son verre et le remplit à nouveau. « C'est ce que tu penses ? »

Elle donna un dernier tour de cuillère à la polenta et posa l'ustensile en travers de la casserole.

« Non. Je crois qu'on a essayé de la tuer. Et je crois aussi que cette histoire de vol a été inventée. Tout ce que tu m'as raconté depuis toujours sur elle me dit qu'il est impossible qu'elle ait pu mentir ou voler. Et je doute que quiconque la connaissant un peu puisse le croire. Sauf si la personne qui l'affirme est en position d'autorité. » Elle saisit son propre verre, en but une gorgée et le reposa. « C'est amusant, Guido, j'écoutais justement la même chose.

– Comment, la même chose ? »

– Il y a un air merveilleux dans le *Barbier* – et ne viens pas me dire qu'il y en a beaucoup de merveilleux, je le sais. C'est celui dans lequel... comment s'appelle-t-il, déjà ? Ah oui, Basilio, le maître de chant, parle de la calomnie. De la manière dont un bruit, une fois lancé, se met à courir et à enfler jusqu'à ce que la personne accusée – et là elle laissa Brunetti confondu en chantant la fin de l'air de basse, mais dans sa tessiture éclatante de soprano – *Avvilito, calpestrato, sotto il pubblico flagello per gran sorte va a crepar.* »

Elle n'avait pas fini que les deux enfants s'encadraient dans la porte de la cuisine, regardant leur mère avec stupéfaction.

« Mais, maman... on savait pas que tu chantais si bien ! » s'exclama Chiara.

C'est en regardant son mari, et non sa fille, que Paola répondit :

« Il y a toujours quelque chose à découvrir chez les personnes que l'on croit bien connaître. »

Vers la fin du repas, le sujet de l'école vint sur le tapis et, de même que le jour laisse forcément place à la nuit, Paola fut conduite à poser la question du cours de religion de Chiara.

« J'aimerais ne plus y aller, dit l'adolescente en prenant une pomme dans la coupe posée au centre de la table.

– Je ne vois pas pourquoi vous l'obligeriez à continuer, intervint Raffi. De toute façon, c'est une perte de temps. »

Paola ne fit pas à Raffi le plaisir de le gratifier d'une réponse.

« Pourquoi dis-tu cela, Chiara ? »

Elle haussa les épaules.

« Je croyais que tu avais reçu le don de la parole.

– Oh, voyons, maman ! Dès que tu prends ce ton, je sais que tu n'écouteras rien de ce que j'ai à dire.

– Et de quel ton parles-tu ?

– De celui-ci, justement », rétorqua Chiara.

Paola regarda les hommes de la famille pour chercher un soutien contre cette attaque inattendue de la cadette, mais l'un et l'autre la regardaient fixement, d'un air implacable. Chiara continua de peler sa pomme, attentive à y parvenir en une seule fois, détachant une bande qui allait bientôt pouvoir atteindre l'autre bout de la table.

« Je suis désolée, Chiara », dit Paola.

La jeune fille lui jeta un bref coup d'œil, acheva de peler le fruit et en plaça un quartier sur l'assiette de sa mère.

Brunetti décida de rouvrir les négociations.

« Pourquoi préfères-tu ne plus assister à ces cours, Chiara ?

– Raffi a raison. On y perd son temps. J'ai appris le catéchisme par cœur la première semaine, et tout ce qu'on a à faire c'est de le réciter quand il nous le demande. C'est barbant, et je pourrais lire ou faire mes devoirs, à la place. Mais le pire, c'est qu'il a horreur qu'on lui pose des questions.

– Quel genre de questions ? demanda Brunetti, qui accepta le dernier quartier de pomme de sa fille, lui permettant ainsi d'attaquer l'épluchage d'une deuxième.

– Eh bien, dit-elle, toute son attention concentrée sur le

couteau, aujourd'hui, par exemple, il nous racontait comment Dieu était notre père à tous, et quand il en parlait, il n'arrêtait pas de dire *Il, Lui*. J'ai levé la main et j'ai demandé si Dieu était un esprit. Et il a dit que oui. Alors je lui ai demandé s'il était correct d'affirmer qu'un esprit est différent d'une personne parce qu'il n'a pas de corps, parce qu'il n'est pas matériel. Et comme il était d'accord, j'ai voulu savoir pourquoi, si Dieu était un esprit, il pouvait être un homme, puisqu'il n'avait pas de corps ni rien. »

Brunetti releva les yeux et regarda par-dessus la tête baissée de sa fille, mais il arriva trop tard ; le sourire de triomphe avait déjà disparu du visage de Paola.

« Et qu'est-ce que t'a répondu le padre Luciano ?

– Oh, il est devenu furieux et s'est mis à me sermonner. Il a dit que je faisais mon intéressante. » Elle leva les yeux vers son père, oubliant momentanément la pomme. « Mais c'était pas vrai, papa. Je ne faisais pas mon intéressante. Je voulais vraiment savoir. Je trouve que tout ça ne tient pas debout, tu comprends ? Enfin, Dieu ne peut pas être les deux choses à la fois, il ne peut pas... » Elle s'interrompit, consciente d'avoir employé le masculin. « Est-ce que ça peut être comme ça ?

– Je ne sais pas, mon ange. Cela fait longtemps que j'ai étudié ces questions. Je crois que Dieu peut être tout ce qu'il lui plaît d'être. Peut-être est-il si grand que nos petites règles sur la réalité matérielle et notre minuscule univers ne signifient rien pour lui. N'as-tu jamais pensé à cela ?

– Non, jamais », répondit-elle en repoussant son assiette. Elle réfléchit quelques instants, puis reprit : « Je suppose que c'est possible. » Il y eut un autre silence spéculatif, sur quoi elle demanda si elle pouvait aller faire ses devoirs.

« Bien sûr, fit Brunetti en se penchant vers elle pour lui ébouriffer les cheveux. Si tu as des difficultés avec tes problèmes de maths, ceux qui sont vraiment ardus, n'hésite pas, viens me demander.

– Et qu'est-ce que tu vas faire, papa ? Me dire que tu ne peux pas m'aider parce que les maths ont complètement changé depuis que tu allais à l'école ? demanda-t-elle, éclatant de rire.

– N’est-ce pas toujours ce que je te dis quand tu m’amènes un de tes devoirs, ma chérie ?

– Tout juste. Je suppose que c’est la seule manière que tu as de t’en tirer.

– J’en ai bien peur », admit Brunetti en repoussant sa chaise.

13

OBSÉDÉ PAR LE THÈME de la religion, lequel l'envahissait aussi bien dans sa vie privée que professionnelle sans qu'il puisse, apparemment, arriver à s'y opposer, Brunetti consacra le reste de sa soirée à la lecture des premiers pères de l'Église, forme de distraction à laquelle il ne s'adonnait que rarement. Il commença par Tertullien, mais se sentit pris d'une aversion immédiate pour le style prétentieux du personnage, et entreprit donc de consulter les écrits de saint Benoît. C'est là qu'il tomba sur un passage déclarant que « si un époux, saisi de transports amoureux immodérés, a des rapports avec sa femme d'une telle ardeur, en vue de satisfaire sa passion, qu'il aurait souhaité avoir commerce avec elle même si elle n'avait pas été son épouse, cet époux-là commet un péché ».

« Commerce ? » fit Brunetti à voix haute, levant les yeux de son livre et réussissant à faire sursauter Paola qui, assise à côté de lui, somnolait sur les notes du cours qu'elle devait donner le lendemain.

« Quoi ? demanda-t-elle sans conviction.

– Nous laissons vraiment ces gens-là faire l'éducation de nos enfants ? » répondit-il, lui lisant ensuite le passage. Il la sentit, plutôt qu'il ne la vit, hausser les épaules. « Qu'est-ce que cela signifie ?

– Cela signifie, dit Paola, que si tu fais jeûner les gens, ils commencent à penser à la nourriture. Si tu obliges quelqu'un à arrêter de fumer, il ne va penser qu'à ses cigarettes. Il me semble parfaitement logique que si on interdit à quelqu'un d'avoir des relations sexuelles, la question commence à l'obséder. Si bien que lui donner en plus le pouvoir de dire aux autres comment ils doivent mener leur vie sexuelle, c'est vraiment lui donner le bâton pour se faire battre. D'une certaine manière, cela revient à demander à un aveugle d'enseigner l'histoire de l'art, tu ne crois pas ?

– Pourquoi ne m'avoir jamais rien dit de tout ça ?

– Nous avons conclu un accord. Je t'ai promis de ne jamais me mêler de l'éducation religieuse des enfants.

– Mais c'est de la folie furieuse ! s'exclama-t-il en frappant le livre ouvert devant lui.

– Évidemment, que c'est de la folie furieuse. » Elle avait répondu d'une voix parfaitement calme. « Mais pas plus, peut-être, que la plupart des choses qu'ils voient ou lisent.

– Je ne vois pas ce que tu veux dire.

– Madonna, les boutiques porno, le minitel rose, tout le bazar. C'est le revers de la médaille, par rapport au furieux qui a écrit ça, dit-elle avec un geste de la main méprisant pour le livre. Dans un cas comme dans l'autre, le sexe devient une obsession. » Elle retourna à ses notes.

Au bout d'un moment, cependant, Brunetti reprit la parole. « Mais... », commença-t-il, attendant qu'elle lève les yeux. Elle n'en fit rien. « Mais est-ce qu'on leur enseigne réellement ce genre de choses ?

– Je te l'ai dit, Guido. Je t'ai laissé t'occuper de la question. C'est toi qui l'as voulu, toi qui estimais qu'il fallait qu'ils soient initiés – je me souviens très bien de l'expression que tu as employée – à la culture occidentale. Eh bien saint Benoît, si c'est effectivement de lui qu'est tirée cette citation particulièrement maladroite, saint Benoît fait partie de la culture occidentale.

– On ne peut tout de même pas leur enseigner des choses pareilles », insista-t-il.

Elle haussa les épaules.

« Demande donc à Chiara. »

Sur quoi elle retourna à ses notes.

Ainsi laissé à ses fulminations, c'est précisément ce que Brunetti décida de faire dès le lendemain. Il referma le livre, le mit de côté et en prit un autre sur la pile qu'il avait posée sur le plancher, au pied du canapé. Il se décida pour *La Guerre des Juifs*, de Flavius Josèphe, et il en était arrivé au siège de Jérusalem par l'empereur Vespasien lorsque le téléphone sonna.

Il n'eut qu'à tendre le bras ; l'appareil était posé sur une petite table, à côté de lui.

« Brunetti.

– C'est Miotti, monsieur.

– Oui, Miotti. Qu'y a-t-il ?

– J'ai pensé qu'il valait mieux vous appeler, monsieur.

– Et pourquoi, Miotti ?

– L'une des personnes que vous et Vianello êtes allés voir est morte, monsieur. Je suis sur place.

– Qui ça ?

– Le signor Da Prè.

– Que s'est-il passé ?

– Nous n'en sommes pas sûrs exactement, monsieur.

– Que veux-tu dire, pas sûrs ?

– Il vaudrait peut-être mieux que vous veniez voir vous-même, monsieur.

– Où es-tu ?

– À son domicile, monsieur. C'est... »

Brunetti le coupa.

« Oui, je connais l'adresse. Comment ça s'est passé ?

– De l'eau s'est mise à couler du plafond, dans l'appartement en dessous. Du coup, le voisin est allé voir ce qui arrivait. Il avait la clef et il est donc entré. Il a trouvé Da Prè par terre, dans la salle de bains.

– Et ?

– On dirait qu'il est tombé et qu'il s'est cassé le cou, monsieur. »

Brunetti attendit que Miotti lui donnât un peu plus de détails, mais comme le policier restait silencieux, il lui demanda d'appeler le docteur Rizzardi.

« C'est déjà fait, monsieur.

– Bien. Je te retrouve dans vingt minutes, à peu près. »

Il raccrocha et se tourna vers Paola qui avait arrêté de lire et le regardait, curieuse d'être mise au courant de la

partie de la communication qu'elle n'avait pas entendue.
« Da Prè. Il est tombé et il s'est rompu le cou.
– Le petit bossu ?
– Oui.
– Pauvre homme, quel manque de chance, tout de même », telle fut sa réaction immédiate.
Brunetti mit plus de temps à se manifester, et lorsqu'il le fit, sa réponse refléta bien à quel point lui et Paola avaient un regard différent sur le monde.
« Peut-être. »
Paola ne tint pas compte de sa réserve et consulta sa montre.
« Il est presque onze heures. »
Brunetti laissa tomber Flavius Josèphe sur saint Benoît et se leva.
« Alors, à demain matin. »
Paola lui effleura le dos de la main.
« Prends un foulard, Guido. La nuit est fraîche. »
Il se pencha et l'embrassa sur les cheveux, alla prendre son manteau, n'oublia pas le foulard, et quitta la maison.
Arrivé à l'adresse du « petit bossu », il trouva un policier en faction devant la porte. Celui-ci reconnut Brunetti, le salua et, à la question de son supérieur, répondit que le docteur Rizzardi était déjà arrivé.
En haut de l'escalier, un deuxième policier en uniforme, Corsaro, se tenait près de la porte d'entrée de l'appartement. Lui aussi salua Brunetti avant de faire un pas de côté pour le laisser passer.
« Le dottor Rizzardi est par là, monsieur. »
Brunetti prit la direction du fond de l'appartement, d'où lui provenaient de la lumière ainsi que des voix d'homme. Il entra dans ce qui devait être la chambre et aperçut un lit bas, presque aussi petit qu'un lit d'enfant, le long d'un mur. Il voulut traverser la pièce, mais posa le pied sur quelque chose de mou et spongieux. Il s'immobilisa sur-le-champ et appela : « Miotti ! »
Le policier apparut aussitôt dans l'encadrement de la porte située de l'autre côté de la chambre.
« Oui, monsieur ?

– Allume. »

Ce que fit Miotti. Brunetti regarda à ses pieds, ayant du mal à repousser la crainte irrationnelle d'avoir marché dans du sang. Il poussa un soupir de soulagement quand il vit qu'il s'agissait seulement d'un tapis imbibé de l'eau qui avait débordé par la porte ouverte de la salle de bains. Voyant cela, il poursuivit son chemin et s'arrêta dans l'encadrement éclairé de la porte, prêtant l'oreille aux bruits qui provenaient de la pièce.

Il tomba sur un spectacle qu'il n'avait vu que trop souvent : le docteur Rizzardi penché sur le corps allongé d'un homme mort.

À son arrivée, le médecin se remit debout ; il commença à tendre la main à Brunetti, se rendit compte qu'il portait des gants en caoutchouc et retira le droit. « *Buonasera*, Guido », dit-il en lui tendant de nouveau la main. Il ne sourit pas, et l'aurait-il fait que cela n'aurait pas changé grand-chose à l'aspect austère de son visage. D'avoir depuis trop longtemps fréquenté les morts violentes sous toutes leurs formes lui avait émacié les traits, notamment le nez et les joues, et sa figure paraissait taillée dans le marbre, comme si chaque mort avait éliminé un nouveau fragment de pierre.

Rizzardi fit un pas de côté pour permettre à Brunetti de voir le corps minuscule allongé devant eux. Paraissant encore plus petit une fois mort, on aurait dit qu'il gisait à présent au pied de deux géants. Il était sur le dos, et sa tête tournée de manière anormale ne touchait pas le sol, comme quelque tortue habillée qu'auraient retournée et abandonnée des garnements.

« Qu'est-ce qui s'est passé ? » demanda Brunetti.

Tout en parlant, il se rendit compte que les jambes du pantalon de Rizzardi étaient mouillées des revers jusqu'aux genoux et que l'humidité envahissait ses propres chaussures : ils se tenaient dans un demi-centimètre d'eau, et la flaque couvrait toute la pièce.

« On dirait qu'il a tourné les robinets pour prendre un bain et qu'il a glissé à ce moment-là. »

Brunetti regarda la baignoire. Elle était vide, et les robinets avaient été coupés. Une bonde noire en caoutchouc était posée sur le rebord.

Il se tourna de nouveau vers le mort. Il était en costume de ville et cravate, mais n'avait ni chaussettes ni chaussures.

« Il a glissé sur les carreaux parce qu'il était pieds nus ?

– On dirait », admit Rizzardi.

Brunetti sortit de la salle de bains, suivi du médecin, qui avait fini ses constatations. Le commissaire regarda autour de lui dans la chambre, sans chercher quoi que ce soit de particulier. Il vit trois fenêtres, les rideaux tirés, et quelques peintures, sur les murs, qui paraissaient avoir été accrochées là des dizaines d'années auparavant sans que jamais personne n'y eût prêté attention depuis. Le tapis était un vieux persan épais de facture artisanale, à présent détrempé, aux couleurs éteintes. Une robe de chambre en soie rouge était posée sur le pied du lit et dessous, juste à la limite du point atteint par les eaux, il aperçut les minuscules chaussures soigneusement rangées côte à côte, les chaussettes noires pliées et posées dessus.

Il traversa la chambre et se pencha pour prendre les chaussures. Tenant les chaussettes d'une main, il retourna les souliers et examina les semelles. Le caoutchouc dont elles étaient faites présentait un lustre brillant, comme c'est en général le cas pour des chaussures qui ne sont portées qu'à l'intérieur d'une maison. Les seuls signes d'usure étaient de petites marques grisâtres sur les talons du cuir. Il les reposa en remettant les chaussettes à leur place.

« Je n'ai jamais vu personne mourir de cette façon, observa finalement le docteur Rizzardi.

– Il n'y a pas eu un film, il y a quelques années, à propos d'un homme atteint d'une maladie qui le faisait ressembler à un éléphant ? Il me semble qu'il était mort comme ça. »

Rizzardi secoua la tête.

« Je ne l'ai pas vu. J'ai lu des articles sur des cas de ce genre et je sais que les malades risquent de perdre l'équilibre. Mais d'habitude, ils ne se cassent qu'une jambe ou une vertèbre. »

Le médecin s'interrompit et son regard se perdit sur les fenêtres. Brunetti attendit, supposant qu'il parcourait mentalement la littérature médicale sur le sujet.

« Non, je me trompe, reprit-il au bout de quelques instants. C'est arrivé. Pas souvent, mais c'est arrivé.

– Eh bien, te voilà peut-être avec un nouveau cas assez intéressant pour voir ton nom figurer dans un livre de médecine, un de ces jours, dit Brunetti sans sourire.

– Pas impossible », répondit Rizzardi sur le même ton. Puis il se dirigea vers sa sacoche noire, qu'il avait laissée sur une table, à côté de la porte. Il jeta les gants de caoutchouc dedans et la referma d'un claquement. « Je m'occuperai de lui dès demain matin toutes affaires cessantes, Guido, mais je ne peux pas t'en apprendre davantage pour le moment. Il s'est cassé le cou quand sa tête est partie en arrière pendant la chute.

– La mort a-t-elle été instantanée ?

– Très probablement. La fracture est propre. Il a senti le choc dans son dos, en tombant, mais il était sans doute mort avant d'avoir eu le temps de ressentir la moindre douleur. »

Brunetti hocha la tête.

« Merci, Ettore. Je t'appellerai. Juste au cas où tu aurais trouvé quelque chose.

– Pas avant onze heures », répondit le médecin en lui tendant de nouveau la main.

Brunetti la lui serra et le médecin quitta la pièce. Rizzardi dit quelque chose à Miotti à voix basse, en sortant, et on entendit la porte de l'appartement qui se refermait. Miotti arriva dans la chambre, suivi de Foscolo et de Pavese, les hommes du labo.

Brunetti les salua d'un signe de tête. « Recueillez toutes les empreintes digitales que vous pourrez, en particulier dans la salle de bains, et en particulier sur la baignoire. Et prenez des photos sous tous les angles. » Il s'écarta pour que les deux hommes pussent voir comment les choses se présentaient.

Pavese alla déballer son matériel photo dans un angle sec de la chambre, déplia le trépied et commença à assembler les pièces.

Brunetti s'agenouilla, sans plus prêter attention à l'eau, cette fois. Il fit porter le poids de son corps sur ses mains et se pencha en avant, inclinant la tête de côté de manière à avoir une vue transversale de la partie du plancher située juste à l'entrée de la salle de bains. « Si vous pouvez trouver un sèche-cheveux, ce serait bien de sécher ce secteur, dit-il à Foscolo. Surtout, ne l'essuyez pas. Et vous prendrez ensuite des photos. » D'un geste circulaire de la main, il montra la zone qui l'intéressait.

« C'est pourquoi, monsieur ?

– Je voudrais voir s'il n'y a pas des éraflures, des marques quelconques, qui pourraient laisser penser que le corps a été traîné dans la salle de bains.

– Ah, c'est un meurtre, monsicur ? » demanda Pavese tout en continuant de visser son appareil sur le pied.

Au lieu de répondre, Brunetti indiqua quelques marques à peine visibles sous la pellicule d'eau. « Ici... et là.

– On les aura, monsieur. Ne vous inquiétez pas.

– Merci. » Il se remit debout et se tourna vers Miotti. « Aurais-tu des gants ? J'ai oublié d'en prendre. »

De sa poche, le policier sortit une paire de gants en caoutchouc encore emballés dans du plastique. Il déchira l'emballage et les tendit à Brunetti. Pendant que celui-ci les enfilait, Miotti en sortit une autre paire et fit de même. « Si vous pouviez me dire ce que nous cherchons, monsieur...

– Je ne le sais pas. N'importe quoi qui pourrait indiquer qu'on lui a fait cela, ou qu'on aurait pu avoir des raisons de le lui faire. » Brunetti apprécia le fait que Miotti s'abstînt de remarquer que ces explications n'allaient pas bien loin.

Il se rendit dans la salle de séjour et inspecta soigneusement la pièce dans laquelle lui et Vianello avaient parlé avec Da Prè. Les petites boîtes recouvraient toujours toutes les surfaces disponibles. Il s'approcha de la console et ouvrit le tiroir du haut, entre les deux portes. Il y découvrit d'autres tabatières, certaines étant emballées dans des morceaux de coton hydrophile comme des œufs carrés dans le nid d'un albinos. Même chose dans les deuxième et troisième tiroirs. Quant à celui du bas, il était rempli de papiers divers. Sur le dessus, il y avait une enveloppe de papier bulle qui contenait des documents rangés avec une rigueur quasi militaire, mais le reste, en dessous, était disposé n'importe comment, sans même être empilé selon un ordre quelconque ; certains papiers étaient à l'endroit, d'autres à l'envers, pliés en deux ou en quatre. Brunetti sortit le tout à deux mains et s'aperçut à ce moment-là qu'il n'y avait pas une seule surface plane disponible où les poser : les tabatières avaient tout envahi.

Il se résigna finalement à emporter les documents dans la cuisine, où il les étala sur la table de bois qui s'y trouvait. La grande enveloppe de papier bulle contenait, ce qui ne le surprit nullement, des copies de lettres envoyées par Da Prè à des antiquaires ou à des particuliers, leur demandant des renseignements sur la date, la provenance et le prix de tabatières. En dessous, il y avait les factures de ce qui semblait être des centaines de ces boîtes minuscules, qu'il achetait parfois par lots de vingt ou même davantage.

Il mit le dossier de côté pour s'intéresser aux autres documents, mais s'il espérait y trouver quelque indice des raisons de la mort de Da Prè, il fut désappointé. Il y avait des factures d'électricité, une lettre de l'ancien propriétaire de Da Prè, un prospectus émanant d'un magasin de mobilier de Vicence, un article de journal sur les effets à long terme de l'aspirine ainsi qu'un lot d'informations sur ce même genre d'effets secondaires, pour toute une gamme d'antalgiques.

Avec pour fond sonore le bruit des deux techniciens qui faisaient leur travail dans les autres pièces, et tandis que jaillissait de temps en temps l'éclair d'un flash, Brunetti s'intéressa alors à la chambre et à la cuisine, mais il ne trouva rien qui pût laisser à penser qu'il s'agissait d'autre chose que d'un stupide accident. Miotti, qui avait découvert un carton plein de vieilles revues et de journaux, n'avait pas eu davantage de succès.

Peu après, Brunetti permit aux brancardiers envoyés par l'hôpital d'emporter le corps, et à deux heures tout était terminé. Brunetti essaya de replacer les papiers et les objets qu'ils avaient été obligés de déplacer au cours de leur fouille minutieuse, mais il n'avait aucune idée de l'emplacement des innombrables petites boîtes qui avaient été traitées à la poudre pour les empreintes, puis repoussées ici et là ou posées sur le sol. Il finit par y renoncer et se débarrassa de ses gants, disant à Miotti d'en faire autant.

Quand le reste de l'équipe vit que Brunetti était prêt à partir, ils rassemblèrent leur matériel, appareils photo, boîtes et pinceaux, heureux d'en avoir terminé et de pouvoir fuir les abominables tabatières qui leur avaient valu tant d'heures de travail.

Brunetti prit le temps de dire à Miotti qu'il pouvait n'arriver à la questure qu'à dix heures, même s'il savait que le jeune policier s'y présenterait à huit heures, voire avant.

Dehors, le brouillard lui sauta au visage, à cette heure la plus sinistre et la plus humide de la nuit. Enroulant l'écharpe autour de son cou, il remonta jusqu'au pont de l'Académie ; mais il vit qu'il avait raté un bateau de peu, ce qui voulait dire qu'il lui faudrait attendre le suivant quarante minutes. Il se résigna donc à marcher, obligé de suivre un parcours sinueux qui le fit passer par le Campo San Barnaba, devant les portes verrouillées de l'université, puis longer la maison de Goldoni, elle aussi fermée pour la nuit. Il ne vit personne jusqu'au Campo San Polo, où un vigile habillé de vert finissait sa dernière tournée, un berger allemand docile marchant à ses côtés. Les deux hommes se saluèrent d'un signe de tête en se croisant ; le chien ignora Brunetti, tirant sur sa laisse pour être plus vite de retour chez lui. Tandis qu'il empruntait le passage couvert qui permettait de sortir de la place, il entendit un léger bruit de clapotis. Depuis le pont, il regarda vers l'eau et aperçut un rat à longue queue qui s'éloignait en nageant. Brunetti siffla mais le rat, comme le chien, l'ignora et poursuivit son chemin vers la chaleur de son propre foyer.

14

AVANT DE SE RENDRE à la questure, le lendemain matin, Brunetti passa par l'immeuble de Da Prè et s'entretint avec Luigi Venturi, le voisin qui avait trouvé le corps du petit bossu. Il n'en apprit rien qu'il n'aurait pu savoir sur un simple coup de fil. Da Prè avait peu d'amis ; ils lui rendaient rarement visite, et Venturi ignorait leur identité ; et la seule parente dont il avait entendu parler était la fille d'un cousin demeurant du côté de Vérone. La veille au soir, Venturi n'avait rien vu ou entendu qui sortît de l'ordinaire, du moins jusqu'au moment où l'eau avait commencé à couler par le plafond, dans sa cuisine. Non, Da Prè ne lui avait jamais parlé d'ennemis qui auraient pu vouloir lui faire du mal. Venturi adressa un regard étrange à Brunetti lorsque celui-ci lui posa la question, et le policier se hâta de l'assurer qu'il s'agissait simplement d'exclure ce genre de possibilité, d'ailleurs peu vraisemblable. Il se révéla enfin que le signor Venturi avait passé une bonne partie de la soirée devant la télévision à regarder un match de football et qu'il n'avait pensé à son voisin du dessus (ou à ce qui pouvait se passer dans l'appartement de celui-ci) qu'au moment où, ayant décidé de se préparer une infusion d'Orzoro avant de se mettre au lit, il avait vu l'eau ruisseler sur les murs, dans sa cuisine.

Il était alors allé voir ce qui se passait. Non, les deux hommes n'étaient pas amis. Le signor Venturi était veuf ; Da Prè ne s'était jamais marié. C'était uniquement en tant que voisins et par précaution qu'ils avaient échangé leurs clefs, mais jusqu'à la soirée précédente aucun des deux n'avait eu besoin de les utiliser. Non seulement Brunetti n'apprit rien d'autre de Venturi, mais il repartit convaincu qu'il n'y avait rien d'autre à apprendre.

Dans le fouillis de papiers qu'il avait épluché la veille, Brunetti avait trouvé plusieurs lettres d'un homme de loi de Dorsoduro, et il l'appela à son bureau dès qu'il fut lui-même arrivé à la questure. Le notaire avait déjà entendu parler (les informations ont cette façon très particulière de circuler à Venise) de la mort de son client, et aussitôt essayé d'avertir la nièce de Da Prè. Celle-ci, cependant, était partie pour une semaine à Toronto, ayant accompagné son mari gynécologue à un congrès international. L'homme de loi dit qu'il continuerait de tenter de la joindre, mais rien ne lui permettait d'affirmer que la nouvelle provoquerait le retour anticipé de la nièce en Italie.

Interrogé par Brunetti, le notaire ne put donner pratiquement aucune information sur son client défunt. Cela faisait pourtant des années qu'il le connaissait pour des raisons professionnelles, mais leurs relations s'arrêtaient là. Il ignorait tout de la vie de Da Prè, et il se risqua seulement à affirmer que le patrimoine de son client, en dehors de l'appartement, se réduisait à peu de chose : Da Prè avait investi presque toutes ses ressources dans l'achat des tabatières, mais il avait légué celles-ci au musée Correr.

Il appela un peu plus tard Rizzardi et, avant même que Brunetti eût le temps de le lui demander, le médecin légiste confirmait son diagnostic de la veille.

« Oui, j'ai trouvé une petite ecchymose sur le côté gauche de son menton et une autre sur sa colonne vertébrale. Elles n'ont rien d'étonnant dans le cas d'une chute. Il s'est bien rompu le cou en tombant, comme je te l'ai dit hier au soir. La mort a été instantanée.

– Aurait-il pu avoir été frappé, ou poussé ?

– C'est toujours possible, Guido. Mais tu ne me le feras jamais dire, en tout cas, pas officiellement. »

Brunetti savait qu'il était inutile d'insister et il raccrocha donc après avoir remercié le médecin.

Lorsqu'il appela le photographe, celui-ci lui suggéra de

venir au labo pour jeter un coup d'œil sur les clichés. À son arrivée, il vit quatre photos fortement agrandies, deux en couleurs et deux en noir et blanc, accrochées au panneau de liège qui se trouvait sur le mur du fond.

Il commença à les examiner en s'en rapprochant de plus en plus. Lorsqu'il les toucha presque du nez, il découvrit deux rayures parallèles, à peine visibles, dans la partie gauche de l'une d'elles. Il posa le doigt dessus et se tourna vers Pavese.

« C'est ça ?

– Oui », dit le photographe en venant se placer à côté de lui. Doucement, il repoussa le doigt de Brunetti avec l'extrémité (côté gomme) d'un crayon, et suivit les deux lignes.

« Des marques d'éraflures ? demanda Brunetti.

– Ça se pourrait – comme il pourrait s'agir d'un tas d'autres choses.

– Vous avez vérifié les chaussures ?

– Foscolo s'en est chargé. Les parties arrière des talons portent des marques, mais à de nombreux endroits.

– Y a-t-il le moindre espoir de faire correspondre les unes et les autres ? »

Pavese secoua la tête. « Pas de manière convaincante, en tout cas.

– Il aurait pu néanmoins être traîné jusque dans la salle de bains, non ?

– En effet, admit Pavese, pour ajouter aussitôt : comme auraient pu l'être des tas de choses – une valise, une chaise, un aspirateur...

– À ton avis, Pavese, de quoi s'agit-il ? »

Avant de répondre, le technicien tapota la photo du bout de son crayon.

« Tout ce que je sais, c'est ce qu'il y a sur la photo, monsieur. Deux marques parallèles sur le sol, qui peuvent provenir de n'importe quoi. »

Comme à chaque fois qu'il interrogeait quelqu'un depuis le début de la matinée, Brunetti comprit qu'il ne tirerait rien de plus du photographe ; il le remercia donc et regagna son bureau.

En entrant, il découvrit deux notes de la main de la signorina Elettra. D'après la première, une certaine Stefania avait essayé de le joindre ; la seconde lui disait que la secrétaire disposait d'informations « à propos de ce prêtre ». Rien de plus.

Brunetti composa le numéro de Stefania et il eut de nouveau droit à un accueil chaleureux – celui qui laissait entendre que les affaires étaient au point mort dans l'immobilier.

« C'est Guido. Toujours pas vendu, cet appartement de Cannaregio ? »

La voix de Stefania se fit encore plus chaleureuse.

« Ils signent demain après-midi !

– Vas-tu faire brûler des cierges contre l'*acqua alta* ?

– Si je pouvais croire un seul instant que ce serait efficace, Guido, j'irais jusqu'à Lourdes en rampant.

– Les affaires vont si mal que cela ?

– Je préfère ne même pas t'en parler.

– C'est aux Allemands que tu le vends ?

– *Jawohl.*

– *Sehr gut*, répondit Brunetti du tac au tac. As-tu trouvé quelque chose pour les appartements dont je t'ai parlé ?

– Oui, mais rien de très intéressant. Tous les trois sont restés en vente pendant des mois, les choses étant d'autant plus compliquées que le propriétaire est au Kenya.

– Au Kenya ? Je croyais qu'il était de Turin. C'était son adresse dans le testament, en tout cas.

– C'est bien possible, mais il a habité au Kenya au cours des sept dernières années, et de toute façon il n'est pas résident de Venise. C'est devenu un véritable cauchemar fiscal, si bien que personne ne veut s'en occuper, surtout avec l'état du marché. Tu ne peux pas imaginer ce que c'est. Une vraie catastrophe. »

En effet, songea Brunetti, il ne le pouvait pas ; il lui suffisait déjà de savoir que l'héritier vivait depuis sept ans au Kenya.

Stefania commença à lui demander si ces renseignements l'aidaient, lorsque sa voix fut coupée par la sonnerie d'un autre téléphone.

« Excuse-moi, Guido, j'ai un autre appel. Faut que je te laisse. Prions pour que ce soient les affaires qui reprennent !

– Prions, prions. Et merci, Stefania. *Auf Wiedersehen.* »

Elle rit et raccrocha.

Il quitta alors son bureau pour gagner, un étage plus bas, l'antichambre où officiait la signorina Elettra. Elle leva les yeux quand il entra et lui adressa un petit sourire. Il remarqua qu'elle portait aujourd'hui une tenue sévère, toute noire, montant jusqu'en haut du cou. Le col se terminait, de manière quasiment cléricale, par une fine bande de coton d'une blancheur éblouissante.

« Serait-ce là votre conception de la simplicité monastique ? demanda-t-il lorsqu'il se rendit compte que l'ensemble était en soie sauvage.

– Ah, ça ? dit-elle sur un ton qui aurait pu laisser croire qu'elle attendait la prochaine vente de charité pour s'en débarrasser. Toute ressemblance avec un col romain est purement accidentelle, commissaire, je vous assure. » Elle rassembla quelques feuilles de papier et les lui tendit. « Quand vous aurez lu cela, je suis convaincue que vous comprendrez mon désir qu'il en soit ainsi. »

Il prit les papiers et parcourut des yeux le premier.

« Le padre Luciano ?

– En personne. Un grand voyageur devant l'éternel, comme vous allez le constater. »

Elle retourna à son ordinateur, laissant le policier étudier les documents.

Le premier était un bref curriculum vitae de Luciano Benevento, né à Pordenone quarante-sept ans auparavant. Il y avait quelques informations sur les études qu'il avait poursuivies, et on apprenait qu'il était entré au séminaire à dix-sept ans. On sautait ici quelques années – sans doute celles de ses études en vue de devenir prêtre ; mais d'après le rapport scolaire joint au dossier, on n'avait pas l'impression qu'il avait été un étudiant particulièrement brillant.

Alors qu'il était encore au séminaire, Luciano Benevento s'était signalé à l'attention des autorités pour avoir été mis en cause dans un esclandre, à bord d'un train, dans lequel était impliquée une fillette que la mère avait confiée au jeune séminariste pendant qu'elle allait chercher des sandwichs au wagon-restaurant. Ce qui s'était passé en l'absence de la mère n'était pas très clair, et on avait attribué la confusion qui s'en était suivie à l'imagination trop fertile de l'enfant.

Après son ordination, vingt-trois ans auparavant, le padre Luciano s'était vu attribuer une paroisse dans un petit village du Tyrol où il était resté trois ans, avant d'être transféré lorsque le père d'une élève du catéchisme âgée de douze ans avait commencé à raconter de curieuses histoires à propos du padre Luciano et des questions qu'il posait à sa fille dans le confessionnal.

Il tint bon sept ans dans son poste suivant, avant d'être envoyé dans un centre tenu par l'Église et accueillant les prêtres « ayant des problèmes ». On ne révélait pas quelle était la nature des problèmes du padre Luciano.

Au bout d'un an, il s'était retrouvé chargé d'une paroisse dans les Dolomites, où il servit sans se faire remarquer sous l'autorité d'un prêtre dont la sévérité passait pour être sans égale dans tout le nord de l'Italie. Après la mort de son mentor, le padre Luciano avait été nommé à sa place, mais pour être transféré du village deux ans après sa titularisation; il était question, dans le rapport, d'un « maire communiste fauteur de troubles ».

On avait envoyé ensuite le padre Luciano dans une petite église à la périphérie de Trévise, où il n'était resté qu'un an et trois mois avant d'être à nouveau transféré, il y avait maintenant un an de cela, à l'église San Polo, du pupitre de laquelle il prêchait à présent et d'où la hiérarchie le détachait pour assurer sa part dans l'instruction religieuse de la jeunesse de Venise.

« Comment avez-vous obtenu ça? demanda Brunetti lorsqu'il eut fini de lire.

– Les voies du Seigneur sont nombreuses et impénétrables, dottore, répondit-elle d'un ton parfaitement calme.

– Je suis sérieux, cette fois, signorina. J'aimerais beaucoup savoir comment vous avez obtenu cette information. »

Il avait parlé sans lui rendre son sourire.
Elle réfléchit quelques instants.
« J'ai un ami qui travaille au bureau du patriarche.
– Un ami appartenant au clergé ? »
Elle acquiesça.
« Et qui a accepté de vous donner ceci ? »
Nouvel acquiescement.
« Comment avez-vous réussi ce tour de force ? C'est le genre d'informations, me semble-t-il, qu'ils doivent redouter de voir tomber aux mains des laïcs, non ?
– J'ai la même impression, commissaire. » Son téléphone sonna mais elle n'esquissa même pas le geste de le décrocher. Il s'arrêta à la septième sonnerie. « Il a une liaison avec une de mes amies.
– Je vois. Et vous vous servez de cela pour le faire chanter ? demanda-t-il d'un ton tout à fait uni.
– Non, pas du tout. Cela fait des mois qu'il veut partir, simplement partir pour commencer une vie honnête. Mais mon amie l'a convaincu de rester là-bas.
– Au bureau du patriarche de Venise ? »
Elle acquiesça.
« En tant que prêtre ? »
Encore un hochement de tête affirmatif.
« À manipuler des documents et des rapports aussi explosifs que celui-ci ?
– Oui.
– Et pour quelles raisons votre amie tient-elle à ce qu'il reste à ce poste ?
– Je préférerais ne pas répondre à cela, commissaire. »
Brunetti ne réitéra pas sa question, mais ne bougea pas.
« Il n'y a rien de délictueux dans ce qu'il fait. » Elle réfléchit un instant à ce qu'elle venait de dire, puis ajouta : « C'est même tout le contraire.
– J'ai bien peur d'avoir besoin d'en être sûr, signorina. »
Pour la première fois depuis les trois ou quatre ans qu'ils travaillaient ensemble, la signorina Elettra regarda Brunetti avec une expression de désapprobation non dissimulée.
« Et si je vous en donne ma parole ? »

Avant de répondre, Brunetti regarda les papiers qu'il tenait à la main, de mauvaises photocopies des documents originaux. Passablement brouillé mais encore reconnaissable, on voyait en en-tête le sceau du patriarche de Venise.

Brunetti releva les yeux.

« Ce ne sera pas nécessaire, signorina. Cela ne m'empêcherait pas de nourrir des doutes. »

Elle ne sourit pas, mais son corps et sa voix se détendirent.

« Merci, commissaire.

– Pensez-vous que votre ami pourrait obtenir des renseignements sur un religieux qui est membre d'un ordre régulier et non pas du clergé séculier ?

– Donnez-moi son nom, et il se fera un plaisir d'essayer.

– Pio Cavaletti, membre de l'ordre de la Sainte-Croix. »

Elle nota le nom et leva les yeux.

« Autre chose, monsieur ?

– Oui, en effet. On m'a rapporté des rumeurs à propos de la comtesse Crivoni. » La signorina Elettra étant vénitienne, Brunetti n'eut pas à préciser quel genre de rumeurs. « À propos d'un prêtre. J'ignore de qui il s'agit, mais ce serait bien que votre ami voie s'il ne trouve pas quelque chose. »

La secrétaire prit également le nom en note, puis releva la tête.

« Je ne lui donnerai ceci qu'en mains propres, mais je devrais normalement le voir ce soir, pour le dîner.

– Chez votre amie ?

– Oui. Nous ne parlons jamais de ce genre de choses par téléphone.

– Par crainte de ce qui pourrait lui arriver ? demanda Brunetti, ne sachant pas trop si sa question était sérieuse ou non.

– En partie, oui.

– Et pour quelle autre raison ?

– Par crainte de ce qui pourrait nous arriver à nous. »

Il la regarda pour voir si elle ne plaisantait pas, mais elle avait une expression fermée et dure.

« Vous le croyez vraiment, signorina ?

– Il s'agit d'une organisation qui ne s'est jamais montrée tendre envers ses ennemis.

– Et c'est ce que vous êtes, leur ennemie ?

– De tout mon cœur. »

Brunetti faillit lui demander pour quelle raison. S'il se retint, ce n'est pas par manque d'intérêt, bien au contraire, mais il ne tenait pas à avoir cette discussion maintenant, dans cette antichambre servant de bureau, debout devant une porte que le vice-questeur Patta pouvait franchir d'un instant à l'autre.

« Dites à votre ami que je lui serai extrêmement reconnaissant pour toutes les informations qu'il pourra me communiquer. »

Le téléphone sonna de nouveau et, cette fois, elle décrocha. Elle demanda qui lui parlait, puis à ce que son correspondant restât en ligne, et ouvrit les dossiers sur son ordinateur.

Brunetti lui adressa un signe de tête et retourna dans son bureau, tenant toujours les documents à la main.

15

AINSI, PENSAIT BRUNETTI en regagnant son bureau, tel était l'homme à qui il avait confié, en toute candeur, l'éducation religieuse de Chiara. Il ne pouvait même pas dire qu'il partageait cette erreur avec Paola, celle-ci lui ayant clairement fait comprendre, dès le début, qu'elle ne voulait rien avoir à faire avec cela. Dès le moment où l'aîné des enfants avait été en âge d'être scolarisé, elle s'était fermement opposée à cette idée. Mais c'étaient les enfants et non les parents qui feraient socialement les frais d'un rejet catégorique de toute instruction religieuse, alors que la décision ne leur avait pas appartenu. Que faire en effet d'un enfant dont les parents avaient interdit qu'il fût catéchisé, pendant que les autres allaient en instruction religieuse et apprenaient la vie des saints ? Comment un enfant vivrait-il le fait d'être exclu des rites de passage de la première communion et de la confirmation ?

Brunetti se souvint d'une affaire qui avait fait la une des journaux l'année passée : un couple marié parfaitement respectable – un médecin et une avocate –, sans enfant, s'était vu refuser le droit à l'adoption par la haute cour de Turin parce qu'ils étaient tous les deux athées et qu'il était donc clair, aux yeux de la cour, que de telles personnes ne pouvaient faire des parents convenables.

Il avait ri aussi de l'histoire de ces prêtres irlandais de Dublin, comme si l'Irlande était un pays du tiers-monde encore sous le joug mortel d'une religion primitive ; cependant, les signes d'une emprise semblable étaient indiscutablement visibles dans son propre pays, au moins pour un regard critique.

Il n'avait aucune idée de ce qu'il pouvait faire, dans le cas du padre Luciano, n'ayant aucune base légale sur laquelle fonder une démarche. L'homme n'avait jamais été accusé de crime, et Brunetti avait le sentiment qu'il serait à peu près impossible de trouver quelqu'un, dans l'une des anciennes paroisses où il avait exercé, acceptant de parler ouvertement contre lui. On s'était simplement déchargé du problème sur d'autres personnes en les laissant se débrouiller avec lui, réaction bien naturelle, et on pouvait être assuré que ceux qui avaient réussi à s'en débarrasser garderaient le silence, ne serait-ce que parce que cela leur éviterait d'avoir de nouveau affaire à lui.

Brunetti n'ignorait pas que la société dans laquelle il vivait ne prenait pas au sérieux les délits sexuels, ne voyant là que les débordements d'une mâle ardeur. Il ne partageait pas ce point de vue. Quel genre de thérapie, se demanda-t-il, devaient suivre des prêtres comme le padre Luciano, dans l'institution où on les envoyait ? Si l'on se fiait aux renseignements sur la carrière du padre depuis qu'il y était passé, le traitement qu'il y avait reçu ne s'était pas montré très efficace.

De retour à son bureau, il jeta les photocopies devant lui. Il resta assis un moment, puis se releva et alla regarder par la fenêtre. Ne voyant rien qui l'intéressait, il retourna s'asseoir et se mit à rassembler tous les documents concernant l'affaire Maria Testa et les différents événements qui pouvaient avoir, éventuellement, un rapport avec ce qu'elle lui avait raconté, par cette journée paisible, quelques semaines auparavant. Il relut le dossier dans son intégralité et prit plusieurs notes. Lorsqu'il eut terminé, il contempla le mur pendant une ou deux minutes, puis décrocha le téléphone et demanda à être mis en communication avec l'hôpital civil.

À sa surprise, c'est sans difficulté qu'on lui passa l'infirmière responsable des urgences. Il se présenta et elle lui dit que la patiente « de la police » avait été transférée dans une chambre privée. Non, son état restait stationnaire, elle n'avait toujours pas repris conscience. Oui, s'il voulait bien patienter un instant, elle allait chercher le policier qui était de faction devant sa porte.

C'était Miotti.

« Oui, monsieur ?

– Rien de nouveau ?

– Non, monsieur, le calme plat.

– Qu'est-ce que tu fais ?

– Je lis, monsieur. J'espère que vous n'y voyez pas d'inconvénient.

– C'est mieux que de lorgner les infirmières, je suppose. Quelqu'un est-il venu lui rendre visite ?

– Seulement cet homme du Lido, M. Sassi. Personne d'autre.

– As-tu parlé avec ton frère, Miotti ?

– Oui, monsieur. Hier soir, en fait.

– Et lui as-tu parlé du prêtre ?

– Oui, monsieur.

– Et alors ?

– Eh bien, tout d'abord, il ne voulait rien dire. Peut-être parce qu'il n'aime pas faire courir des rumeurs. Marco est comme ça, voyez-vous, ajouta Miotti comme pour demander à son supérieur de pardonner une telle faiblesse de caractère. Je lui ai alors dit que j'avais absolument besoin de le savoir, et il m'a répondu qu'on racontait – mais que ce n'était qu'un bruit – qu'il faisait partie de l'Opera Pia. Il ne savait rien de façon certaine, ce n'étaient que des rumeurs. Vous comprenez, monsieur ?

– Oui, je comprends. Autre chose ?

– Non, pas vraiment, monsieur. J'ai essayé d'imaginer ce que vous vouliez savoir, ce que vous seriez susceptible de me demander lorsque je vous aurais rapporté cela, et j'ai pensé que vous aimeriez savoir si Marco croyait à ces rumeurs. Je lui ai donc posé la question.

– Et ?

– Et il les croit, monsieur.

– Merci, Miotti. Retourne à ta lecture.

– Merci, monsieur.

– Au fait, qu'est-ce que tu lis ?

– *Quattroruote* », répondit-il. Toujours sa revue d'automobiles.

« Je vois. Merci encore, Miotti.

– Oui, monsieur. »

Oh, doux et miséricordieux Jésus, aie pitié de nous ! À l'idée de l'Opera Pia, Brunetti ne put s'empêcher d'invoquer intérieurement l'une des prières préférées de sa mère. Si jamais il y avait eu mystère dissimulé dans une énigme, c'était bien cette organisation. Brunetti savait seulement qu'elle était à caractère religieux, constituée pour partie de laïcs et pour partie de membres du clergé, qu'elle devait une allégeance absolue au pape et qu'elle était censée travailler à un regain de pouvoir ou d'autorité pour l'Église. D'ailleurs, dès qu'il se mit à réfléchir à ce qu'il savait sur l'Opera Pia et à la manière dont il l'avait appris, il ne fut plus sûr de rien du tout. Si une société secrète est par définition telle, tout ce que l'on « sait » sur elle peut tout à fait être erroné.

Les francs-maçons, avec leurs anneaux, leurs truelles et leurs petits tabliers dignes des soubrettes de vaudeville, avaient toujours amusé Brunetti. Il ne disposait que de peu d'informations solides sur eux, mais il les avait toujours considérés comme étant plus inoffensifs que dangereux, et il devait bien se rendre à l'évidence : cette opinion se fondait pour une bonne partie sur le fait qu'il les avait trop souvent vus sous la forme pittoresque qu'ils prennent dans *La Flûte enchantée*.

L'Opera Pia était quelque chose d'entièrement différent. Il en connaissait encore moins sur eux – il devait même reconnaître qu'il ne savait pratiquement rien –, mais le seul fait d'entendre prononcer ce nom était comme un souffle glacé sur sa nuque.

Il s'efforça de prendre du recul par rapport à ses stupides préjugés, et de se souvenir de ce qu'il avait lu ou entendu dire, exactement, sur les gens de l'Opera Pia; des choses avérées, vérifiables. Rien. Il se prit alors à penser aux Bohémiens, car ce qu'il « savait » sur les Bohémiens présentait la même consistance que ce qu'il « savait » sur l'Opera Pia. Ce n'était qu'un ramassis de choses vagues, des choses qu'il avait entendu répéter, sans que fussent jamais prononcés de noms ou de dates, ni exposés de faits précis. L'effet cumulatif était celui d'une atmosphère de mystère, comme il doit s'en dégager de toute société fermée aux yeux de ceux qui n'en sont pas membres.

Il chercha ensuite auprès de qui il pourrait rechercher des informations précises, mais aucun nom ne lui vint à l'esprit, et il ne put qu'évoquer l'ami de la signorina Elettra, celui qui travaillait dans les bureaux du patriarche. Il était clair que si l'Église nourrissait une vipère en son sein, c'était auprès d'elle qu'il fallait chercher ce genre d'informations.

Elle leva les yeux lorsqu'il entra, surprise de le voir revenir aussi vite.

« Oui, commissaire ?

– J'ai une autre faveur à demander à votre ami.

– Je vous écoute, dit-elle en prenant son carnet de notes.

– L'Opera Pia. »

La surprise de la jeune femme, seulement perceptible par un léger agrandissement de ses yeux, fut évidente pour Brunetti.

« Et qu'aimeriez-vous savoir les concernant, monsieur ?

– Quel rapport ils pourraient avoir avec ce qui se passe ici.

– Vous voulez parler de ces testaments et de la femme qui a été à l'hôpital ?

– Oui... » Puis il ajouta, comme si la chose lui venait seulement maintenant à l'esprit : « Et pourriez-vous lui demander de voir s'il n'y aurait pas un rapport quelconque avec le padre Cavaletti ? »

Elle prit une seconde note.

« Et le prêtre dont vous ne connaissez pas le nom ? Le prêtre de la comtesse Crivoni, si je peux me permettre de l'appeler ainsi ? »

Brunetti acquiesça.

« Savez-vous quelque chose sur eux, signorina ? »

Elle secoua la tête.

« Pas plus que n'importe qui. Ils sont secrets, ils sont sérieux, ils sont dangereux.

– Ne croyez-vous pas que c'est exagérer leur importance ?

– Non.

– Savez-vous s'ils ont... (il eut un peu de mal à trouver le terme qu'il cherchait) un chapitre à Venise ?

– Aucune idée, monsieur.

– C'est étrange, n'est-ce pas ? s'étonna Brunetti. Aucun de nous deux ne dispose d'informations précises, et cela ne nous empêche pas d'être soupçonneux et effrayés... » Comme elle ne répondait pas, il insista : « Vous ne trouvez pas que c'est étrange ?

– Je pense exactement le contraire, monsieur, dit la signorina Elettra.

– C'est-à-dire ?

– J'ai le sentiment que si nous en connaissions davantage sur eux, nous serions beaucoup plus effrayés. »

16

IL FINIT PAR TROUVER, parmi les papiers entassés sur son bureau, le numéro de téléphone du docteur Fabio Messini. Il le composa et, une voix de femme lui ayant répondu, il demanda à parler au médecin. Le docteur était trop occupé, dit-elle, pour prendre une communication. Qui appelait ? Brunetti répondit simplement « police », sur quoi la femme accepta, clairement à contrecœur, de demander au médecin s'il ne pouvait trouver une minute.

Un long moment passa avant qu'une voix d'homme ne dise :

« Oui ?

– Docteur Messini ?

– Évidemment. Qui est à l'appareil ?

– Commissaire Brunetti. » Il attendit que le titre eût produit son effet.

« J'aimerais pouvoir vous poser quelques questions, dottore.

– À quel sujet, commissaire ?

– De vos maisons de retraite.

– Qu'est-ce qu'elles ont de particulier ? demanda le médecin d'un ton qui paraissait plus impatient que curieux.

– Les personnes qui y travaillent.

– Je ne m'occupe pas des questions de personnel », répondit tranquillement Messini. Brunetti pensa aussitôt aux infirmières philippines qu'il avait vues dans le foyer où était sa mère, et cette réaction lui mit la puce à l'oreille.

« Je préférerais ne pas aborder ce sujet par téléphone », répliqua Brunetti, sachant pertinemment que cultiver le mystère suffisait souvent à faire monter les enchères et à éveiller la curiosité d'un interlocuteur.

« Vous ne vous attendez tout de même pas à ce que j'aille vous voir à la questure ? se rebiffa Messini, de cette voix débordante de sarcasmes propre aux puissants.

– À moins que vous ne vouliez que vos patients ne soient dérangés par une descente de la police des frontières venue vous interroger sur la présence de vos infirmières philippines. » Il laissa passer le temps d'une respiration et ajouta : « Dottore.

– Je ne vois pas de quoi vous voulez parler, s'entêta Messini d'un ton qui disait exactement le contraire.

– Comme vous voudrez, dottore. J'avais espéré que c'était quelque chose dont nous aurions pu discuter entre personnes de bonne compagnie, et peut-être même un problème que nous pourrions régler avant qu'il ne devienne gênant pour tout le monde, mais je constate que c'est impossible. Désolé de vous avoir dérangé. »

Brunetti s'était efforcé de prendre un ton cordialement définitif.

« Attendez un instant, commissaire. J'ai peut-être parlé un peu trop vite et il vaudrait sans doute mieux que nous nous rencontrions.

– Si vous êtes trop occupé pour cela, dottore, je le comprends très bien, répondit Brunetti du tac au tac.

– Eh bien, oui, je suis très pris, mais je dois pouvoir certainement trouver un moment, cet après-midi, peut-être. Donnez-moi une minute, que je vérifie mon emploi du temps. » Il y eut des bruits de voix étouffés ; Messini parlait à quelqu'un d'autre après avoir mis la main sur le combiné. L'interruption ne dura pas longtemps. « J'avais un rendez-vous pour le déjeuner, mais il a été annulé. Puis-je vous inviter ce midi, commissaire ? »

Brunetti ne répondit rien, attendant le nom du restaurant, lequel lui indiquerait le montant du pot-de-vin que Messini estimait devoir allonger.

« *Da Fiori* ? » proposa le médecin. En choisissant le

meilleur établissement de la ville, il donnait la preuve que sa stature était suffisamment importante à Venise pour qu'il puisse supposer qu'une table serait toujours libre pour lui. Plus encore, on pouvait en conclure également que ce serait sans aucun doute une bonne idée de vérifier les passeports et les permis de travail des infirmières philippines de ses différentes maisons de retraite.

« Non, répondit Brunetti, du ton d'un fonctionnaire qui n'a pas l'habitude de se faire acheter par un repas.

– Je suis désolé, commissaire. J'avais pensé que ce serait un cadre agréable pour faire connaissance.

– Nous pourrions peut-être faire connaissance dans mon bureau à la questure. Le cadre n'est pas mal non plus. » Il attendit une fraction de seconde, eut un petit rire mondain pour saluer sa plaisanterie et ajouta : « Si cela vous convient, dottore.

– Bien sûr. Puis-je vous proposer quatorze heures trente ?

– C'est parfait.

– Il me tarde de faire votre connaissance, commissaire », conclut Messini en raccrochant.

Les trois heures qui séparaient le coup de téléphone de l'heure du rendez-vous suffirent à obtenir une liste complète des infirmières étrangères qui composaient le personnel des maisons de retraite. Si la plupart, comme s'en était souvenu Brunetti, étaient philippines, deux autres venaient du Pakistan et une troisième du Sri Lanka. Elles figuraient toutes dans l'ordinateur qui gérait la comptabilité de Messini, un système dans lequel il était si facile d'entrer que la signorina Elettra avait dit à Brunetti qu'il aurait pu y arriver tout seul en appelant le service de chez lui. Les mystères de l'informatique lui restant totalement impénétrables, Brunetti ne savait jamais si la jeune secrétaire plaisantait ou non. Pas plus qu'il ne chercha à savoir, comme d'habitude, si ses incursions électroniques étaient légales ou non – il ne se posa même pas la question.

Muni de la liste des noms, il se rendit au rez-de-chaussée, au bureau des Étrangers, pour parler avec Anita; moins d'une heure après, celle-ci lui montait les dossiers dans son bureau. Dans tous les cas, ces femmes étaient entrées en Italie en tant que touristes; on leur avait accordé une prolongation de visa lorsqu'elles avaient pu donner la preuve qu'elles poursuivaient des études à l'université de Padoue. Brunetti ne put retenir un sourire quand il vit les différentes facultés dans lesquelles elles étaient inscrites, sans doute choisies pour ne pas attirer le genre d'attention dont elles étaient aujourd'hui l'objet : histoire, droit, sciences politiques, psychologie et agronomie. Il éclata même de rire devant l'inventivité de ce dernier choix, sachant que l'université de Padoue n'offrait pas ce cursus. Le docteur Messini aurait-il été un petit farceur?

N'empêche qu'il était à l'heure au rendez-vous; c'est à deux heures et demie tapantes que Riverre ouvrit la porte de Brunetti pour annoncer :

« Le docteur Messini pour vous, monsieur. »

Brunetti leva les yeux du dossier concernant les infirmières, adressa un bref signe de tête à Messini, puis, presque comme s'il n'y pensait qu'après coup, il se leva et, d'un geste, lui indiqua la chaise placée devant son bureau.

« Bonjour, dottore.

– Bonjour, commissaire », répondit Messini, qui regarda un instant autour de lui pour se faire une idée des lieux et, probablement, de l'homme qu'il était venu voir.

Le personnage avait tout d'un aristocrate de la Renaissance – mais de la variété « riches et corrompus ». De stature imposante, il avait atteint cet âge où les muscles laissent rapidement la place à l'embonpoint et bientôt à la graisse. De tous ses traits, ses lèvres étaient les plus remarquables; délicatement ciselées et pleines, elles remontaient naturellement aux commissures, suggérant une perpétuelle bonne humeur. Son nez était un peu trop court pour une tête aussi forte, et ses yeux étaient légèrement trop rapprochés pour qu'on pût le dire beau sans réserve.

Ses vêtements trahissaient discrètement l'opulence; l'éclat de ses chaussures aussi. Les couronnes de sa dentition étaient faites avec une telle habileté qu'elles donnaient l'illusion parfaite de l'authenticité, et elles lui permirent d'exhiber un grand sourire amical lorsqu'il eut fini d'examiner la pièce et se tourna vers Brunetti.

« Vous avez des questions à me poser à propos de mon personnel, commissaire ? demanda Messini d'un ton détendu et détaché.

– Oui, dottore, en effet. Des questions à vous poser sur une partie de votre personnel infirmier, en particulier.

– Et quelles peuvent être ces questions ?

– Comment se fait-il que ces personnes travaillent en Italie ?

– Comme je vous l'ai dit ce matin au téléphone, commissaire... » commença Messini. Il prit un paquet de cigarettes dans la poche intérieure de son veston. Sans demander l'autorisation, il en alluma une, regarda autour de lui s'il n'y avait pas un cendrier et, n'en trouvant pas, déposa l'allumette éteinte sur le bord du bureau de Brunetti. « ... je ne m'occupe pas des questions de personnel. C'est le travail de mon administration. C'est même pour cela que je les paie.

– Et je suis sûr que vous les rémunérez généreusement », observa Brunetti avec ce qu'il espérait être un sourire suggestif.

– Très », admit Messini, qui prit bien note et de la remarque et du ton sur lequel elle avait été faite. « Quel vous paraît être le problème ?

– Il semble qu'un certain nombre de vos employées ne possèdent pas les autorisations légales leur permettant de travailler en toute légitimité dans ce pays... »

Messini haussa les sourcils d'une manière qui pouvait suggérer le choc. « Je trouve cela difficile à croire. Je suis convaincu que tous les permis ont été accordés et tous les formulaires remplis. » Il regarda Brunetti, qui esquissait un sourire sans lever les yeux de la liste qu'il avait devant lui. « Évidemment, commissaire, s'il apparaît qu'il y a eu des négligences et qu'il faille établir d'autres documents... et qu'il faille aussi... » Il marqua un temps d'arrêt, comme pour chercher la formule la plus courtoise, la trouvant d'ailleurs tout de suite : « ... payer certains droits d'inscription supplémentaires, je peux vous assurer que je me soumettrai avec plaisir à tout ce qu'il faudra faire pour régulariser cette situation. »

Brunetti sourit, impressionné par la maîtrise avec laquelle Messini maniait l'euphémisme.

« C'est très généreux de votre part, dottore.

– Et très aimable à vous de me le dire, mais je pense que c'est bien normal. Je tiens à faire tout ce qu'il faut pour garder la faveur des autorités.

– Non, j'insiste, généreux », répéta Brunetti avec un sourire qu'il tenta de faire paraître vénal.

Apparemment, il y réussit. « Il vous suffit de m'indiquer le montant de ces droits d'inscription.

– À la vérité, dit Brunetti, qui posa les papiers et regarda Messini, lequel semblait avoir un problème de plus en plus pressant avec la cendre de sa cigarette, ce n'est pas pour parler de vos infirmières que je voulais vous voir. Mais à propos d'un membre de l'ordre de la Sainte-Croix. »

Brunetti savait d'expérience que les gens malhonnêtes ont toujours beaucoup de mal à prendre un air innocent, mais Messini réussit le tour de force d'avoir l'air à la fois innocent et perplexe.

« La Sainte-Croix ? Vous voulez parler des religieuses ?

– L'ordre comporte aussi des prêtres, il me semble ? »

On aurait presque dit que le médecin en entendait parler pour la première fois.

« Oui, il me semble, répondit-il après un certain temps. Mais seules les religieuses travaillent dans les foyers. »

Sa cigarette était presque consumée jusqu'au filtre. Brunetti le vit qui regardait le sol, rejetait cette idée, et posait finalement la cigarette en équilibre précaire, verticalement, à côté de l'allumette.

« Il y a environ un an, l'une de ces religieuses a été transférée.

– Ah bon ? » fit Messini d'un ton qui ne marquait guère d'intérêt. Il était manifestement pris au dépourvu par le brusque changement de sujet.

« On lui a fait quitter la maison de Dolo pour celle de San Leonardo, ici même, à Venise.

– Si vous le dites, commissaire. Je ne sais que peu de chose sur ces mouvements de personnel.

– Mis à part ceux des infirmières étrangères, peut-être ? »

Messini sourit. Il se sentait de nouveau en terrain connu, si l'on parlait des infirmières.

« J'aimerais savoir pourquoi elle a été transférée. »

Avant que Messini eût le temps de répondre, Brunetti ajouta :

« Vous pouvez considérer que votre réponse sera une sorte d'équivalent aux droits d'inscription, dottore.

– Je ne suis pas bien sûr de comprendre.

– C'est sans importance, dottore. J'aimerais que vous me disiez ce que vous savez sur le transfert de cette religieuse. Je doute qu'elle ait pu être déplacée ainsi de l'une de vos maisons de retraite à l'autre sans que vous en ayez plus ou moins entendu parler. »

Messini réfléchit quelques instants et Brunetti vit sur son visage le jeu des émotions, tandis qu'il s'efforçait d'estimer les périls qui l'attendaient et la meilleure manière de les éviter.

« Je ne vois vraiment pas quelles sont les informations que vous recherchez, commissaire, mais quoi qu'il en soit je ne saurais vous répondre. Toutes les questions de personnel sont de la responsabilité de la surveillante. Croyez-moi, si je pouvais vous aider, je le ferais volontiers, mais ce ne sont pas des choses dont je m'occupe en personne. »

Même si, d'une manière générale, quelqu'un qui demande à être cru le fait parce qu'il ment, Brunetti eut l'impression que Messini lui disait la vérité. Il acquiesça.

« Cette même religieuse a quitté la maison de retraite il y a quelques semaines. Étiez-vous au courant ?

– Non. »

Encore une fois, Brunetti le crut.

« Comment se fait-il que l'ordre de la Sainte-Croix contribue ainsi à la gestion de vos maisons de retraite, dottore ?

– C'est une histoire longue et compliquée, répondit Messini avec un sourire que n'importe qui aurait trouvé absolument charmant.

– Rien ne me presse, dottore. Et vous ? »

Le sourire de Brunetti, en revanche, était totalement dépourvu de charme.

Messini chercha machinalement son paquet de cigarettes mais le remit dans sa poche sans en prendre une autre.

« Quand j'ai pris la direction du premier de ces foyers, il y a huit ans, il était entièrement dirigé par l'ordre, et j'avais été engagé comme simple directeur médical. Mais avec le temps, il devint de plus en plus évident que s'il continuait à être géré comme une institution charitable, il serait obligé de fermer. » Messini adressa un long regard au policier. « Les gens sont tellement peu généreux.

– En effet, fut tout ce que se permit Brunetti.

– Bref, j'ai pris en considération le dilemme financier de l'institution – je me consacrais déjà à l'aide aux vieillards et aux malades – et il fut évident, à mes yeux, qu'elle ne pouvait rester viable qu'à condition d'adopter un statut de droit privé. » Voyant que Brunetti l'écoutait attentivement, il poursuivit. « Si bien que nous avons procédé à une réorganisation, ce que le monde des affaires appellerait sans doute une privatisation, et je suis devenu administrateur en plus de directeur médical.

– Et l'ordre de la Sainte-Croix ?

– La mission principale de l'ordre a toujours été de venir en aide aux personnes âgées, et c'est pourquoi il a été décidé qu'ils feraient partie intégrante du personnel, à ce titre, mais en tant qu'employés rémunérés.

– Et leurs salaires ?

– Ils sont versés à l'ordre, bien entendu.

– Bien entendu, répéta Brunetti en écho, ajoutant, avant que Messini puisse faire objection à son ton : Et qui touche ces salaires ?

– Je n'en ai aucune idée. La mère supérieure, sans doute.

– Les chèques sont-ils libellés à son nom ?

– Non, à celui de l'ordre. »

En dépit du sourire courtois avec lequel Brunetti accueillit cette précision, Messini paraissait complètement déconcerté. Cet entretien lui paraissait de plus en plus n'avoir ni queue ni tête. Il alluma une nouvelle cigarette et déposa l'allumette à côté du filtre posé verticalement.

« Combien de membres de l'ordre travaillent pour vous, dottore ? demanda alors Brunetti.

– C'est une question qu'il faudra poser à notre comptable. Il doit y en avoir une trentaine, j'imagine.

– Et combien sont-ils payés ? »

Brunetti n'attendit pas que Messini se barricade derrière son comptable et répéta sa question.

« Je crois que cela doit tourner autour de cinq cent mille lires par mois.

– Autrement dit, un quart du salaire normal d'une infirmière.

– La plupart ne sont pas infirmières, se défendit Messini, mais de simples aides-soignantes.

– Et dans la mesure où elles sont membres d'un ordre religieux, j'imagine que vous n'avez pas à payer les charges pour leur sécurité sociale ou leur retraite, n'est-ce pas ?

– Commissaire, répliqua Messini avec pour la première fois une note de colère dans la voix, vous me donnez l'impression de savoir déjà tout cela, et je ne vois donc pas pourquoi je répondrais à vos questions. Qui plus est, si vous devez poursuivre dans ce registre, j'estime qu'il vaudrait mieux que mon avocat soit présent.

– Je n'ai qu'une question de plus à vous poser, dottore. Et je vous assure que vous n'avez nul besoin d'un avocat pour vous assister. Je ne fais partie ni de la brigade financière, ni de la police des frontières. Les gens que vous embauchez et le faible salaire que vous leur donnez, tout cela ne regarde que vous.

– Je vous écoute.

– Combien de vos patients vous ont-ils laissé de l'argent, à vous ou à la maison de retraite ? »

Bien que surpris par la question, le médecin répondit sans hésiter.

« Trois, je crois. Je fais tout pour décourager ce genre de pratique. Les rares fois où j'ai appris que certains de nos patients envisageaient une telle donation, j'en ai parlé à leur famille, afin qu'elle persuade leur parent de n'en rien faire.

– C'est très généreux de votre part, dottore. On pourrait même dire que c'est une attitude particulièrement respectable. »

Messini en avait assez de jouer à ce petit jeu, si bien qu'il dit la vérité, et qu'il la dit d'un ton cassant.

« Faire autrement serait de la folie, commissaire. »

Il laissa tomber sa cigarette sur le sol et l'écrasa du bout du soulier.

« Pensez à l'image que nous donnerions. À peine en entendraient-ils parler que les gens feraient la queue pour retirer leur parent et le placer ailleurs.

– Je vois, dit Brunetti. Pourriez-vous me donner le nom d'une personne que vous auriez dissuadée de cette manière ? Ou plutôt, celui de sa famille ?

– Et qu'allez-vous en faire ?

– Je vais les appeler.

– Quand ?

· Dès que vous serez sorti d'ici, dottore. Avant que vous ayez le temps de trouver un téléphone. »

Le médecin ne fit même pas semblant de s'offusquer.

« Caterina Lombardi. Sa famille vit quelque part du côté de Mestre. Le prénom de son fils est Sebastiano. »

Brunetti le nota, puis releva la tête.

« Je crois que ce sera tout, dottore. Merci de m'avoir accordé un peu de votre temps. »

Messini se leva mais ne tendit pas la main. Il traversa la salle sans rien dire et sortit. Il ne fit pas claquer la porte.

Avant que le médecin eût le temps de trouver un téléphone ou d'utiliser son portable, Brunetti avait parlé à la femme de Sebastiano Lombardi, qui confirma que Messini les avait en effet convaincus, elle et son mari, de persuader sa belle-mère d'annuler le testament qu'elle avait fait en faveur de la maison de retraite. Mais avant de raccrocher, la signora Lombardi se répandit en éloges sur le docteur Messini et sur l'humanité et l'amour avec lesquels il prenait soin de ses patients. Brunetti renchérit sur ces compliments avec autant d'effusion que d'hypocrisie. Et c'est sur cette note que s'acheva la conversation.

17

BRUNETTI DÉCIDA DE PASSER le reste de l'après-midi à la bibliothèque Marciana, sans prendre la peine, en quittant la questure, de dire où il allait. Avant de décrocher son diplôme de droit à l'université de Padoue, il avait passé trois ans dans le département d'histoire de Ca Foscari, où il avait acquis une honnête compétence de chercheur, et il était aussi à l'aise au milieu des nombreux volumes de la Marciana que dans les ailes sinueuses des archives d'État.

Comme il remontait la Riva degli Schiavoni, il aperçut au loin le bâtiment de la bibliothèque Sansovino et, comme toujours, le désordre architectural qui la caractérisait lui réjouit le cœur. Les grands bâtisseurs de la Sérénissime République n'avaient eu à leur disposition que la force des bras et des outils rudimentaires, des cordages et poulies, ce qui ne les avait pas empêchés, néanmoins, de créer un miracle comme celui-ci. Il pensa à quelques-uns des horribles édifices avec lesquels les Vénitiens d'aujourd'hui avaient défiguré leur ville : l'hôtel *Bauer Grünwald*, la Banca Cattolica, la gare... et il déplora, une fois de plus, les ravages que causait la rapacité humaine.

Il franchit le dernier pont et arriva sur la Piazza, où s'évanouirent aussitôt ces sombres pensées – chassées par le pouvoir de cette splendeur que seule l'homme avait pu créer. Un vent printanier jouait avec les oriflammes, en haut des mâts érigés devant la basilique, et Brunetti sourit de voir combien était plus imposant le lion de saint Marc que les trois couleurs de l'Italie.

Il traversa la place et, empruntant le passage de la Logetta, entra dans la bibliothèque, lieu rarement visité par les touristes – chose qui, à ses yeux, n'était pas le moindre de ses nombreux avantages. Il passa entre les deux statues géantes, montra sa *tessera* au guichet de la réception et entra dans la salle du catalogue. Il chercha les ouvrages qui concernaient l'Opera Pia ; au bout d'un quart d'heure, il avait trouvé les références de quatre livres et de sept articles dans des revues différentes.

Quand il tendit les fiches de consultation à la bibliothécaire, elle lui sourit et lui dit de s'asseoir, expliquant qu'elle en avait pour une vingtaine de minutes avant de rassembler tous ces titres. Il alla s'installer devant l'une des longues tables, marchant en silence dans cette salle où même le bruit d'une page que l'on tournait était une intrusion. Pour passer le temps, il prit, complètement au hasard, un des volumes dans la série des classiques de la bibliothèque et entreprit de lire le texte en latin, curieux de voir ce qui lui restait de ses anciennes connaissances. Il avait choisi les lettres de Pline le Jeune qu'il parcourut lentement, à la recherche de celle qui décrivait l'éruption du Vésuve au cours de laquelle l'oncle de l'auteur était mort.

Il en était à la moitié de ce récit, s'émerveillant du peu d'intérêt que paraissait manifester l'écrivain latin pour ce qui était aujourd'hui considéré comme un événement majeur de l'ancien monde, et heureux de constater qu'il comprenait encore assez bien cette langue vieille de plus de deux mille ans, lorsque la bibliothécaire s'approcha et déposa une pile de livres et de revues devant lui.

Il la remercia d'un sourire, rendit Pline le Jeune à sa solitude empoussiérée et reporta son attention sur les ouvrages qu'il avait demandés. Deux d'entre eux semblaient être des brochures écrites par des membres de l'ordre ou, au moins, par des personnes particulièrement favorables à l'Opera Pia et à ses objectifs. Brunetti les parcourut rapidement, se rendit compte que leur rhétorique enthousiaste et leurs incessantes invocations à la « mission sacrée » de l'ordre commençaient à le faire grincer des dents, et il les mit de côté. Les deux autres prenaient une position plus hostile et lui parurent plus intéressantes de ce seul fait.

Fondé en Espagne entre les deux grandes guerres par un prêtre ayant des prétentions nobiliaires, l'ordre de l'Opera Pia s'était donné pour mission de rendre à l'Église catholique son ancien pouvoir politique ; du moins, c'était l'impression qui ressortait de ces textes. L'un des objectifs avoués de l'organisation était de faire adopter autant que faire se pouvait les principes chrétiens au monde séculier, et par là d'augmenter l'influence de la religion chrétienne. Et dans ce but, les membres de l'ordre se consacraient à la propagation des doctrines de l'Opera Pia et de l'Église sur leur lieu de travail, chez eux, et plus généralement dans la société au milieu de laquelle ils vivaient.

Au début, l'Opera Pia avait considéré comme plus sage et avisé que l'appartenance de ses membres à l'ordre restât secrète. Bien que les membres en question nient énergiquement et systématiquement que ce principe fasse de l'Opera Pia une société secrète, il n'en est pas moins vrai qu'il existe toujours des barrières qui rendent impénétrables, dans une large mesure, ses buts et ses activités ; on ne peut d'ailleurs faire aucune estimation précise du nombre de ses affiliés. Brunetti supposait que devaient s'appliquer ici aussi les justifications habituelles : l'existence, sous une forme ou une autre, d'un « ennemi » qui chercherait à détruire la société, sans même parler de l'ordre moral de l'univers. Étant donné l'influence politique d'une bonne partie de ses membres et du fait de la protection et du soutien que lui accordait le pape actuel, l'Opera Pia ne payait pas d'impôts et ne faisait jamais l'objet d'enquêtes légales, par les différentes administrations de l'État, dans aucun des pays où elle poursuivait actuellement sa « mission sacrée ». De tous les nombreux mystères qui entouraient l'organisation, ses finances se révélaient le plus impénétrable.

Il parcourut rapidement le reste du premier livre, avec sa présentation de la hiérarchie des fidèles, des numéraires et des coopérateurs, puis il s'attaqua au deuxième. Il y trouva quantité de spéculations, encore plus de soupçons, mais très peu de faits. D'une certaine manière, ces livres paraissaient n'être que le revers de la médaille brillante qu'offraient les thuriféraires de l'ordre : beaucoup de passion, mais peu de substance.

Il se tourna alors vers les revues mais se trouva aussitôt pris au dépourvu : tous les articles avaient disparu, soigneusement découpés à la lame de rasoir. Il les rapporta jusque dans la salle de lecture principale. La bibliothécaire était assise à son bureau, et deux érudits chenus somnolaient, dans le rond de lumière de leur lampe, à une table voisine.

« Des parties de ces revues ont été enlevées, dit-il en les déposant devant elle.

– Encore les groupes antiavortement, sans doute ? » demanda-t-elle.

Elle ne paraissait pas surprise, mais en revanche très affligée.

« Non, les gens de l'Opera Pia.

– Ils sont encore pires. »

Calmement, elle tira à elle la pile de revues. La première qu'elle prit s'ouvrit à la hauteur des pages manquantes. Elle secoua la tête devant cette disparition et le soin avec lequel on s'y était pris.

« Je ne sais pas si nous aurons assez de fonds pour pouvoir racheter des exemplaires en remplacement de ceux-ci », dit-elle en les mettant délicatement de côté, comme si elle craignait de les endommager encore plus.

« C'est quelque chose de courant ?

– Seulement depuis quelques années. J'imagine que c'est une nouvelle forme de protestation ; on détruit tout article contenant des informations avec lesquelles on n'est pas d'accord. Il me semble qu'il y a eu un film, il y a longtemps, qui parlait de quelque chose comme ça. Un film dans lequel on brûlait les livres.

– Oui, *Fahrenheit 451*... Au moins, nous n'en sommes pas encore là, observa Brunetti, essayant, par son sourire, de lui apporter ce maigre réconfort.

– En effet, pas encore », répondit-elle.

Puis elle se tourna vers l'un des deux vieux érudits qui s'approchait de son bureau.

Une fois dehors, sur la Piazza, Brunetti contempla un instant le Bacino di San Marco, puis se tourna pour étudier les dômes quelque peu ridicules de la basilique. Il se souvenait avoir lu quelque part, une fois, qu'il existait un endroit en Californie où les hirondelles retournent toujours à la même date. Peut-être pour la Saint-Joseph. Ici, il en allait presque de même : les touristes arrivaient tous, semblait-il, au cours de la deuxième semaine de mars, comme si quelque boussole interne leur faisait prendre le cap de Venise. Ils étaient de plus en plus nombreux chaque année, et chaque année la ville se montrait encore plus hospitalière pour eux qu'elle ne l'était pour ses habitants. Les marchands de fruits fermaient boutique, les cordonniers n'avaient plus de travail, et on aurait dit qu'il n'y avait plus que des magasins de masques, de dentelles faites à la machine et de gondoles en plastique.

Brunetti se rendit compte que sa mauvaise humeur, sans doute exacerbée par ce contact avec l'Opera Pia, était du genre le plus désagréable qu'il connût ; il savait que le meilleur moyen de la contrecarrer était de marcher. Il s'engagea sur la Riva degli Schiavoni, l'eau à sa droite, les hôtels à sa gauche. Le temps d'atteindre le premier pont d'un pas vif, sous le soleil de la fin de l'après-midi, il se sentait déjà mieux. Puis, lorsqu'il aperçut les remorqueurs au mouillage à quai, impeccablement alignés, arborant chacun son nom latin, il sentit son cœur se soulever et s'envoler au-dessus de San Giorgio, dans le sillage d'un vaporetto.

Un panneau indiquant la direction de l'hôpital SS Giovanni e Paolo le décida. Vingt minutes plus tard, l'infirmière responsable de l'étage où l'on avait transféré Maria Testa lui apprit que l'état de l'ancienne religieuse était inchangé et qu'on l'avait installée dans une chambre privée, la 317, juste un peu plus loin dans le couloir, sur la droite.

Devant la 317, Brunetti ne trouva qu'une chaise vide sur laquelle était abandonné le dernier numéro du *Journal de Mickey*. Sans réfléchir, sans même frapper, le commissaire ouvrit la porte et entra dans la chambre, son instinct le poussant à s'écarter vivement du battant pendant que celui-ci se refermait. Il parcourut rapidement la pièce des yeux.

Sur le lit, une forme humaine gisait sous une couverture d'où sortaient des tubes reliés à des bouteilles de plastique au-dessus ou en dessous d'elle. Elle avait toujours les mêmes volumineux bandages autour de l'épaule et de la tête. Mais le visage que Brunetti découvrit en s'approchant lui parut différent ; le nez s'était émacié pour se réduire à un bec étroit, les yeux s'étaient profondément enfoncés dans les orbites et c'est à peine si le corps déformait la couverture, tellement elle avait maigri dans ce laps de temps pourtant très court.

Comme il l'avait fait la fois précédente, Brunetti étudia ce visage avec l'espoir qu'il lui révélât quelque chose. Elle respirait lentement, entrecoupant chacune de ses inspirations de pauses tellement longues qu'on avait l'impression que la suivante ne viendrait jamais.

Il regarda autour de lui ; il n'y avait ni fleurs ni livres dans la pièce, aucun signe d'occupation humaine. Il trouva cela étrange, et fut soudain frappé par la tristesse qui se dégageait de cette chambre. Il y avait là une belle jeune femme à l'aube de sa vie, enfermée dans la prison du coma et tout juste capable de respirer, et cependant rien n'indiquait qu'il y eût quelqu'un au monde qui en eût conscience, ni qu'existât une seule âme pour compatir à l'idée que cette femme ne reverrait peut-être jamais la lumière du jour.

Alvise, plongé dans la lecture du *Journal de Mickey*, était assis sur la chaise, à l'extérieur de la chambre. Il ne leva même pas les yeux lorsque Brunetti sortit.

« Alvise... », dit le commissaire.

Il releva la tête, l'air absent et, reconnaissant son supérieur, bondit aussitôt sur ses pieds et salua, tenant toujours l'illustré à la main.

« Oui, monsieur ?

– Où étais-tu passé ?

– Je tombais de sommeil, monsieur, alors je suis descendu prendre un café. Je ne voulais pas risquer de m'endormir et de laisser un étranger entrer.

– Et pendant que tu n'étais pas ici, Alvise ? Il ne t'est pas venu à l'esprit que quelqu'un pouvait précisément entrer pendant ton absence ? »

Le flegmatique Balboa, contemplant pour la première fois le Pacifique depuis les hauteurs du Darien, n'a pas dû avoir un air plus étonné qu'Alvise par cette suggestion.

« Comment auraient-ils pu savoir que je n'étais pas là ? »

Brunetti ne répondit rien.

« N'est-ce pas, monsieur ?

– Qui t'a désigné pour monter la garde, Alvise ?

– Le tour de garde a été affiché au bureau, monsieur ; on vient ici chacun son tour.

– Quand dois-tu être relevé ? »

Alvise jeta l'illustré sur la chaise et consulta sa montre.

« À dix-huit heures, monsieur.

– Et qui te remplace ?

– Je ne sais pas, monsieur. J'ai juste regardé à quelle heure était mon tour.

– Je t'interdis de bouger de cette place tant que tu n'auras pas été relevé.

– Oui, monsieur... Enfin, non, je ne bougerai pas.

– Alvise, dit Brunetti en s'approchant si près du policier qu'il sentit l'odeur forte du café et de la *grappa* dans son haleine, si jamais je reviens ici et que je te trouve assis ou en train de lire, ou pire encore si tu n'es pas planté devant cette porte, tu seras viré tellement vite de la police que tu n'auras même pas le temps d'aller en parler à ton délégué syndical. »

Alvise ouvrit la bouche, mais Brunetti ne lui laissa pas le temps de parler.

« Un mot, Alvise, un seul mot et tu es fini. »

Là-dessus, Brunetti fit demi-tour et s'éloigna.

Il attendit que le repas fût terminé pour raconter à Paola que l'ombre de l'Opera Pia se profilait à présent sur l'enquête. Il recula le moment d'en parler non pas parce qu'il n'était pas sûr de sa discrétion, mais parce qu'il redoutait les débordements pyrotechniques que ce seul nom allait provoquer chez elle. Raffi était retourné dans sa chambre finir un devoir de grec et Chiara dans la sienne pour lire, quand l'explosion se produisit, mais elle n'en fut pas moins violente pour avoir été retardée.

« Quoi ? L'Opera Pia ? L'Opera Pia ? »

Ce premier coup de semonce s'éleva dans la salle de séjour, où Paola recousait un bouton sur l'une des chemises de son mari ; celui-ci, vautré sur le canapé avec les pieds posés sur la table basse, prit la décharge en pleine figure.

« L'Opera Pia ? cria-t-elle une troisième fois, juste au cas où les enfants n'auraient pas encore entendu. Ces maisons de retraite ont quelque chose à voir avec l'Opera Pia ? Pas étonnant que les vieux y meurent ; ils doivent sans doute les tuer pour que leur argent leur permette de convertir ces sauvages de païens à leur sainte mère l'Église. »

Des dizaines d'années passées à côté de Paola avaient habitué Brunetti à son goût des positions extrêmes ; et lui avaient également appris que, lorsqu'ils abordaient le thème de l'Église, elle s'enflammait aussitôt et se montrait rarement lucide. Sans pourtant jamais se tromper.

« J'ignore encore s'ils ont quelque chose à voir là-dedans, Paola. Tout ce que je sais, c'est ce qu'a dit le frère de Miotti, qui prétend que le chapelain serait membre de la confrérie.

– Eh bien, ça ne suffit pas ?

– Ça ne suffit pas pour quoi ?

– Pour l'arrêter, pardi.

– Et je devrais l'arrêter sur quel motif, Paola ? Parce qu'il n'est pas d'accord avec toi sur les questions religieuses ?

– Ne fais pas le malin avec moi, Guido, rétorqua-t-elle en le menaçant de son aiguille, histoire de lui montrer qu'elle ne plaisantait pas.

– Je ne fais pas le malin. Je n'essaie même pas. Je ne peux tout de même pas aller arrêter un prêtre sous prétexte que la rumeur voudrait qu'il appartienne à une organisation religieuse. »

Il savait que, selon la conception de la justice qu'avait

Paola, c'était déjà une forte présomption de culpabilité, mais il se retint de faire cette remarque, estimant le moment malvenu.

Par son silence, Paola marquait clairement qu'elle était bien obligée d'accepter ce qu'il venait de lui dire, mais la vigueur avec laquelle elle enfonçait l'aiguille dans la manche de la chemise trahissait à quel point elle le regrettait.

« Tu sais pourtant que ce sont des crapules ivres de pouvoir, finit-elle par dire.

– C'est bien possible. C'est ce que pensent beaucoup de gens, mais je n'en ai eu personnellement aucune preuve directe.

– Oh, allons, Guido. Tout le monde sait exactement ce qu'est l'Opera Pia. »

Il se redressa et croisa les jambes.

« Justement, je n'en suis pas si sûr.

– Quoi ? protesta-t-elle en lui jetant un regard de colère.

– À mon avis, chacun pense savoir exactement ce qu'est l'Opera Pia, mais il nc faut pas oublier qu'il s'agit d'une société secrète. Je doute que les gens qui n'appartiennent pas à son organisation en sachent beaucoup sur elle, ou sur ses membres. Ou que ce qu'ils savent soit vrai. »

Brunetti étudia Paola pendant qu'elle réfléchissait, l'aiguille immobile, contemplant la chemise. Elle avait beau être violente dès qu'il était question de religion, elle avait aussi une formation universitaire, et son sens de l'objectivité la poussa à relever la tête et à le regarder.

« Tu as peut-être raison, admit-elle, non sans grimacer à l'idée de devoir le faire. Mais n'est-il pas bizarre que nous en sachions si peu sur eux ?

– Je viens juste de te dire qu'on avait affaire à une société secrète.

– Le monde est plein de sociétés secrètes mais, dans la plupart des cas, il s'agit d'une vaste plaisanterie : les francs-maçons, les rosicruciens, et tous ces cultes sataniques que n'arrêtent pas d'inventer les Américains. En revanche, les gens ont réellement peur de l'Opera Pia. De la même manière qu'on avait peur des SS et de la Gestapo.

– Ne crois-tu pas que c'est un point de vue un peu extrême, Paola ?

– Tu sais que je suis incapable de garder mon sang-froid sur ce sujet, alors ne me le demande pas, veux-tu ? » Ils restèrent silencieux tous les deux pendant un moment, et c'est elle qui reprit la parole la première. « Mais je trouve tout de même très étrange qu'elle ait réussi à se créer une telle réputation tout en parvenant à demeurer presque entièrement secrète. » Elle mit la chemise de côté et planta l'aiguille dans le pique-épingles, à côté d'elle. « Qu'est-ce qu'ils veulent, en fin de compte ?

– Tu parles comme Sigmund Freud, dit Brunetti avec un petit rire. "Qu'est-ce que veulent les femmes ?" »

Elle rit aussi : un certain mépris pour Freud, ses pompes et ses œuvres, faisait partie du ciment intellectuel qui les unissait.

« Non, pas vraiment. À ton avis, qu'est-ce qu'ils cherchent ?

– Ça me laisse perplexe », dut-il admettre. Il réfléchit quelques instants à la question. « Le pouvoir, je suppose. »

Paola battit des cils à plusieurs reprises et secoua la tête.

« Je trouve toujours effrayant que des gens puissent le désirer.

– C'est parce que tu es une femme. C'est la seule chose que les femmes croient ne pas désirer. Mais nous, oui. »

Elle le regarda et esquissa un sourire, comme si c'était une autre de ses plaisanteries, mais Guido, l'expression neutre, poursuivit :

« Je suis sérieux, Paola. Je ne pense pas que les femmes comprennent à quel point c'est important pour nous, les hommes, d'avoir du pouvoir. » Il la vit sur le point de soulever une objection, mais il la coupa. « Non, cela n'a rien à voir avec le désir de porter un enfant. En tout cas, je ne crois pas que ce soit une manière de compenser le fait que nous n'avons pas d'utérus. » Il se tut un instant, n'ayant jamais développé ces idées auparavant, même pas devant Paola. « C'est peut-être tout simplement parce que nous sommes plus forts, et que nous pouvons nous tirer d'affaire en bousculant les autres.

– C'est terriblement simpliste, Guido.

– Je sais. Ce n'est pas pour ça que c'est faux. »

Elle secoua de nouveau la tête.

« Je n'arrive tout simplement pas à comprendre. Car en fin de compte, quel que soit le pouvoir dont on dispose, on devient vieux, on devient faible et on le perd entièrement. »

Brunetti fut soudain frappé par l'idée qu'elle parlait comme Vianello : son sergent affirmait que les richesses matérielles étaient une illusion, et maintenant sa femme lui disait que le pouvoir ne possédait pas plus de réalité. Et lui, dans tout ça? N'aurait-il été qu'un vulgaire matérialiste, pris entre deux anachorètes?

Ils gardèrent longtemps le silence. Finalement, Paola regarda sa montre, vit qu'il était onze heures passées.

« J'ai cours dc bonne heure, demain matin », dit-elle.

À son signal, Brunctti voulut aussi se lever, mais à peine avait-il esquissé son mouvement que le téléphone sonnait.

« Signor Brunetti? fit une voix de femme qu'il ne connaissait pas.

– Lui-même.

– Il faut que je vous parle, signor Brunetti », reprit la femme d'un ton précipité. Puis, comme si elle venait dc perdre soudain courage, elle se tut un instant. « Non, pourrais-je plutôt parler à la signora Brunetti? »

Elle avait une telle tension dans la voix qu'il n'osa pas lui demander qui elle était, de peur qu'elle ne raccrochât.

« Un instant, s'il vous plaît. Je vais vous la passer. »

Il reposa le téléphone et se tourna vers Paola, toujours assise sur le canapé.

« Qui est-ce? dcmanda-t-elle à voix basse.

– Je ne sais pas. Elle veut te parler. »

Paola s'approcha de la table du téléphone et saisit le combiné.

« Pronto... »

Ne sachant trop que faire, Brunetti voulut s'éloigner, mais Paola l'agrippa au passage par le bras. Elle lui jeta un coup d'œil rapide, puis sa correspondante dit quelque chose et elle reporta toute son attention sur la communication et le lâcha.

« Oui, oui, vous avez bien fait d'appeler. » Comme à son habitude, Paola se mit à jouer avec le cordon, l'enroulant et le déroulant autour de ses doigts. « Oui, je me souviens de vous avoir vue dans une réunion de parents d'élèves. Vous avez vraiment très bien fait d'appeler... Oui, je pense que c'est ce qu'il fallait faire. »

Sa main s'immobilisa.

« Je vous en prie, signora Stocco, essayez de garder votre calme. Il ne va rien arriver. Elle va bien ? Et votre mari ?... Quand doit-il revenir ?... L'important, c'est que Nicoletta aille bien. »

Paola jeta un coup d'œil à Guido qui souleva un sourcil interrogatif. Elle hocha la tête par deux fois (il n'en fut pas plus avancé) et se déplaça de manière à venir s'appuyer contre lui. Il passa un bras autour de ses épaules et continua de l'écouter répondre aux crépitements aigus qui venaient de l'autre bout du fil.

« Bien entendu, je vais en parler à mon mari. Mais je ne crois pas qu'il puisse faire quelque chose, à moins que vous... »

La voix de la signora Stocco la coupa et crépita un long moment.

« Je comprends. Je comprends tout à fait... Du moment que Nicoletta va bien... Non, je ne crois pas que vous devriez lui en dire davantage, signora Stocco... Je vais lui en parler dès ce soir, et je vous rappellerai demain. Pouvez-vous me donner votre numéro, s'il vous plaît ? » Elle se pencha pour prendre le numéro en note, puis demanda : « Est-ce que je peux faire quelque chose pour vous ce soir ?... Bien sûr que non, vous ne nous dérangez pas. Je suis très contente que vous ayez appelé. »

Il y eut un autre silence, puis Paola reprit : « Oui, j'ai eu vent de certaines rumeurs, mais rien de bien précis, rien de tel, en tout cas... Oui, oui, je suis d'accord... Entendu, j'en parle à mon mari et je vous rappelle demain... Je vous en prie, signora Stocco. Je serai très heureuse de vous être utile. »

La voix crépitante retentit encore un moment dans l'écouteur.

« Essayez de dormir un peu, au moins, signora Stocco. Le plus important est que Nicoletta aille bien. C'est tout ce qui compte... Il va de soi que vous pouvez rappeler quand vous voulez... Non, peu importe l'heure. Nous serons là... Bien sûr, bien sûr... Avec joie, signora. Bonne nuit. » Elle reposa le combiné à sa place et se tourna vers Brunetti.

« C'était la signora Stocco, dit-elle bien inutilement. Sa fille, Nicoletta, est dans la même classe que Chiara. La classe de religion.

– Le padre Luciano ? » demanda-t-il, se demandant quel nouvel éclair de la foudre ecclésiastique allait lui tomber dessus.

Paola acquiesça.

« Qu'est-ce qui s'est passé ?

– Elle ne m'a pas donné beaucoup de détails. Ou elle ne savait pas exactement. Elle aidait la petite à faire ses devoirs, ce soir. Son mari est en voyage d'affaires à Rome pour la semaine. Elle a dit que Nicoletta s'était mise à pleurer en voyant le livre du cours de religion. Quand la signora Stocco lui a demandé ce qui se passait, la gamine a commencé par refuser de le dire. Mais au bout d'un moment, elle a avoué que le padre Luciano lui avait dit des choses, dans le confessionnal, et puis qu'il l'aurait touchée.

– Touchée où ? »

Il posa la question autant comme père que comme policier.

« Elle n'a pas voulu le dire. La signora Stocco a préféré ne pas en faire tout une histoire devant sa fille, mais je la crois très secouée. Elle a pleuré, et elle m'a demandé de t'en parler. »

Brunetti pensait déjà à agir et tentait de séparer ses sentiments de père de ses devoirs de policier.

« Il faut que la gamine raconte ce qui s'est passé, observa-t-il.

– Je sais. Mais d'après ce qu'a dit la mère, il y a peu chance qu'elle accepte. »

Il hocha la tête.

« Nous ne pouvons pas faire grand-chose si elle ne parle pas.

– C'est bien le problème. » Paola resta un instant silencieuse, puis elle ajouta : « Mais moi, je peux.

– Que veux-tu dire ? s'inquiéta-t-il, surpris d'être saisi d'une brusque bouffée de peur.

– Ne t'en fais pas, Guido. Je ne le toucherai pas. Je te le promets. Mais je ferai en sorte qu'il soit puni.

– Tu ne sais même pas s'il est coupable de quelque chose, lui fit remarquer Brunetti. Comment peux-tu parler de punition ? »

Elle recula de quelques pas et le regarda. Elle ouvrit la bouche pour parler mais la referma, cela à trois reprises, sans pouvoir articuler un mot. Elle s'avança alors vers lui et posa une main sur son bras. « Ne t'inquiète pas, Guido. Je ne ferai rien d'illégal. Mais je le punirai et, si nécessaire, je le détruirai. » Elle vit qu'après le choc initial il se rendait compte qu'elle parlait sérieusement. « Je suis désolée, s'excusa-t-elle. J'oublie toujours combien tu détestes les mélodrames. » Elle consulta sa montre et releva la tête. « Comme je l'ai dit tout à l'heure, il se fait tard et j'ai cours de bonne heure, demain. »

Le plantant là, Paola alla se coucher.

18

AYANT D'ORDINAIRE un excellent sommeil, Brunetti fut réveillé par des rêves, des rêves de bêtes. Il vit des lions, des tortues, et un animal particulièrement grotesque avec une longue barbe et la tête chauve. Les cloches de San Polo lui tinrent compagnie, égrenant leurs coups à chaque heure et demi-heure de cette nuit interminable. À cinq heures, il se dit soudain que Maria Testa allait sortir du coma et pouvoir parler, et dès que cette idée lui fut venue à l'esprit il sombra dans un sommeil si paisible et dépourvu de rêve qu'il n'entendit même pas le départ bruyant de Paola.

Il s'éveilla un peu avant neuf heures et resta encore vingt minutes au lit, plongé dans ses spéculations, essayant vainement de se dissimuler le fait qu'il allait faire courir à Maria un maximum de risques si elle ressuscitait. L'envie d'entrer en action finit par être si forte qu'il ne put y tenir et se leva, passa sous la douche, et partit aussitôt pour la questure. De là, il appela le chef du service de neurologie à l'hôpital civil ; première déconvenue de la journée, le médecin lui déclara qu'en aucun cas on ne pouvait transporter Maria Testa. Son état était jugé encore trop incertain et précaire pour lui faire prendre un tel risque. Un long passé de batailles avec le système de santé lui permit de comprendre que l'explication était ailleurs : l'équipe n'avait tout simplement pas envie d'être embêtée par un problème qu'elle considérait comme sans importance, mais il savait aussi qu'il était inutile de discuter.

Il demanda à Vianello de monter à son bureau et commença à lui expliquer son plan. « Tout ce que nous avons à faire, lui dit-il en conclusion, est de nous arranger pour que l'information paraisse demain matin dans le *Gazzettino* – simplement qu'elle est sortie du coma. Tu sais à quel point ils adorent ce genre de choses. *Elle avait un pied dans la tombe...* Comme ça, le ou les types de la voiture la croiront guérie et en état de parler, et ils devront essayer à nouveau. »

Vianello étudia le visage de son supérieur, comme s'il y voyait quelque chose de nouveau, mais ne dit rien.

« Eh bien ? le poussa Brunetti.

– Avons-nous assez de temps pour que la nouvelle paraisse demain matin ? » demanda le sergent.

Brunetti consulta sa montre. « Largement. » Comme Vianello ne paraissait toujours pas satisfait, il demanda : « Qu'est-ce qui ne va pas ?

– Je n'aime pas l'idée de lui faire courir un risque plus grand encore, répondit finalement le sergent. De nous en servir comme appât.

– Je te l'ai dit, il y aura quelqu'un dans la pièce.

– Commissaire..., commença Vianello, ce qui mit Brunetti instantanément sur ses gardes, comme toujours lorsque son subordonné s'adressait à lui en l'appelant par son titre. Il y aura des gens, à l'hôpital, qui sauront ce qui se passe.

– Évidemment.

– Eh bien ?

– Eh bien quoi ? » rétorqua Brunetti.

Il avait pensé à tout ceci et savait quels étaient les dangers de son stratagème, si bien que la vigueur de sa réaction devait davantage à sa propre gêne qu'à la remarque de Vianello.

« C'est un risque. Les gens parlent. Il suffit d'aller au bar ou au rez-de-chaussée de l'hôpital et de se mettre à poser des questions sur elle. Quelqu'un – une aide-soignante, une infirmière, même un médecin – finira par dire qu'il y a un gardien avec elle dans la chambre.

– Dans ce cas, nous ne dirons pas qu'il s'agit d'un gardien. Nous expliquerons qu'on les a retirés. On dira que ce sont des parents.

– Ou des membres de l'ordre, peut-être ? suggéra Vianello d'un ton si uni que Brunetti n'aurait su dire s'il était sérieux ou se montrait sarcastique.

– Personne, à l'hôpital, ne sait qu'elle est religieuse, observa Brunetti, pas très convaincu lui-même.

– J'aimerais vous croire.

– Qu'est-ce que cela signifie, sergent ?

– Les hôpitaux ne sont pas bien grands. Ce n'est pas facile d'y garder longtemps un secret. Je crois que nous devons considérer comme acquis qu'ils connaissent son identité. »

Après avoir entendu le mot « appât » dans la bouche de Vianello, Brunetti avait du mal à admettre que c'était exactement le rôle qu'il avait dévolu à Maria Testa. Fatigué d'entendre son adjoint formuler toutes les incertitudes et les objections qu'il avait passé la matinée à tenter de rejeter ou de minimiser, il demanda : « C'est toi qui es responsable de la feuille de service, cette semaine ?

– Oui, monsieur.

– Bien. Alors continue d'organiser les tours de garde à l'hôpital, mais je veux qu'ils se tiennent à l'intérieur de la chambre. » Se souvenant d'Alvise et de sa bande dessinée, il ajouta : « Dis-leur qu'ils ne doivent quitter la chambre sous aucun prétexte, à moins qu'il n'y ait une infirmière sur place pendant le temps de leur absence. Et mets-moi sur la liste, pour le tour de garde de minuit à huit heures du matin.

– Oui, monsieur », répondit Vianello, qui se leva. Brunetti se tourna vers les papiers posés sur son bureau, mais le sergent ne fit pas mine de partir. « L'une des choses curieuses, dans mon programme d'entraînement... », commença-t-il, attendant que Brunetti levât les yeux. Ayant obtenu satisfaction, il enchaîna : « ... est que j'ai beaucoup moins besoin de sommeil. Si vous voulez, je peux partager ce tour de garde avec vous. Si bien que nous n'aurons besoin que de deux autres hommes pour les suivants, et il sera beaucoup plus facile d'organiser les tours. »

Brunetti le remercia d'un sourire. « Veux-tu commencer ?

– D'accord. J'espère simplement que ça ne durera pas trop longtemps.

– Je croyais que tu avais moins besoin de sommeil.

– Oui, mais c'est à Nadia que ça ne va pas trop plaire. »

Pas plus, se rendit compte Brunetti, que ça n'allait plaire à Paola. Cette fois-ci, Vianello fit un geste vague de la main droite – salut fatigué ou signal de connivence entre deux complices, c'était impossible à dire – puis tourna les talons.

Le sergent une fois reparti vers les étages inférieurs pour dire à la signorina Elettra de téléphoner au *Gazzettino* et pour préparer la grille des tours de garde à l'hôpital, Brunetti décida de donner un autre coup de pied dans la fourmilière. Il appela la maison de retraite San Leonardo, où il laissa un message à l'intention de la mère supérieure, disant que Maria Testa – il fit exprès d'utiliser ce nom – se remettait bien à l'hôpital civil et espérait avoir la visite de ladite mère supérieure dans un futur proche, peut-être même dès la semaine suivante. Avant de raccrocher, il demanda à la religieuse qui lui avait répondu si elle pouvait aussi faire passer le message au dottor Messini. Puis il trouva le numéro de la maison mère, mais eut la surprise de tomber sur un répondeur automatique. Il laissa un message pratiquement identique pour le padre Pio.

Il envisagea un instant d'appeler la comtesse Crivoni et la signorina Lerini, mais préféra, en fin de compte, laisser la presse leur apprendre la nouvelle de la guérison de Suor'Immacolata.

Lorsque Brunetti descendit à son tour chez la signorina Elettra, elle leva la tête mais sans lui adresser son sourire habituel.

« Qu'est-ce qui ne va pas, signorina ? »

Avant de répondre, elle indiqua du doigt une chemise de papier bulle posée sur sa table.

« Le padre Pio Cavaletti, voilà ce qui ne va pas, dottore.

– À ce point-là ? fit Brunetti, sans avoir la moindre idée de ce qu'il voulait dire par cette formule.

– Lisez, et vous verrez. »

Brunetti prit le mince dossier et l'ouvrit avec intérêt. Il contenait les photocopies de trois documents. La première était une lettre d'une phrase, émanant du bureau de Lugano de l'Union des banques suisses, adressée au « signor Pio Cavaletti »; la deuxième était aussi une lettre, adressée au « padre Pio », écrite d'une main que la maladie ou l'âge (ou les deux) avait fait trembler; et la troisième portait un en-tête maintenant familier à Brunetti : celui du patriarcat de Venise.

Il jeta un coup d'œil à la signorina Elettra, qui attendait sagement, mains croisées sur son sous-main, qu'il ait fini de lire. Il se replongea dans les documents et les parcourut lentement.

« Signor Cavaletti. Nous accusons réception de votre dépôt de vingt-sept mille francs suisses sur le compte que vous avez dans notre établissement. »

Le formulaire d'ordinateur ne comportait pas de signature.

« Très saint père, vous avez ouvert mon âme pécheresse à Dieu. Sa grâce n'est pas de ce monde. Vous aviez raison – ma famille n'est pas en Dieu. Ils ne Le connaissent pas, ils ne reconnaissent pas Son pouvoir. Seul vous, mon père, vous et les autres saintes âmes. C'est vous et les saints qu'il faut remercier avec plus que des mots. Je vais à Dieu sachant que j'ai fait cela. »

La signature était illisible.

« Permission est donnée par la présente à la pieuse société de l'Opera Pia de créer et installer en cette ville une mission d'étude et de saintes œuvres sous la direction du padre Pio Cavaletti. »

Cette dernière lettre portait le sceau du directeur du bureau des fondations religieuses.

Sa lecture terminée, Brunetti releva la tête.

« Comment interprétez-vous cela, signorina ?

– Je l'interprète pour ce que ça vaut, dottore.

– C'est-à-dire ?

– Chantage spirituel. Pas tellement différent de ce qu'ils ont fait pendant des siècles, juste un peu plus minable et à une moindre échelle.

– Et d'où proviennent ces documents ?
– Le deuxième et le troisième proviennent de dossiers conservés aux archives du patriarcat. Pas du même.
– Et le premier ?
– D'une source digne de confiance », fut la seule explication qu'elle donna – et la seule qu'elle donnerait, comme le comprit Brunetti.
« Je vous crois sur parole, signorina.
– Merci, dit-elle avec une grâce simple.
– J'ai lu certaines choses sur eux. Sur l'Opera Pia, reprit-il. Est-ce que l'ami de votre amie, celui qui est au patriarcat, sait s'ils sont... » Il aurait aimé utiliser le mot « puissants », mais quelque chose de proche de la superstition l'en empêcha. « ... s'ils ont une présence marquée dans la ville ?
– D'après lui, c'est très difficile d'être certain de quoi que ce soit les concernant, eux et leurs activités. Il est cependant convaincu que leur pouvoir est très réel.
– C'est aussi exactement ce que disaient les gens à propos des sorcières, signorina.
– Les sorcières ne possédaient pas des quartiers entiers de Londres, dottore. Elles n'avaient pas non plus de pape qui chantait leurs louanges et leur mission sacrée. Les sorcières avaient encore moins, ajouta-t-elle avec un geste vers la chemise qu'il tenait toujours, la bénédiction de l'Église pour créer des centres d'étude et d'œuvres saintes.
– Je ne me serais jamais douté que vous aviez un point de vue aussi tranché en matière religieuse.
– Cela n'a rien à voir avec la religion, rétorqua-t-elle.
– Ah bon ? dit-il, réellement étonné.
– C'est de pouvoir qu'il est question. »
Brunetti réfléchit quelques instants à cette remarque.
« Oui, je crois que vous avez raison. »
C'est d'une voix plus détendue que la signorina Elettra reprit la parole.
« Le vice-questeur Patta vous fait dire que la visite du chef de la police suisse a été repoussée à plus tard. »
C'est à peine si Brunetti l'entendit.
« C'est ce que dit ma femme. » Quand il vit qu'elle ne le

suivait pas, le commissaire précisa : « À propos du pouvoir. » Puis il ajouta :

« Excusez-moi, mais que venez-vous de dire à propos du vice-questeur ?

– Que la visite du chef de la police suisse était remise.

– Ah, je l'avais complètement oublié, celui-là. Merci, signorina. »

Sans rien dire de plus, il reposa le dossier et repartit pour son bureau, pour y prendre son manteau.

Cette fois-ci, la personne qui répondit à son coup de sonnette fut un homme d'âge moyen dans une tenue qui cherchait, supposa Brunetti, à passer pour un habit religieux mais ne réussissait qu'à donner l'impression qu'il portait une chemise au col mal fichu. Lorsqu'il expliqua qu'il était venu parler au padre Pio, le portier croisa les mains, s'inclina, mais ne dit rien. Il conduisit Brunetti à travers la cour, où il ne vit pas trace du jardinier ; mais la senteur du lilas était plus entêtante que jamais. À l'intérieur, ce parfum tendre luttait avec des odeurs agressives de désinfectant et de cire. Ils croisèrent en passant un jeune homme et les deux dévots se saluèrent en silence, avec une componction, jugea Brunetti, qui n'était que simagrées pieuses.

L'homme (que Brunetti avait décidé d'appeler en son for intérieur le muet de service) s'arrêta devant le bureau du padre Pio et fit signe à Brunetti qu'il pouvait entrer. Ce que fit le policier, sans prendre la peine de frapper ; il trouva les fenêtres fermées, mais cette fois-ci il remarqua le crucifix, sur le mur opposé. Étant donné que c'était une image religieuse qu'il n'aimait pas, il n'eut pour elle qu'un regard dépourvu d'intérêt, ne cherchant même pas à savoir si elle pouvait avoir ou non une certaine valeur esthétique.

Quelques minutes plus tard, la porte s'ouvrit et le padre Pio entra dans la pièce. Comme s'en souvenait Brunetti, il portait l'habit religieux avec naturel, donnant même l'impression d'y être à l'aise. L'attention de Brunetti fut de nouveau attirée vers les lèvres pleines du prêtre, mais il se rendit compte que l'essentiel, chez cet homme, était dans les yeux, d'un gris tirant sur le vert et pétillants d'intelligence.

« Soyez le bienvenu, commissaire. Je vous remercie pour votre message. La guérison de Suor'Immacolata est certainement une réponse à nos prières. »

Brunetti résista à la tentation de répondre en demandant que lui fût épargné cet étalage d'hypocrisie religieuse.

« J'aimerais, se contenta-t-il de dire, que vous répondiez à deux ou trois questions supplémentaires.

– Avec plaisir. Dans la mesure – comme je vous l'ai expliqué l'autre jour – où elles n'exigent pas de divulguer des informations protégées par le sceau du secret. »

Le prêtre avait beau continuer de sourire, Brunetti comprit qu'il avait senti la différence d'humeur de son visiteur.

« Non, je doute que ces informations aient la moindre raison de ne pas être divulguées.

– Bien. Mais, avant que vous commenciez, il n'y a aucune raison de rester debout. Mettons-nous au moins à l'aise. »

Il conduisit Brunetti jusqu'aux deux mêmes chaises et, rejetant avec une grâce d'habitué les pans de son habit, s'installa dans l'une d'elles. Il passa une main sous son scapulaire et commença à égrener son rosaire.

« Et que souhaitez-vous savoir, commissaire ?

– J'aimerais que vous me parliez des tâches que vous exercez à la maison de retraite. »

Cavaletti partit d'un petit rire.

« Je ne sais trop comment je dois les définir, commissaire. Je tiens le rôle de chapelain auprès des patients et d'une partie du personnel. Rapprocher les hommes de leur Créateur est une joie ; ce n'est pas une tâche. »

Il détourna les yeux vers l'autre côté de la salle, mais pas avant d'avoir enregistré l'absence de réaction de Brunetti devant cette remarque.

« Vous les entendez en confession ?

– S'agit-il d'une question ou d'une affirmation, commissaire ? dit Cavaletti avec un sourire qui paraissait vouloir atténuer ce que sa remarque pouvait avoir de sarcastique.

– Une question.

– Alors, je vais y répondre. » Il arbora un sourire indulgent. « Oui, j'entends les malades en confession, ainsi qu'une partie du personnel. C'est une grande responsabilité, en particulier la confession des personnes âgées.

– Et pourquoi donc, mon père ?

– Parce que leur heure est proche, qu'elles sont à la fin de leur vie terrestre.

– Je vois », dit Brunetti qui, comme si c'était la conséquence de cette réponse, demanda aussitôt : « Avez-vous un compte dans une agence de l'Union des banques suisses à Lugano ? »

Les lèvres conservèrent la paisible courbure du sourire, mais c'étaient les yeux que surveillait Brunetti ; ils se contractèrent aussi imperceptiblement que brièvement.

« Quelle étrange question, répondit le prêtre avec un léger froncement des sourcils, comme s'il était en proie à la confusion. Quel est le rapport avec les confessions de ces personnes âgées ?

– C'est précisément ce que j'essaie de découvrir, mon père.

– Cela n'en reste pas moins une étrange question.

– Avez-vous ouvert un compte dans cette banque de Lugano ? »

Les doigts du prêtre firent défiler une nouvelle perle du rosaire.

« Oui, en effet. Une partie de ma famille vit dans le Tessin, et je lui rends visite deux ou trois fois par an. Je trouve plus pratique d'avoir un capital là-bas plutôt que d'aller et venir avec du liquide sur moi.

– Et quelle somme figure sur ce compte, mon père ? »

Cavaletti regarda au loin, comme s'il faisait des additions, avant de répondre finalement :

« Je pense qu'il doit y avoir environ mille francs... ce qui doit faire environ un million de lires, ajouta-t-il, serviable.

– Je sais convertir les francs suisses en lires, mon père. C'est même l'une des premières choses que doit apprendre un policier, dans ce pays. »

Sur quoi Brunetti sourit, pour montrer qu'il ne faisait que plaisanter, mais Cavaletti ne lui rendit pas son sourire.

Le policier posa sa question suivante.

« Êtes-vous membre de l'Opera Pia ? »

Cavaletti lâcha son rosaire et leva les deux mains devant lui, paumes tournées vers Brunetti, dans un geste de conciliation exagéré.

« Voyons, commissaire ! Quelles questions étranges vous me posez ! Je me demande quelles relations vous croyez qu'elles ont entre elles.

– Je ne sais pas très bien si c'est un oui ou un non, mon père. »

Après un long silence, Cavaletti dit :

« Oui. »

Brunetti se leva.

« Ce sera tout, mon père. Je vous remercie d'avoir pris le temps de m'accorder cet entretien. »

Le prêtre, pour la première fois, ne put cacher sa surprise et resta quelques secondes paralysé, fixant Brunetti des yeux. Puis il bondit sur ses pieds pour l'accompagner jusqu'à la porte, lui tenant le battant ouvert. Tandis qu'il s'éloignait dans le corridor, le policier prit conscience de deux choses : les yeux du prêtre qui lui vrillaient le dos et, tandis qu'il approchait de la porte ouverte, à l'autre extrémité, le parfum opulent des lilas, arrivant par bouffées du jardin. Aucune des deux sensations ne lui procura de plaisir.

19

BRUNETTI AVAIT BEAU CROIRE que Maria Testa ne courrait aucun danger tant que ne serait pas publié l'article dans le *Gazzettino* – et se dire que même après sa parution rien ne prouvait qu'elle serait menacée –, il s'écarta néanmoins de Paola pour sortir du lit, un peu après trois heures du matin. Ce n'est que lorsqu'il fut en train de boutonner sa chemise qu'il eut la tête assez claire pour entendre la pluie qui venait battre les fenêtres de leur chambre. Il grommela, alla jusqu'à la fenêtre, entrouvrit le volet qu'il referma aussitôt devant une rafale mouillée. Il endossa son imperméable avant de sortir et prit un parapluie ; puis, se souvenant de Vianello, il en prit un second.

Dans la chambre de Maria Testa, c'est un Vianello de mauvaise humeur et à l'œil atone qui l'attendait, alors que Brunetti était arrivé en avance d'une demi-heure. Par consentement mutuel, aucun des deux hommes ne s'approcha de la femme endormie, comme si l'état d'impuissance totale dans lequel elle restait plongée était une sorte d'épée de feu les maintenant à distance. Ils se saluèrent à voix basse puis passèrent dans le corridor pour parler.

« Rien de spécial ? demanda Brunetti en se débarrassant de son imperméable, après avoir appuyé les deux parapluies contre le mur.

– Une infirmière passe environ toutes les deux heures. À première vue, elle ne fait pas grand-chose. Elle se contente de la regarder, de lui prendre le pouls et de noter quelque chose sur la feuille.

– Elle n'a rien dit ?
– Qui ça, l'infirmière ? demanda Vianello.
– Oui.
– Non, pas un mot. J'aurais pu être invisible. (Il bâilla.) C'est dur de rester réveillé.
– Tu devrais faire quelques pompes... »
Le sergent regarda Brunetti, l'air impassible, mais ne répondit pas.
« Merci d'être venu, dit Brunetti, un peu pour s'excuser. Je t'ai apporté un parapluie. Il tombe des cordes. » Vianello le remercia d'un signe de tête. « Qui doit venir ensuite, ce matin ?
– Gravini. Et après, Pucetti. C'est moi qui remplacerai Pucetti quand son tour de garde sera terminé. »
Brunetti remarqua que le sergent avait eu la délicatesse de ne pas préciser l'heure – minuit – à laquelle il entamerait une nouvelle vigile.
« Merci, Vianello. Va te reposer un peu, maintenant. »
Le sergent acquiesça tout en retenant un énorme bâillement. Il prit le parapluie roulé.
Alors que Brunetti entrouvrait la porte pour retourner dans la chambre, il regarda par-dessus son épaule et posa une dernière question à Vianello.
« Tu n'as pas eu trop de problèmes, avec la répartition des gardes ?
– Non, pas encore, répondit Vianello, s'arrêtant dans le couloir.
– Combien de temps ? »
Il n'avait pu trouver comment formuler sa question pour ne pas avoir à parler de la falsification des emplois du temps.
« On ne peut jamais savoir, n'est-ce pas ? Je dirais qu'on a encore trois ou quatre jours devant nous avant que le lieutenant Scarpa remarque quelque chose. Une semaine, peut-être. Mais pas davantage.
– Espérons qu'ils mordront avant.
– S'il y a quelqu'un pour mordre », observa Vianello, avouant enfin son scepticisme. Brunetti regarda les larges épaules qui s'éloignaient et tournaient à droite pour dis-

paraître dans le premier escalier; puis il entra dans la chambre. Il étala son imperméable sur la chaise qu'avait occupée Vianello et posa le parapluie dans un angle.

Une petite lampe était allumée près du lit, éclairant faiblement la tête de la jeune femme et laissant le reste de la pièce plongé dans une profonde pénombre. Brunetti doutait que la lumière centrale pût déranger la patiente – ce qui, d'ailleurs, aurait été bon signe –, mais il préféra néanmoins ne pas l'allumer, et il resta donc assis dans la semi-obscurité sans pouvoir lire, alors qu'il avait apporté avec lui son exemplaire de Marc-Aurèle, un auteur qui, par le passé, avait toujours été pour lui une grande source de réconfort dans les moments difficiles.

Tandis que sa veille se prolongeait, il se remémora les événements qui avaient eu lieu depuis le jour où Maria Testa s'était présentée à son bureau. Il pouvait parfaitement s'agir d'un enchaînement de coïncidences : les décès un peu trop nombreux de personnes âgées, l'accident de bicyclette qu'avait eu Maria Testa, la mort de Da Prè. Leur accumulation, cependant, leur donnait un poids qui l'obligeait à rejeter toute possibilité de hasard, de circonstances fortuites. Si bien que, sans cette possibilité, les trois choses avaient un rapport, même s'il n'arrivait pas encore à voir lequel.

Messini dissuadait les gens de leur laisser de l'argent, à lui ou à la maison de retraite, le padre Pio ne figurait dans aucun des testaments, et les sœurs de l'ordre ne pouvaient rien posséder en leur nom. La comtesse disposait de sa fortune personnelle et n'avait eu aucun besoin de l'héritage de son mari ; Da Prè ne désirait rien d'autre que collectionner ses petites tabatières ; quant à la signorina Lerini, elle donnait l'impression d'avoir renoncé à toutes les vanités mondaines. *Cui bono ? Cui bono ?* Il ne lui restait qu'à trouver à qui pouvaient bien profiter ces décès, et la voie vers l'assassin s'ouvrirait devant lui, aussi lumineuse que si elle était éclairée par des séraphins portant des torches.

Brunetti n'ignorait pas qu'il avait de nombreuses faiblesses : il était orgueilleux, indolent, colérique, pour ne désigner que celles qui lui semblaient les plus évidentes; mais il savait aussi que l'avidité n'en faisait pas partie, si bien que lorsqu'il se trouvait confronté à l'une des nombreuses formes sous lesquelles elle se manifestait, il avait toujours l'impression d'être en présence d'un extraterrestre. Certes, ce vice était commun, peut-être même de tous le plus commun, et il n'avait aucun mal à le comprendre intellectuellement; mais il y avait quelque chose qui lui échappait, qui le laissait toujours froid.

Il regarda la jeune femme allongée sur le lit, totalement immobile, totalement silencieuse. Les médecins n'avaient aucune idée de l'étendue des dégâts qu'avait subis son cerveau; l'un d'eux disait qu'il était improbable qu'elle sortît de son coma. Un autre qu'elle en émergerait dans quelques jours. C'était peut-être l'une des religieuses travaillant ici qui avait fait preuve du plus de sagesse, lorsqu'elle lui avait soufflé :

« Espérez et priez, et ayez confiance en la miséricorde divine. »

Tandis qu'il se rappelait la profonde charité qu'il avait lue alors dans les yeux de la religieuse, une autre nonne entra dans la chambre. Elle se dirigea jusqu'au lit, tenant un plateau qu'elle posa sur la table voisine; puis elle souleva le poignet de Maria et lui prit le pouls. Au bout d'un instant, elle le reposa sur les couvertures et alla noter le relevé sur la feuille de soins, au pied du lit.

Puis elle reprit son plateau et se dirigea vers la porte. Elle salua Brunetti au passage d'un signe de tête, mais ne sourit pas.

Il ne se produisit rien de plus pendant le reste de la nuit. La même infirmière revint vers six heures et trouva Brunetti debout, adossé au mur pour se tenir éveillé. À huit heures moins vingt, Gravini se présenta, en jean, portant non seulement un imperméable mais des bottes en caoutchouc. Avant même de saluer son supérieur, il expliqua :

« Le sergent Vianello nous a dit de ne pas mettre notre uniforme, monsieur.

– Oui, je sais, Gravini. C'est parfait, c'est parfait. »

L'unique fenêtre de la chambre donnait sur un passage, si bien que Brunetti n'avait aucune idée du temps qu'il faisait. Il posa la question au jeune policier.

« Il pleut à verse, monsieur. Ça devrait durer en principe jusqu'à vendredi. »

Brunetti prit son imperméable et l'enfila, regrettant de ne pas avoir emporté, lui aussi, ses bottes en caoutchouc. Il avait espéré pouvoir retourner se doucher chez lui avant de se rendre à la questure, mais traverser la moitié de la ville à pied par ce temps, alors que son bureau se trouvait à côté, aurait été de la folie. Sans compter que quelques cafés lui feraient autant de bien.

En quoi il se trompait ; le temps de rejoindre la questure, il était à cran et prêt à la bagarre. Il n'eut à attendre que quelques heures, lorsqu'il reçut un appel de Patta lui demandant de venir dans son bureau.

La signorina Elettra n'était pas à son poste, si bien que Brunetti entra chez le vice-questeur sans l'avantage de la mise en garde qu'elle lui donnait d'ordinaire. Mais ce matin, souffrant du manque de sommeil, des picotements dans les yeux, et après avoir ingurgité trop de café, peu lui importait d'avoir été averti ou non.

« Je viens d'avoir une inquiétante conversation avec mon lieutenant », lança Patta sans autre préambule. En d'autres circonstances, Brunetti aurait éprouvé une paisible et silencieuse satisfaction en voyant son supérieur reconnaître par inadvertance ce que savait toute la questure, à savoir que le lieutenant Scarpa était sa créature ; mais ce matin, abruti par la somnolence, c'est à peine s'il remarqua le pronom incongru.

« Vous m'écoutez, Brunetti ?

– Bien sûr, monsieur. Mais j'ai du mal à voir ce qui aurait pu tant inquiéter le lieutenant. »

Patta s'enfonça dans sa chaise.

« Votre comportement, pour commencer, répliqua Patta.

– Quel aspect précis de mon comportement, monsieur ? »

Le commissaire remarqua que son supérieur perdait son bronzage. Et sa patience.

« La croisade que vous paraissez mener contre notre sainte mère l'Église, en particulier. »

Le vice-questeur s'arrêta, comme si même lui se rendait compte à quel point le propos était exagéré.

« Mais plus précisément, monsieur ? demanda Brunetti en se frottant la joue de la main, pour y découvrir une zone qu'avait oubliée le rasoir électrique – celui qu'il avait en permanence dans son bureau.

– Je parle de la persécution que vous faites subir aux hommes qui portent l'habit. De la violence de votre comportement vis-à-vis de la mère supérieure de l'ordre de la Sainte-Croix. »

Il s'arrêta de nouveau, comme pour attendre que la gravité de ces accusations portât.

« Et des questions que je pose sur l'Opera Pia ? Cela ne figure-t-il pas sur la liste du lieutenant Scarpa ?

– Qui vous a parlé de ça ?

– Je suppose simplement que si le lieutenant Scarpa dresse une liste de mes divers excès, cela devrait s'y trouver aussi. En particulier si, comme je le crois, l'ordre lui en est donné par l'Opera Pia. »

La main de Patta s'abattit sur le bureau.

« Le lieutenant Scarpa tient ses ordres de moi, commissaire.

– Dois-je comprendre, dans ce cas, que vous-même en êtes membre ? »

Le *cavaliere* rapprocha son siège du bureau et s'appuya dessus, se penchant en direction de Brunetti.

« Commissaire, je ne crois pas que vous soyez ici en mesure de poser les questions. »

Brunetti haussa les épaules.

« Est-ce que vous m'écoutez toujours, commissaire Brunetti ?

– Oui, monsieur », répondit Brunetti d'une voix qui, à sa surprise, était restée calme et posée sans qu'il eût à faire d'effort. Il se fichait complètement de toute cette histoire, il se sentait complètement libéré de tous les Patta et Scarpa du monde.

« Vous avez fait l'objet de plaintes, commissaire, de

plaintes nombreuses et variées. Le prieur de l'ordre de la Sainte-Croix a appelé pour protester contre la manière dont vous avez traité des membres de son ordre. Qui plus est, il affirme que vous détenez un membre de l'ordre en question.

– Que je détiens ?

– Qu'elle a été transportée à l'hôpital et qu'elle a repris conscience, et qu'elle répand certainement des propos calomnieux sur l'ordre. N'est-ce pas vrai ?

– Si.

– Et vous savez où elle est ?

– Vous venez de le dire vous-même, à l'hôpital.

– Où vous allez lui rendre visite sans permettre à quiconque de faire de même ?

Elle est sous la protection de la police.

– Sous la protection de la police ? répéta Patta d'une voix de stentor qui, craignit Brunetti, avait dû porter jusqu'au rez-de-chaussée de la questure. Et qui a autorisé cette protection ? Comment se fait-il qu'on n'en voie nulle trace sur les feuilles de service ?

– Les avez-vous consultées, monsieur ?

– Peu importe qui les a consultées, Brunetti. Dites-moi simplement pour quelle raison son nom n'y figure pas.

– J'ai simplement fait marquer : "surveillance". »

De nouveau, Patta répéta le mot dans un rugissement

« Quoi ? Cela fait maintenant des jours que des policiers sont assis sans rien faire à l'hôpital, et vous osez qualifier cela de surveillance ? »

Brunetti fut un instant tenté de suggérer à Patta qu'on pouvait, s'il le désirait, changer la formulation de « surveillance » en « garde », mais choisit la voix de la sagesse et ne dit rien.

« Et qui se trouve sur place, à présent ?

– Gravini.

– Eh bien, rappelez-le ! La police de cette ville a mieux à faire que de monter la garde devant la chambre d'une religieuse défroquée que sa conduite a menée à l'hôpital.

– Je considère qu'elle est en danger, monsieur. »

Patta agita une main fébrile.

« Je ne veux pas entendre parler de danger. Peu m'importe qu'elle soit en danger. Puisqu'elle a considéré qu'elle pouvait quitter la protection de notre sainte mère l'Église, elle doit être prête à prendre toutes ses responsabilités, dans ce monde dans lequel elle a tant envie d'entrer. » Il vit Brunetti sur le point de soulever une objection et éleva la voix. « Gravini doit sortir de l'hôpital d'ici dix minutes et revenir à la questure. » Brunetti voulut encore s'expliquer, mais Patta le coupa. « Je ne veux aucun policier devant sa porte, aucun ! S'il y en a... s'il y en a un seul, il sera immédiatement mis à pied ! » Le vice-questeur se pencha un peu plus sur son bureau, pour ajouter, le ton menaçant : « Tout comme la personne qui lui en aura donné l'ordre ! Est-ce que vous m'avez bien compris, commissaire ?

– Oui, monsieur.

– Et j'exige que vous n'approchiez plus les membres de l'ordre de la Sainte-Croix. Le prieur ne vous demande pas de lui présenter des excuses, ce qui me paraît personnellement extraordinaire, après ce que j'ai entendu dire de votre comportement. »

Brunetti avait déjà vu Patta se mettre dans une belle colère, mais jamais en arriver à ce stade. Tandis qu'il continuait de parler, sa fureur gonflant et se nourrissant d'elle-même comme un cyclone, le commissaire commença à chercher les raisons de cette réaction extrême ; la seule explication satisfaisante qui lui vint à l'esprit était la peur. Si Patta avait été membre de l'Opera Pia, il aurait adopté un ton scandalisé ; mais Brunetti l'avait vu si souvent prendre ses grands airs qu'il savait que ce qu'il voyait maintenant était une manifestation d'un tout autre ordre. Autrement dit, de la peur.

La voix de Patta le rappela sur terre.

« Vous m'avez bien compris, Brunetti ?

– Oui, monsieur. Je vais rappeler Gravini, répondit Brunetti en se levant pour se diriger vers la porte.

– Si jamais vous envoyez quelqu'un d'autre, Brunetti, vous êtes fini. C'est bien clair ?

– Oui, monsieur, très clair. »

Patta n'avait pas mentionné que cela ne devait pas être

fait pendant les heures de service, mais cela n'aurait rien changé, de toute façon.

Brunetti appela l'hôpital depuis le bureau de la signorina Elettra et demanda à parler à Gravini. Il s'ensuivit une série de messages entre lui et le jeune policier, qui refusa de quitter la chambre, même lorsque le personnel de l'hôpital lui dit que c'était un ordre du commissaire. Finalement, au bout de cinq minutes, Gravini vint répondre en personne. La première chose qu'il dit fut : « Il y a un médecin dans la chambre avec elle. Il n'en partira qu'à mon retour. » Ce n'est qu'ensuite qu'il demanda s'il parlait bien au commissaire Brunetti.

« Oui, c'est bien moi, Gravini. Tu peux revenir tout de suite ici.

– C'est terminé, monsieur ?

– Tu peux revenir à la questure, Gravini, répéta Brunetti. Mais passe d'abord chez toi te mettre en tenue.

– Bien, monsieur », répondit le jeune homme en raccrochant, persuadé par le ton de Brunetti qu'il ne fallait plus poser de questions.

Avant de retourner à son bureau, Brunetti passa dans la salle de service des policiers et ramassa un exemplaire du *Gazzettino* qui traînait sur une table. Il alla tout de suite à la section « Venise », mais il ne vit nulle part l'article concernant Maria Testa. Il revint aux premières pages, mais n'y trouva rien non plus. Il tira une chaise, s'assit et étala le journal grand ouvert devant lui. Colonne par colonne, il le parcourut intégralement. Rien. Aucun article n'avait paru concernant cette affaire. Et cependant, quelqu'un disposant d'assez de pouvoir pour faire peur à Patta avait appris l'intérêt que Brunetti portait à Maria Testa. Ou, encore plus intéressant, avait appris, il ne savait comment, que Maria Testa avait repris connaissance. Tandis qu'il escaladait les marches conduisant à son bureau, un bref sourire passa sur son visage.

20

IL TROUVA CHEZ LUI, AU DÉJEUNER, une ambiance aussi morose que l'état d'esprit qu'il avait ramené de la questure. Il attribua le silence de Raffi à quelque dispute d'amoureux avec la charmante Sara Paganuzzi ; Chiara se ressentait peut-être encore de l'humiliation d'avoir eu des résultats scolaires entachés, pour une fois, d'une mauvaise note. Comme toujours, c'était l'humeur de Paola dont les raisons restaient les plus difficiles à sonder.

Il n'y eut aucune des habituelles plaisanteries avec lesquelles ils manifestaient d'ordinaire leur mutuelle et inépuisable affection. Pire, Brunetti se retrouva au bout d'un moment en train de parler de la météo puis, comme si celle-ci n'était déjà pas assez sinistre, de politique. Tout le monde parut soulagé lorsque le repas fut terminé. Les enfants, tels des animaux cavernicoles qu'auraient effrayés les signes avant-coureurs de la lumière à l'horizon, coururent se réfugier dans la sécurité de leur chambre. Brunetti, qui avait déjà lu le journal, alla dans le séjour où il se borna à regarder les rideaux de pluie qui s'abattaient sur les toits.

Lorsque Paola arriva avec le café, Guido décida de considérer ce geste comme le calumet de la paix, même s'il était incertain sur le genre de traité qui devait s'ensuivre. Il prit sa tasse et la remercia.

« Eh bien ? dit-il après en avoir pris une gorgée.

– J'ai parlé à mon père, répondit Paola en s'asseyant sur le canapé. Je ne voyais pas à qui d'autre j'aurais pu m'adresser.

– Et qu'est-ce que tu lui as dit ?
– Je lui ai raconté ce que la signora Stocco m'a rapporté et ce que la petite avait dit.
– À propos du padre Luciano ?
– Oui.
– Et alors ?
– Il a promis qu'il allait s'en occuper.
– Lui as-tu parlé du padre Pio, par hasard ? »
Elle le regarda, surprise par la question.
« Non, bien sûr que non. Pourquoi ?
– Comme ça.
– Voyons, Guido, dit-elle en reposant sa tasse vide sur la table, tu sais bien que je ne me mêle jamais de ce qui concerne ton travail. Si tu souhaites parler à mon père du padre Pio ou de l'Opera Pia, tu dois le faire toi-même. »
Mais Brunetti n'avait aucun désir de voir son beau-père intervenir dans cette affaire, en aucune manière. Il ne voulait cependant pas avouer à Paola que sa répugnance se fondait sur les doutes qu'il éprouvait quant à l'allégeance à laquelle le comte Orazio se soumettrait : celle qu'il devait à sa famille, ou à l'Opera Pia ? De même qu'il n'avait aucune idée précise de la richesse et du pouvoir du comte, il ignorait tout des sources de cette richesse et de ce pouvoir, ou des fidélités qui les conditionnaient.
« Est-ce qu'il t'a crue ?
– Bien entendu. Je ne comprends même pas que tu me poses la question. »
Il tenta bien de faire oublier cette remarque d'un haussement d'épaules, mais le regard de Paola lui fit comprendre que cela ne suffirait pas.
« Ce n'est pas comme si tu avais le témoin le plus sûr.
– Que veux-tu dire ? se récria-t-elle d'un ton sec.
– Je veux parler des enfants qui disent du mal des professeurs quand ils leur donnent une mauvaise note. Des paroles d'une autre enfant, rapportées par une mère qui était manifestement hystérique quand elle t'a parlé.
– À quoi joues-tu, Guido ? Tu te prends pour l'avocat du diable ? C'est toi qui m'as montré ce rapport du patriarcat. Que crois-tu donc que ce salopard a fait pendant toutes ces

années ? Qu'il a piqué des billets de mille lires dans le tronc des pauvres ? »

Brunetti secoua la tête.

« Non, je n'ai aucun doute, absolument aucun, sur ce qu'il a fait ; mais ce n'est pas la même chose que d'avoir une preuve. »

Paola balaya cette objection – absurde à ses yeux – d'un geste de la main.

« Je vais y mettre un terme, gronda-t-elle avec une férocité absolue.

– Encore le faire déplacer ? demanda Brunetti. Comme ils ont fait depuis le début ?

– J'ai dit que j'allais y mettre un terme et c'est exactement ce que je vais faire, répéta-t-elle en martelant chaque syllabe comme s'il était sourd.

– Bien. J'espère que tu y arriveras. J'espère que tu pourras y arriver. »

À son immense surprise, elle lui répondit par une citation de la Bible. « "Mais si quelqu'un scandalisait un de ces petits qui croient en moi, il vaudrait mieux pour lui qu'on suspendît à son cou une meule de moulin, et qu'on le jetât au fond de la mer."

– Et d'où sors-tu ça ?

– Évangile selon saint Matthieu, je ne sais plus quel verset.

– Non, ce que je veux dire, corrigea Brunetti en secouant la tête, c'est que je n'en reviens pas de t'entendre, toi, citer la Bible.

– Le diable lui-même, paraît-il, en est capable », répondit-elle ; mais en souriant, pour la première fois. Ce sourire éclaira soudain la pièce.

« Parfait. J'espère que ton père aura le pouvoir de faire quelque chose. »

Guido s'attendait un peu à ce qu'elle lui fasse remarquer qu'il n'y avait rien que son père ne pût faire, et découvrit avec surprise qu'il n'était pas loin de le croire lui-même. Au lieu de cela, elle demanda :

« Et toi, où en es-tu, avec tes prêtres ?

– Il ne m'en reste qu'un.

– Que veux-tu dire ?
– L'ami de la signorina Elettra au patriarcat lui a dit que la comtesse Crivoni et son petit curé, qui semble disposer d'une fortune personnelle, avaient une liaison depuis des années. Et qu'apparemment le mari était au courant.
– Il le savait ? s'étonna Paola.
– Ce mari préférait les jeunes garçons.
– Et tu as cru ça ? »
Il acquiesça.
« Le fait qu'elle avait un conjoint était la meilleure des couvertures. Ni elle ni le prêtre n'avaient intérêt à le voir disparaître.
– Si bien qu'il n'en reste plus qu'un seul.
– Oui. »
Brunetti lui parla alors de la colère qu'avait piquée Patta et de son ordre de mettre un terme au service de protection de Maria Testa par la police. Il ne chercha pas à lui dissimuler sa conviction que le padre Pio et les puissances qui se tenaient derrière lui étaient à l'origine de cet ordre.
« Que vas-tu faire ? demanda-t-elle quand il eut fini de s'expliquer.
– J'en ai parlé avec Vianello. Il a un ami qui travaille à l'hôpital comme aide-soignant ; celui-ci a accepté de la surveiller pendant la journée.
– Ce n'est pas grand-chose... et la nuit ?
– Vianello m'a offert – je dis bien offert, Paola, je ne lui ai rien demandé – de monter la garde jusqu'à minuit.
– Ce qui signifie que tu seras là-bas de minuit à huit heures du matin ? »
Brunetti acquiesça.
« Et combien de temps cela va-t-il durer ? »
Il haussa les épaules.
« Tout dépend de ce qu'ils craignent. Ou de ce qu'ils croient qu'elle sait.
– Penses-tu qu'il s'agisse du padre Pio ? »
Brunetti s'efforçait de ne jamais désigner par son nom la personne qu'il soupçonnait d'un crime ; il essaya d'être fidèle à ce principe cette fois encore, mais son silence fut éloquent.

Elle se leva.

« Si tu dois être debout toute la nuit, pourquoi ne pas prendre un peu de repos tout de suite ?

– "Une épouse est le plus riche trésor d'un époux, un soutien, une colonne solide. Un vignoble sans haies sera piétiné ; un homme sans femme devient un vagabond impuissant" », cita-t-il, heureux de l'avoir battue, pour une fois, à son propre jeu.

Elle ne put déguiser sa surprise, pas plus que son ravissement.

« C'est donc vrai, hein ?

– Quoi donc ?

– Que le diable lui-même est capable de citer les Écritures. »

Pour la deuxième nuit consécutive, Brunetti s'arracha au cocon tiède de son lit et s'habilla sur le bruit de fond de la pluie qui continuait à tambouriner sur les toits de Venise. Paola ouvrit les yeux, lui adressa un baiser, et se rendormit immédiatement. Il n'oublia pas ses bottes, ce coup-ci, mais ne s'embarrassa pas d'un second parapluie pour Vianello.

Quand il fut à l'hôpital, ils sortirent de nouveau dans le couloir pour parler, bien qu'ils n'eussent que peu de choses à se dire. Le lieutenant Scarpa avait répété à Vianello, l'après-midi même, les ordres de Patta au sujet des feuilles de service. Comme le vice-questeur, il n'avait rien dit sur ce que les hommes de la brigade devaient faire ou non de leur temps libre, ce qui avait encouragé Vianello à parler à Gravini, à Pucetti et même à un Alvise repentant ; tous avaient accepté de se relayer à l'hôpital pour les heures de la journée.

« Même Alvise ? demanda Brunetti.

– Oui, même Alvise. Le fait qu'il soit stupide ne l'empêche pas d'être un brave type.

– En effet, répliqua Brunetti, mais je croyais qu'on ne voyait ça qu'au Parlement. »

Vianello rit, enfila son imperméable et souhaita une bonne nuit à son supérieur.

De retour dans la chambre, Brunetti s'avança jusqu'à un mètre environ du lit et contempla la jeune femme endormie. Ses joues s'étaient encore creusées et le seul signe de vie, à part sa poitrine qui se soulevait et s'abaissait sur un rythme désespérément lent, se réduisait au liquide pâle qui tombait goutte à goutte d'une bouteille suspendue, pour passer dans un tube relié à son bras.

« Maria ?... Suor'Immacolata ? »

La poitrine continua à se soulever et à s'abaisser imperceptiblement, le goutte-à-goutte à couler, mais rien d'autre ne se produisit.

Il alluma la lumière centrale, sortit de sa poche son édition de Marc-Aurèle, et commença à lire. À deux heures, une infirmière vint prendre le pouls de la patiente et l'inscrire sur la feuille de soins.

« Comment va-t-elle ? demanda Brunetti.

– Son pouls est plus rapide, répondit l'infirmière. C'est parfois annonciateur d'un changement de condition.

– Vous voulez dire qu'elle va se réveiller ? »

L'infirmière ne sourit pas.

« Ce pourrait être cela », répondit-elle, quittant la pièce avant que Brunetti eût le temps de demander ce que le changement pouvait signifier d'autre.

À trois heures, il éteignit la lumière centrale et ferma les yeux, mais lorsqu'il sentit sa tête tomber sur sa poitrine, il s'obligea à se lever pour s'adosser au mur, derrière sa chaise. Il inclina la tête et ferma les yeux.

Un peu plus tard, la porte s'ouvrit et une autre infirmière entra dans la pièce plongée dans la pénombre. Comme celle de la nuit précédente, elle tenait à la main un plateau recouvert. Sans rien dire, Brunetti la regarda traverser la chambre jusqu'au lit et au rond de lumière projeté par la lampe de chevet. Elle tendit la main pour rabattre les couvertures et Brunetti, jugeant indiscret de regarder à quels soins elle devait se livrer sur la jeune femme endormie, baissa les yeux.

C'est alors qu'il vit les marques laissées par les chaussures, des empreintes de pas mouillées parfaitement dessinées. Avant même d'avoir conscience de ce qu'il faisait, Brunetti s'élança dans l'espace qui les séparait, la main droite brandie. Encore à quelques pas de la fausse infirmière, il vit la serviette tomber du plateau, révélant le couteau à longue lame posé dessus. Il poussa un cri, fort, incohérent, et vit alors le visage de la signorina Lerini se tourner vers cette silhouette qui se jetait sur elle depuis la pénombre.

Le plateau tomba sur le sol et, maintenant face à Brunetti, elle fit décrire un grand arc à son arme, dans un geste purement instinctif. Le policier essaya bien de s'en écarter, mais il avait pris trop d'élan et se trouva à portée de la lame, qui entailla la manche gauche de son veston et le muscle du haut du bras. Il poussa plusieurs cris assourdissants dans l'espoir d'attirer l'attention.

Portant une main à son bras blessé, il fit face à son adversaire, craignant qu'elle ne renouvelât son attaque. Mais elle s'était tournée vers la forme allongée sur le lit, tenant le couteau à hauteur de la taille. Brunetti, lâchant son bras blessé, se força à se jeter de nouveau sur elle. Il poussa encore le même cri inarticulé ; la femme l'ignora et avança d'un pas vers Maria.

Il brandit le poing droit haut au-dessus de sa tête et l'abattit sur le coude de la signorina Lerini, espérant lui faire lâcher son arme. Il sentit, plus qu'il n'entendit, des os qui craquaient, sans savoir si cela provenait du bras de la femme ou de son poing.

Elle se tourna alors, le bras pendant mollement le long de son corps, mais tenant toujours le couteau à la main. Elle se mit à son tour à hurler.

« Antéchrist ! Je dois tuer l'Antéchrist ! Les ennemis de Dieu seront réduits en poussière et disparaîtront ! Sa vengeance est la mienne ! Les servantes de Dieu ne seront pas atteintes par les paroles de l'Antéchrist ! »

Elle essaya vainement de lever le bras, mais ses doigts se desserrèrent malgré elle et le couteau tomba au sol.

De la main droite, Brunetti l'agrippa par son chandail et la tira sauvagement loin du lit. Elle ne lui offrit aucune résistance. Il la poussa en direction de la porte, qui s'ouvrit à ce moment-là ; une infirmière et un médecin entrèrent dans la chambre.

« Qu'est-ce qui se passe, ici ? » demanda le médecin d'un ton autoritaire, prenant le temps au passage d'allumer le plafonnier.

« Même la lumière du jour ne permettra pas à Ses ennemis de se cacher contre Son juste courroux, poursuivit la signorina Lerini d'un ton que la passion rendait précipité. Ses ennemis seront confondus et détruits. » Elle leva la main gauche et tendit un index tremblant à Brunetti. « Vous croyez pouvoir empêcher qu'on obéisse à la volonté de Dieu ! Fou que vous êtes ! Il est plus grand que nous tous ! Sa volonté sera faite ! »

Dans la lumière qui emplissait maintenant la salle, le médecin vit le sang qui coulait de la main de l'homme et les postillons qui volaient de la bouche de la femme. Elle reprit la parole, s'adressant cette fois à l'infirmière et au médecin.

« Vous avez voulu protéger l'ennemie de Dieu, lui apporter secours et réconfort, alors même que vous saviez qu'elle était l'ennemie du Seigneur ! Mais quelqu'un de plus grand que vous a percé tous vos projets de défier la loi de Dieu, et m'a envoyée administrer la justice de Dieu aux pécheurs ! »

Le médecin commença à reposer la même question, mais d'un geste Brunetti lui demanda de se taire.

Il s'approcha de la signorina Lerini et lui posa sa main valide sur le bras. Sa voix devint un murmure, se fit insinuante.

« Les voix du Seigneur sont nombreuses, ma sœur. Un autre sera envoyé pour prendre votre place, et Sa volonté sera exécutée. »

La signorina Lerini le regarda alors ; il vit ses pupilles dilatées, sa bouche grande ouverte.

« Êtes-vous vous aussi envoyé par le Seigneur ? demanda-t-elle.

– En vérité, je te le dis, oui. Ma sœur en Jésus-Christ, tes œuvres auront leur récompense.

– Des pécheurs ! Ils étaient tous les deux des pécheurs et méritaient le châtiment de Dieu.

– Beaucoup disent que votre père était un homme

impie, qui se moquait du Seigneur. Dieu est patient, Dieu est amour, mais on ne se moque pas impunément de Lui.

– Il est mort en raillant Dieu, répondit-elle, les yeux soudains remplis de terreur. Alors même que je lui couvrais le visage, il raillait Dieu... »

Brunetti entendit, derrière lui, un échange à voix basse entre le médecin et l'infirmière. Il se tourna légèrement vers eux.

« Silence », ordonna-t-il. Interloqués par le ton du policier comme par le délire manifeste de la femme, ils obéirent. Il reporta son attention sur la signorina Lerini.

« Mais c'était nécessaire, l'encouragea-t-il. Car telle était la volonté de Dieu. »

Le visage de la vieille fille se détendit.

« Vous comprenez ? »

Brunetti acquiesça. Son bras devenait de plus en plus douloureux à chaque instant et, baissant les yeux, il vit la flaque de sang qui s'était formée sous sa main.

« Et l'argent ? demanda-t-il. On a toujours besoin de beaucoup d'argent pour lutter contre les ennemis du Seigneur.

– Oui, admit-elle d'une voix qui avait repris de la vigueur. La bataille a commencé et devra se poursuivre jusqu'à ce qu'on ait regagné le royaume du Seigneur. Les gains des impies doivent être donnés pour les saintes œuvres de Dieu. »

Il se demandait combien de temps encore il pourrait tenir le médecin et l'infirmière paralysés dans cette pièce. Il se risqua néanmoins à dire :

« Le saint père m'a parlé de votre générosité. »

Elle accueillit cette révélation avec un sourire de béatitude.

« Oui, il m'a dit qu'il en avait un besoin urgent. Sinon, il aurait fallu attendre des années, peut-être. Il faut obéir aux commandements de Dieu. »

Il acquiesça de nouveau, comme s'il trouvait parfaitement normal qu'un prêtre lui eût ordonné d'assassiner son père. « Et Da Prè ? » demanda Brunetti, d'un ton aussi anodin que s'il s'était enquis des nuances d'un foulard.

« Ce pécheur, ajouta-t-il, même si ce n'était guère nécessaire.

– Il m'a vue... il m'a vue, le jour où j'ai appliqué la justice de Dieu à mon père, ce pécheur. Mais ce n'est que plus tard qu'il m'a parlé. » Elle se pencha vers Brunetti, hochant la tête. « Lui aussi était un pécheur. L'avidité est un terrible péché. »

Il entendit des glissements de pas, derrière lui ; quand il se retourna, le médecin et l'infirmière avaient disparu. Il entendit leurs pas précipités s'éloigner dans le corridor et, au loin, un brouhaha de voix énervées.

Il profita de la confusion provoquée par ce départ bruyant pour revenir à son sujet.

« Et les autres ? Les gens qui étaient là-bas avec votre père... Quels étaient leurs péchés ? »

Elle tourna vers lui des yeux à l'expression intriguée et interrogatrice.

« Quoi ? Quels autres ? »

Le commissaire comprit que cette perplexité était le signe de son innocence ; ignorant cette réaction, il revint à Da Prè.

« Et le petit homme, signorina ? Qu'a-t-il fait ? Est-ce qu'il vous a menacée ?

– Il a demandé de l'argent. Je lui ai expliqué que je n'avais fait qu'exécuter la volonté de Dieu, mais il a dit qu'il n'y avait ni Dieu, ni volonté. Il a blasphémé. Il s'est moqué du Seigneur.

– En avez-vous parlé au saint père ?

– Le saint père est bien un saint, oui.

– Vraiment un homme de Dieu, en effet, l'approuva Brunetti. Et vous a-t-il dit ce que vous deviez faire ? »

Elle acquiesça.

« Il m'a expliqué quelle était la volonté de Dieu et je me suis hâtée de l'exécuter. Le péché et le pécheur doivent être détruits.

– Est-ce qu'il... ? » commença Brunetti, mais il fut interrompu par l'irruption de trois aides-soignants et du médecin. La chambre se remplit de bruits et de cris, et la signorina Lerini fut perdue pour lui.

Plus tard, on la conduisit dans le pavillon psychiatrique où, après qu'on eut remis en place son coude démis, on lui administra une forte dose de sédatif avant de la placer sous une surveillance continue. Quant à Brunetti, on l'installa dans un fauteuil roulant pour le conduire aux urgences, où on lui fit une piqûre contre la douleur; il eut droit ensuite à quatorze points de suture au bras. Le responsable du service de psychiatrie, appelé à l'hôpital par l'infirmière qui avait assisté à la scène, interdit à quiconque de parler avec la signorina Lerini et, alors qu'il ne l'avait pas vue et ne lui avait donc pas posé la moindre question, émit un diagnostic d'« état grave ». Lorsque Brunetti interrogea par la suite le médecin et l'infirmière, aucun des deux n'avait de souvenir clair des échanges qui s'étaient déroulés devant eux entre lui et la signorina Lerini, sinon que les propos de la vieille fille étaient ceux d'un délire à caractère religieux. Il leur demanda s'ils ne se souvenaient pas des questions qu'il avait posées à celle-ci à propos de son père et de Da Prè, mais ils n'en démordirent pas : cette conversation n'avait eu aucun sens pour eux.

À six heures moins le quart, Pucetti se présenta à la chambre de Maria Testa. Il n'y vit pas Brunetti, mais remarqua l'imperméable du commissaire, drapé sur le dos d'une chaise. Lorsqu'il vit la flaque de sang sur le sol, le policier pensa tout d'abord à la sécurité de la patiente. Il s'approcha vivement du lit et put constater avec soulagement que sa poitrine se soulevait régulièrement au rythme de sa respiration. Il se tourna alors vers le visage de la jeune femme; elle avait les yeux ouverts et le regardait.

21

BRUNETTI APPRIT QUE MARIA TESTA était sortie de son coma un peu avant onze heures, alors qu'il arrivait à la questure, le bras en écharpe. Vianello, venu le rejoindre quelques minutes après dans son bureau, lui annonça la nouvelle.

« Elle est réveillée, dit le sergent sans autre préambule.

– Maria Testa ? demanda Brunetti, qui avait cependant déjà compris.

– Oui.

– Quoi d'autre ?

– Je ne sais pas. Pucetti a téléphoné ici vers sept heures et a laissé un message, mais cela fait seulement une demi-heure qu'on me l'a communiqué. Quand j'ai appelé, vous étiez déjà parti.

– Comment va-t-elle ?

– Aucune idée. Il a simplement dit qu'elle était réveillée. Il a évidemment appelé les médecins, mais ceux-ci l'ont fait sortir de la chambre. Il pense qu'ils vont faire des tests. Tout ça date de son coup de fil.

– Il n'a rien dit d'autre ?

– Non, monsieur, rien.

– Et la vieille fille ? La Lerini ?

– Tout ce qu'on sait, c'est qu'elle est sous sédatif et qu'on ne peut pas la voir. »

Rien de plus, en somme, que ce que Brunetti savait déjà en quittant l'hôpital.

« Merci, Vianello.

– Y a-t-il quelque chose que je puisse faire pour vous, monsieur ?

– Non, rien pour le moment. Je retournerai plus tard à l'hôpital. »

Il se débarrassa de son imperméable d'un mouvement d'épaule et le jeta sur une chaise. Mais avant que Vianello ne reparte, il demanda :

« Et le vice-questeur ?

– Je ne sais pas, monsieur. Il n'a pas quitté son bureau depuis qu'il est arrivé, c'est-à-dire depuis dix heures. Je doute qu'il ait appris quelque chose avant cela.

– Merci », répéta Brunetti qui, cette fois-ci, laissa Vianello s'en aller.

Une fois seul, il alla prendre un flacon d'antalgiques dans la poche de son imperméable, avant de se rendre dans les toilettes pour hommes, au bout du corridor, où il se remplit un verre d'eau. Il avala deux pilules, puis une troisième, et alla remettre le flacon dans la poche où il l'avait pris. Il n'avait pas dormi de la nuit et ses yeux, en particulier (et comme toujours dans ces cas-là), le brûlaient et lui donnaient l'impression d'être pleins de sable. Il s'enfonça dans son fauteuil mais fit la grimace lorsque l'arrière de son bras heurta le montant, l'obligeant à reprendre une position plus droite.

La signorina Lerini avait bien dit que les deux hommes étaient des pécheurs. Da Prè, lors de l'une des rares visites qu'il faisait à sa sœur, l'aurait-il vue sortir de la chambre de son père, le jour où celui-ci était mort ? Et les questions que Brunetti était venu lui poser l'auraient-elles conduit à repenser à toute cette affaire ? Si tel était le cas, le petit homme n'avait pas assez tenu compte, dans sa tentative de chantage, de la façon dont la vieille fille se croyait chargée d'une mission divine, dont elle était animée par elle ; ce faisant, il s'était condamné lui-même. Il avait mis les plans de Dieu en danger et, à ce titre, avait dû mourir.

Brunetti repassa dans sa tête la conversation qu'il avait eue avec la signorina Lerini. Il n'avait pas osé, en voyant la folie qui hantait son regard, désigner le prêtre par son nom, si bien qu'il ne disposait que de son affirmation que le

« saint père » lui avait dit ce qu'elle devait faire. Même sa confession des meurtres de son père et de Da Prè s'était trouvée noyée au milieu des divagations que lui inspirait son fanatisme religieux – au point que les deux témoins de cet aveu d'un double assassinat n'avaient aucune idée de ce qu'ils avaient entendu. Comment, dans ces conditions, obtenir un mandat d'arrestation d'un juge ? Et, lorsqu'il se souvenait de ce regard fou et de ces intonations prophétiques et délirantes, il se demandait si un juge voudrait jamais la poursuivre. Bien qu'il y ait été confronté plus souvent qu'à son tour, la folie restait un domaine dans lequel Brunetti ne se considérait nullement expert ; ce à quoi il avait assisté pendant la nuit, cependant, lui avait paru être une authentique crise de démence. Et, si la raison de la signorina Lerini avait définitivement sombré, il perdait toute possibilité de monter un dossier contre elle ou contre l'homme qui, Brunetti en était convaincu, l'avait envoyée remplir sa « mission sacrée ».

Il appela l'hôpital mais ne put réussir à être mis en communication avec le service où se trouvait Maria Testa. Il se pencha en avant et se mit pesamment debout. Un coup d'œil par la fenêtre lui apprit qu'au moins il avait cessé de pleuvoir. Avec son seul bras droit, il recouvrit ses épaules de l'imperméable et quitta le bureau.

Lorsque Brunetti vit un Pucetti en civil montant la garde devant la porte de Maria Testa, il lui vint à l'esprit que, maintenant qu'elle avait été victime d'une tentative d'assassinat, elle avait légalement droit à la protection de la police.

« Bonjour, monsieur, dit Pucetti qui bondit sur ses pieds et exécuta un salut énergique.

– Bonjour, Pucetti. Quelque chose de nouveau ?

– Les médecins et les infirmières n'ont pas arrêté d'aller et venir depuis ce matin, monsieur, mais personne n'a rien voulu me dire quand j'ai demandé ce qui se passait.

– Y a-t-il quelqu'un, en ce moment ?

– Oui, monsieur. Une infirmière. Je crois qu'elle lui a apporté à manger. À l'odeur, c'est ce qu'il m'a semblé.

– Bien. Elle a besoin de reprendre des forces. Depuis

combien de temps est-elle ici ? ajouta Brunetti qui, pendant un instant, fut incapable de se souvenir à quand remontait le déclenchement de cette affaire.

– Quatre jours, monsieur.

– Oui, en effet, quatre jours, admit-il, toujours aussi peu sûr de sa mémoire mais ne demandant qu'à croire son jeune subordonné. Écoute, Pucetti...

– Oui, monsieur ? dit aussitôt le jeune policier, qui paraissait se retenir à grand peine de saluer en même temps.

– Descends appeler Vianello. Dis-lui d'envoyer quelqu'un ici te remplacer, et qu'il l'inscrive sur la feuille de service. Puis rentre chez toi et mange quelque chose. Quand reprends-tu ton service, normalement ?

– Pas avant après-demain, monsieur.

– C'était ta journée de repos, aujourd'hui ? »

Pucetti se mit à contempler ses tennis.

« Non, monsieur.

– Mais alors ?

– J'avais quelques jours de congé d'avance. J'en ai donc pris deux. J'ai pensé, euh... que ce serait bien de donner un coup de main au sergent. De toute façon, où je serais allé, avec cette pluie ? »

Le jeune homme se mit à étudier un point du mur légèrement à gauche de la tête de Brunetti.

« Bon... Eh bien, quand tu appelleras Vianello, vois s'il ne peut pas changer cela et te remettre de service. Garde tes jours de congé pour l'été.

– Oui, monsieur. Ce sera tout, monsieur ?

– Oui, je crois.

– Alors au revoir, monsieur. »

Pucetti se tourna et partit vers l'escalier.

« Et merci, Pucetti ! » lui lança Brunetti. Le jeune policier leva la main en l'air mais ne se retourna pas et n'eut pas d'autre réaction.

Brunetti frappa à la porte.

« Avanti ! »

Il poussa le battant et entra. Une religieuse qu'il ne reconnut pas, portant l'habit (on ne peut plus familier, à présent) de l'ordre de la Sainte-Croix, se tenait à la tête du lit et essuyait le visage de Maria Testa. Elle jeta un coup d'œil en direction de Brunetti mais ne dit rien. Un plateau était posé sur la table voisine avec, dessus, un bol à demi consommé de ce qui était apparemment de la soupe. Sur le sol, il n'y avait plus trace de sang – du sang de Brunetti.

« Bonjour », dit Brunetti.

La religieuse lui adressa un signe de tête mais ne prononça pas un mot. Elle se leva, fit un pas en avant, et se retrouva placée, peut-être accidentellement, entre lui et le lit.

Il se déplaça sur sa gauche jusqu'à ce que Maria pût le voir. À ce moment-là, elle écarquilla les yeux et son front se plissa dans l'effort qu'elle faisait pour le reconnaître.

« Signor Brunetti ? demanda-t-elle au bout de quelques instants.

– Oui.

– Mais... que faites-vous ici ? Il y a un problème, avec votre maman ?

– Non, non, tout va bien. C'est vous que je suis venu voir.

– Qu'est-ce qui vous est arrivé au bras ?

– Oh, ce n'est rien.

– Mais comment avez-vous su que j'étais ici ? » En entendant la note de panique qui montait dans sa voix, elle se tut et ferma les yeux. Quand elle les rouvrit, ce fut pour dire, d'une voix qui tremblait de ses efforts pour se contrôler :

« Je n'y comprends rien. »

Brunetti s'approcha du lit. La religieuse lui adressa un regard et secoua la tête, avertissement, si c'en était un, dont Brunetti ne tint aucun compte.

« Qu'est-ce que vous ne comprenez pas ? demanda-t-il.

– Comment je me retrouve ici... On m'a dit que j'ai été renversée par une voiture alors que je roulais à bicyclette, mais je n'ai pas de bicyclette. Il n'y en a pas à la maison de retraite et même s'il y en avait, je ne crois pas que je serais autorisée à m'en servir. Et ils ont dit que c'était au Lido. Je n'ai jamais été au Lido, signor Brunetti, jamais de ma vie. »

Sa voix se faisait de plus en plus aiguë.

« Où étiez-vous ? Vous le rappelez-vous ? »

La question parut la prendre au dépourvu. Elle porta une main à son front, le même geste que celui qu'elle avait fait la première fois, dans son bureau, et elle fut une fois de plus étonnée de ne pas trouver la présence réconfortante de son voile. Du bout des doigts, elle caressa le bandage qui lui entourait la tempe, s'efforçant de rassembler ses souvenirs.

« Je me rappelle que j'étais à la maison de retraite, finit-elle par dire.

– Celle où se trouve ma mère ?

– Bien sûr. C'est là que je travaille. »

La religieuse, réagissant peut-être à l'agitation croissante dans la voix de Maria, s'avança d'un pas.

« Je crois qu'il vaudrait mieux ne pas lui poser davantage de questions, signore.

– Non, non, ne le faites pas sortir », implora la patiente.

Devant l'indécision de la religieuse, Brunetti eut une idée.

« Ce serait peut-être mieux si c'était moi qui parlais. »

La religieuse regarda tour à tour le commissaire et Maria.

« Je vous en prie... je veux savoir ce qui est arrivé. »

Cette fois, la religieuse consulta sa montre avant de déclarer, de ce ton sec que prennent les petits chefs qui ont une occasion d'imposer leur pouvoir, aussi limité soit-il :

« Entendu, mais pas plus de cinq minutes. »

Brunetti espéra qu'elle les laisserait, mais la nonne se contenta de se placer au pied du lit et d'écouter ouvertement leur conversation.

« Vous étiez bien à bicyclette lorsque vous avez été renversée par une voiture. Et c'était au Lido, où vous travailliez pour une clinique privée.

– Mais c'est impossible... je vous ai dit que je n'ai jamais été au Lido. Jamais. » Elle s'arrêta brusquement. « Je suis désolée, signor Brunetti. Dites-moi ce que vous savez.

– Cela ne faisait que quelques semaines que vous travailliez là-bas. Vous aviez quitté la maison de retraite auparavant. Des gens vous ont aidé à trouver ce travail, ainsi qu'un logement.

– Un travail ?

– Oui, à la clinique. Vous étiez à la lingerie. »

Elle ferma un instant les yeux, les rouvrit, et dit :

« Et je ne me souviens de rien du Lido... (sa main se porta de nouveau à sa tempe.) Mais vous, pourquoi êtes-vous ici ? »

À son ton, Brunetti comprit qu'elle s'était souvenue du métier qu'il exerçait.

« Parce que vous êtes venue me voir à mon bureau il y a quelques semaines, et que vous m'avez demandé de vérifier quelque chose.

– Quoi donc ? demanda-t-elle d'un air perplexe

– Vous aviez l'impression qu'il se passait des événements curieux à la maison de retraite San Leonardo.

– San Leonardo ? Mais je n'ai jamais été... »

Brunetti vit les poings de la jeune femme se serrer sur les couvertures et décida qu'il était inutile de poursuivre dans cette voie.

« Je crois qu'il vaut mieux laisser tout cela pour le moment. Vous finirez sans doute par vous souvenir de ce qui s'est passé. Pour l'instant, il faut vous reposer, manger et reprendre des forces. »

Combien de fois avait-il entendu cette jeune femme dire exactement la même chose à sa mère ?

La religieuse avança d'un pas.

« Cela suffit, signore. »

Brunetti fut forcé de s'incliner.

De sa main valide, il tapota celle de Maria.

« Ça va aller, maintenant. Le pire est derrière vous. Essayez simplement de vous reposer et de manger. »

Il lui sourit et fit demi-tour.

Il n'avait pas encore atteint la porte lorsque Maria s'adressa à la religieuse.

« Ma sœur, je suis désolée de vous déranger, mais est-ce que vous pourriez m'apporter... (Sur quoi elle s'interrompit, gênée.)

– Le bassin ? » demanda la religieuse, sans avoir la discrétion de parler à voix basse.

Maria hocha la tête affirmativement.

La religieuse poussa un soupir brutal et pinça les lèvres, ne faisant rien pour dissimuler son exaspération. Elle se tourna et alla ouvrir la porte, qu'elle tint pour laisser sortir Brunetti.

D'une petite voix apeurée, Maria demanda :

« Je vous en prie, ma sœur, est-ce qu'il peut rester ici, le temps que vous reveniez ? »

La religieuse lui jeta un coup d'œil, en fit autant à Brunetti, mais ne dit rien. Elle sortit en refermant la porte derrière elle.

« C'était une voiture noire, dit Maria sans autre préambule Je ne sais pas les reconnaître, mais elle était très grosse, et elle est venue droit sur moi. Ce n'était pas un accident. »

C'est un Brunetti abasourdi qui demanda :

« Quoi ? Vous vous souvenez... ? » et voulut s'approcher du lit.

Elle leva la main vers lui.

« Non ! Restez où vous êtes. Je ne veux pas qu'elle sache que nous avons parlé.

– Pourquoi ? »

Cette fois-ci, ce fut aux lèvres de Maria de se serrer sous l'effet de l'irritation.

« Parce qu'elle en fait partie. S'ils savent que je me souviens de tout, ils me tueront. »

Il regarda autour de lui et se sentit presque vaciller devant l'énergie contagieuse qui rayonnait de la jeune femme.

« Qu'allez-vous faire ?

– Survivre », lança-t-elle. Sur quoi la porte se rouvrit et la religieuse entra, portant devant elle le bassin, qu'elle n'avait pas pris la peine de recouvrir. Elle passa sans rien dire devant Brunetti et s'approcha du lit.

Gardant lui aussi le silence, il ne prit pas le risque de se tourner pour lancer un dernier regard à Maria et laissa les deux femmes dans la chambre.

Tandis qu'il s'avançait dans le corridor, ayant pris la

direction du service psychiatrique, il eut soudain la sensation que le dallage se mettait à onduler sous ses pieds. Quelque chose en lui savait parfaitement que ce n'était que de l'épuisement, mais cela ne l'empêcha pas de chercher dans le visage des personnes qu'il croisait l'expression de peur ou de panique qui l'aurait conforté dans l'idée, pour lui plus rassurante, que c'était en réalité un tremblement de terre. Soudain effrayé en se rendant compte que cela aurait été rien moins que rassurant, il se précipita à la cafétéria, au rez-de-chaussée, où il commanda un petit pain, qu'il fut incapable d'avaler quand il l'eut devant lui. Bien qu'écœuré à l'avance par le goût mais sachant que c'était ce dont il avait besoin, il se résigna à boire un nectar d'abricot, puis il demanda un verre d'eau et prit deux antalgiques. En examinant les gens autour de lui, dans la cafétéria, les gens avec leurs bandages, leurs éclisses, leur plâtre, il se sentit chez lui pour la première fois de la journée.

Il allait un peu mieux, mais tout de même pas très bien, lorsqu'il reprit le chemin du service de psychiatrie. Il traversa la cour à ciel ouvert, coupa par le service de radiologie et poussa la porte vitrée à double battant de sa destination. À cet instant précis, il aperçut, à l'autre bout du corridor, un personnage en longue robe blanche qui venait vers lui ; et, de nouveau, il se demanda si ses sens ne le trompaient pas ou s'il n'était pas saisi d'une sorte de séisme psychologique. Mais non, ce n'était rien de plus (et rien de moins) que le padre Pio lui-même, sa haute silhouette enveloppée dans une cape de laine retenue à son cou (comme le constata Brunetti avec une précision qui avait quelque chose d'hallucinatoire) par une pièce autrichienne d'un thaler datant du XVIIIe siècle.

Il aurait été difficile de dire lequel des deux fut le plus surpris ; mais ce fut le prêtre qui reprit ses esprits le premier.

« Bonjour, commissaire. Serait-ce m'avancer beaucoup que de dire que nous sommes ici pour voir la même personne ? »

Brunetti eut besoin de quelques secondes avant d'être capable de réagir ; et lorsqu'il y parvint il put simplement articuler :

« La signorina Lerini ?
– Oui.
– Il vous est interdit de la voir », répliqua Brunetti sans davantage prendre la peine de dissimuler son animosité.
Le même doux sourire qu'il avait eu pour accueillir Brunetti, lors de leur première rencontre, fleurit sur le visage du padre Pio.
« Voyons, commissaire, vous ne pouvez avoir le droit d'empêcher une personne souffrante, une personne ayant besoin de consolation spirituelle, de voir son confesseur. »
Son confesseur. Bien entendu. Il aurait dû y penser. Mais avant qu'il eût le temps de répondre quelque chose, le prêtre reprenait :
« De toute façon, votre ordre arrive trop tard, commissaire. Je lui ai déjà parlé et j'ai entendu sa confession.
– Et vous lui avez apporté vos consolations spirituelles ?
– Comme vous le dites si bien », répondit le padre Pio avec un sourire auquel toute douceur était étrangère.
Une sensation écœurante monta dans la gorge de Brunetti, mais elle n'avait rien à voir avec le nectar d'abricot qu'il venait de boire. La rage et le dégoût explosèrent en lui brutalement, sans avertissement, et il fut aussi incapable de les maîtriser que les antalgiques de calmer les douleurs de son bras. Oubliant l'expérience de toute une génération, sa main valide empoigna la cape du prêtre, et c'est avec plaisir qu'il sentit le tissu se froisser sous ses doigts. Il attira sans ménagement l'homme vers lui et ce dernier, pris par surprise et déséquilibré, tomba vers son vis-à-vis jusqu'à ce que, nez à nez, ils ne fussent plus séparés que par l'épaisseur d'un cheveu.
« Nous vous connaissons bien », cracha Brunetti.
D'une main rageuse, le prêtre se débarrassa sans difficulté de la prise du policier. Il recula, fit demi-tour et s'éloigna. Puis, tout aussi soudainement, il s'arrêta, se tourna de nouveau vers Brunetti pour s'approcher de lui, avec un mouvement de tête latéral qui faisait penser à celui d'un cobra.
« Et nous aussi, nous vous connaissons bien », siffla-t-il.
Puis il disparut.

22

UNE FOIS SUR LE CAMPO SS GIOVANNI E PAOLO, Brunetti resta quelques minutes devant l'entrée de l'hôpital, incapable de décider s'il devait s'obliger à retourner à la questure ou rentrer chez lui pour essayer de dormir un peu. Il regarda l'échafaudage qui recouvrait la façade de l'église et se rendit compte que la moitié inférieure était déjà plongée dans la pénombre. Il consulta sa montre et n'en crut pas ses yeux : on était déjà au milieu de l'après-midi. Où avait-il passé toutes ces heures ? Il l'ignorait ; peut-être s'était-il endormi dans la cafétéria, la tête appuyée contre le mur ou le dossier de sa chaise. Toujours est-il qu'elles avaient fui, ces heures, qu'elles avaient été emportées comme avaient été emportées et volées des années de la vie de Maria Testa.

Décidant qu'il serait plus facile d'aller à la questure, ne serait-ce que parce qu'elle était plus proche, il traversa la place pour prendre cette direction. Accablé par la soif et la douleur qui lui tenaillait le bras, il s'arrêta en chemin pour boire un verre d'eau minérale et avaler deux autres pilules. Une fois à la questure, il trouva le hall d'entrée bien silencieux et il lui fallut un certain temps pour se rappeler qu'on était mercredi, jour où le bureau des Étrangers était fermé – raison de ce calme inhabituel.

Peu désireux de gravir les quatre volées de marches qui conduisaient jusqu'à son bureau, il estima qu'il lui suffisait d'en terminer tout de suite en allant parler à Patta. Tandis qu'il entamait la montée de l'escalier, frappé de l'aisance avec laquelle il progressait, il se demanda pourquoi il avait éprouvé autant de répugnance à l'idée de se rendre dans son propre bureau. Il se laissa alors aller à penser à quel point il serait agréable de pouvoir survoler les marches, à tout le temps qu'il gagnerait ainsi tous les jours – puis il se retrouva dans l'antichambre de la signorina Elettra et oublia ces pensées vagabondes.

Elle quitta son écran des yeux à son entrée et, voyant son bras et l'état dans lequel il était, se leva aussitôt et fit le tour de son bureau.

« Qu'est-ce qui vous est arrivé, commissaire ? »

La sincérité de son inquiétude, aussi visible dans son attitude qu'audible dans sa voix, émurent étrangement Brunetti. Quelle chance avaient les femmes, songea-t-il, de pouvoir manifester aussi ouvertement leurs émotions, et comme étaient douces ces marques d'affection et de sollicitude qu'elles vous témoignaient...

« Rien de bien grave, merci, signorina, répondit-il en résistant à l'envie de lui poser la main sur l'épaule, tandis qu'il disait sa reconnaissance pour quelque chose qu'elle manifestait naturellement. Est-ce que le vice-questeur est ici ?

– Oui, il y est. Vous êtes bien sûr de vouloir le voir ?

– Oh, oui. C'est même le moment idéal.

– Voulez-vous que j'aille vous chercher un café, dottore ? » demanda-t-elle en l'aidant à se débarrasser de son imperméable.

Brunetti secoua la tête.

« Non, ça ira, signorina. Merci de me le proposer, mais je veux juste avoir un petit entretien avec le vice-questeur. »

C'est l'habitude, et uniquement l'habitude, qui fit que Brunetti frappa à la porte de son supérieur hiérarchique. Lorsqu'il entra, Patta manifesta à sa vue la même surprise que la signorina Elettra, à ceci près que celle de la signorina Elettra avait été pleine d'inquiétude, alors que celle de Patta ne trahissait que de la désapprobation.

« Qu'est-ce qui vous est arrivé, Brunetti ?

– On a essayé de me tuer, répondit-il du tac au tac.

– Sans beaucoup de conviction, apparemment, à voir le résultat.

– Me permettez-vous de m'asseoir, monsieur ? »

Ne voyant dans cette requête de Brunetti rien de plus qu'un stratagème pour lui rappeler qu'il était blessé, Patta acquiesça avec mauvaise grâce et indiqua une chaise.

« Qu'est-ce qui s'est passé ?

– La nuit dernière, à l'hôpital... »

Patta ne le laissa même pas finir sa phrase.

« Oui, je sais ce qui est arrivé à l'hôpital. Cette malheureuse a voulu tuer la religieuse parce qu'elle s'était mis dans l'idée qu'elle avait tué son père », dit Patta. Il laissa le silence se prolonger un bon moment, avant d'ajouter : « C'est une bonne chose que vous ayez été sur place pour l'en empêcher. » Il aurait été impossible de rendre cet hommage avec davantage de mauvaise grâce.

Brunetti l'écouta, seulement surpris par la vitesse avec laquelle Patta avait été convaincu. Il se doutait bien que c'était le genre d'interprétation que l'on donnerait au comportement de la signorina Lerini, mais jamais il n'aurait imaginé une version présentée aussi crûment.

« Ne pourrait-il y avoir une autre explication, monsieur ?

– Et laquelle ? demanda Patta, avec son ton soupçonneux habituel.

– Qu'elle aurait su quelque chose que la signorina Lerini aurait voulu garder secret, par exemple.

– Et quel genre de secret une femme comme elle aurait bien pu détenir, d'après vous ?

– Une femme comme quoi, si je peux me permettre ?

– Une fanatique, répondit immédiatement Patta. Une de ces femmes qui ne pensent à rien d'autre qu'à la religion et à l'Église. »

On n'aurait su dire, au ton qu'employa Patta, s'il approuvait ou non ce genre de comportement chez les femmes.

« Eh bien ? reprit-il lorsqu'il vit que Brunetti ne répondait pas.

– Son père n'avait pas de problèmes cardiaques connus. »

Patta attendit que son subordonné ajoutât quelque chose, mais en vain.

« Que voulez-vous dire par là ? » Brunetti garda encore le silence. « Cela signifie-t-il que vous pensez que cette femme a tué son père ? » Il s'écarta de son bureau, comme pour donner une forme palpable à son incrédulité. « Auriez-vous perdu l'esprit, Brunetti ? Enfin ! Les femmes qui vont à la messe tous les jours ne tuent pas leur père.

Comment savez-vous si elle va à l'église tous les jours ? » demanda Brunetti, surpris d'être capable de conserver aussi aisément son calme et de s'élever au-dessus de la discussion, comme s'il avait été transporté jusqu'en ce lieu où sont cachées les réponses à tous les secrets.

« Parce que j'ai eu des entretiens téléphoniques avec son médecin et son guide spirituel.

– Que vous ont-ils dit ?

– D'après le médecin, elle souffrirait d'une dépression nerveuse provoquée par un deuil à retardement, suite au décès de son père.

– Et son guide spirituel, comme vous l'appelez ?

– Pourquoi, Brunetti, vous ne l'appelleriez pas ainsi ? À moins qu'il ne fasse partie du sinistre scénario que vous semblez avoir imaginé ?

– Qu'a-t-il dit ? s'entêta le commissaire.

– Qu'il était du même avis que le médecin. Il a ajouté qu'il ne serait pas surpris s'il apprenait que c'était cette illusion qu'elle nourrissait sur la religieuse qui l'avait conduite à l'attaquer, à l'hôpital.

– Et je suppose que lorsque vous lui avez demandé comment il le savait, il vous a répondu qu'il n'avait pas la liberté de vous révéler d'où il tenait cette information ? demanda Brunetti, se sentant de plus en plus loin de cette [illegible]nversation et des deux hommes qui l'avaient.

[illegible] Comment le savez-vous ?

[illegible]h, vice-questeur, dit Brunetti en se levant, agitant un [illegible]ans un geste de réprimande, vous ne voudriez tout [illegible] pas que je trahisse le secret du confessionnal, [illegible]s ? »

Il n'attendit pas de savoir si Patta avait quelque chose à répondre à cela et sortit tout de suite du bureau.

La signorina Elettra s'écartait vivement de la porte au moment où il la franchit, et il eut à son intention le même geste de réprimande. Puis il sourit et demanda :

« Pourriez-vous m'aider à enfiler mon imperméable, signorina ?

– Volontiers, dottore », dit-elle en prenant aussitôt le vêtement, qu'elle tint pour lui.

Lorsqu'il fut bien posé sur ses épaules, il la remercia et voulut partir. Mais sur le seuil de la porte se tenait Vianello, qui venait d'apparaître avec une soudaineté tout à fait angélique.

« Bonsuan tient la vedette prête, monsieur », dit-il.

Brunetti se souvint plus tard avoir descendu l'escalier, soutenu par le sergent tenant son bras droit. Et aussi avoir demandé à Vianello si, lui aussi, il n'avait pas pensé combien il serait agréable de voler au-dessus des marches pour se rendre dans les bureaux – puis les souvenirs de cette journée s'estompèrent dans les limbes où se trouvaient déjà les heures perdues de Suor'Immacolata.

23

ON ATTRIBUA PLUS TARD l'infection de la blessure de Brunetti aux fils de tweed restés dans la plaie, la procédure médicale ayant été appliquée avec négligence. Ce ne fut pas l'hôpital civil qui le lui dit, bien entendu : le chirurgien affirmait mordicus que cette infection était due à une souche banale de staphylocoques, conséquence courante dans le cas d'une plaie aussi profonde. Son ami Giovanni Grimani lui apprit plus tard, en effet, que des têtes étaient tombées par la suite dans le service des urgences et qu'un des aides-soignants s'était retrouvé aux cuisines. Grimani n'alla pas jusqu'à dire, du moins ouvertement, que le chirurgien avait commis la faute de bâcler l'opération, mais Brunetti et Paola comprirent à son ton qu'il le croyait. Ils n'apprirent tout ceci que bien après que Brunetti eut été ramené à l'hôpital, l'infection s'étant aggravée tandis qu'il sombrait dans le délire.

Le comte Falier était un généreux donateur de l'hôpital Giustiniani, si bien que Brunetti eut droit à une chambre individuelle et que tout le personnel, une fois au courant du nom de son beau-père, fit preuve d'attention et de courtoisie. Au cours des premiers jours, alors qu'il perdait et reprenait conscience et que les médecins cherchaient le bon antibiotique, on ne lui dit rien de la cause de l'infection, et une fois ce traitement trouvé et efficacement appliqué, Brunetti, quand il fut guéri, ne chercha pas à savoir qui était coupable. « Qu'est-ce que cela changera ? » fit-il observer à Grimani, qui perdit du coup une bonne partie de la satisfaction qu'il avait éprouvée à témoigner de plus de fidélité à l'amitié qu'à sa profession.

Pendant son séjour, ou du moins pendant ses périodes de lucidité, Brunetti ne cessait de dire qu'il était ridicule de le garder à l'hôpital ; et le jour où on lui enleva sa perfusion et où on déclara que la plaie était saine et en voie de guérison, il exigea de sortir. Paola l'aida à s'habiller, lui disant cependant que la température était tellement douce, dehors, qu'il n'aurait même pas besoin d'un chandail ; elle avait cependant apporté une veste pour la lui mettre sur les épaules.

Lorsqu'un Brunetti affaibli et une Paola rayonnante émergèrent dans le corridor, ils se trouvèrent nez à nez avec Vianello.

« Bonjour, signora, dit le sergent.

– Bonjour, Vianello. Comme c'est gentil de votre part d'être venu », répondit-elle, simulant l'étonnement. Brunetti sourit de cette tentative maladroite pour donner le change, bien certain que c'était elle qui s'était arrangée pour que le sergent fût là, tout comme il ne doutait pas que Bonsuan fût à la barre de la vedette de la police, moteur tournant au ralenti, dans le canal sur lequel donnait l'entrée latérale de l'hôpital.

« Vous avez l'air en forme, monsieur », observa Vianello en guise de salut.

En s'habillant, Brunetti avait découvert avec surprise que son pantalon pendait sur lui. Apparemment, la fièvre, ajoutée à son manque d'appétit, avait brûlé une bonne partie de la graisse qu'il avait accumulée pendant l'hiver.

« Merci, Vianello », dit-il simplement. Paola commença à s'avancer dans le corridor, mais Brunetti se tourna vers le sergent.

« Où sont-elles passées ? lui demanda-t-il sans avoir besoin de s'expliquer davantage.

– Parties. Toutes les deux.

– Où ça ?

– On a placé la signorina Lerini dans une clinique privée.

– Ici ?

– Non, à Rome. C'est du moins ce qu'on nous a dit.
– Avez-vous vérifié ?
– La signorina Elettra l'a confirmé. » Et avant que le commissaire eût le temps de poser la question, il ajouta : « Une clinique tenue par l'ordre de la Sainte-Croix. »
Sur le moment, Brunetti ne sut comment formuler la question suivante.
« Et Maria Testa ? dit-il finalement, décidant de l'appeler par le nom qu'il espérait qu'elle avait finalement choisi.
– Elle a disparu.
– Comment ça, disparu ?
– Guido, intervint Paola, revenant sur ses pas, est-ce que vous ne pourriez pas parler de tout ça plus tard ? »
Sans attendre la réponse, elle repartit de nouveau vers la sortie et la vedette de Bonsuan.
Brunetti lui emboîta le pas, Vianello à ses côtés.
« Raconte-moi donc tout.
– Nous avons maintenu la garde pendant les quelques jours qui ont suivi votre admission ici...
– Quelqu'un a-t-il essayé de la voir ? l'interrompit Brunetti.
– Oui, ce prêtre. J'ai dit que nous avions des ordres et qu'elle n'avait le droit de recevoir aucune visite. Il est allé voir Patta.
– Et ensuite ?
– Patta a tenu bon vingt-quatre heures, puis il nous a dit de lui demander si elle voulait le voir.
– Et qu'est-ce qu'elle a répondu ?
– Je ne lui ai pas posé la question. Par contre, j'ai dit à Patta qu'elle refusait de le voir.
– Et qu'est-ce qui s'est passé ensuite ? »
Ils étaient arrivés à la porte de l'hôpital. Paola tint le battant ouvert pour lui et, au moment où il passa dehors, elle lui lança :
« Bienvenue en plein printemps, Guido. »
Car le printemps était bel et bien là. Il s'était imposé comme par magie et avait conquis Venise pendant les dix jours qu'avait duré son hospitalisation. Il y avait un parfum de douceur et de vigueur retrouvée dans l'air, les appels

amoureux des oiseaux remplissaient le ciel au-dessus de leur tête et, de l'autre côté du canal, un bouquet de forsythias, derrière sa grille métallique, illuminait le mur de brique devant lequel il poussait. Comme l'avait prévu Brunetti, Bonsuan attendait à la barre de la vedette de police, amarrée au bas des marches. L'homme le salua d'un signe de tête et avec ce que Brunetti soupçonna être un sourire.

Marmonnant un « *Buongiorno* », le pilote aida Paola à monter à bord, puis Brunetti, qui trébucha et faillit tomber, ébloui qu'il était par l'explosion de lumière. Vianello dégagea l'amarre et monta à son tour ; Bonsuan engagea alors son bateau dans le canal de la Giudecca.

« Et ensuite ? demanda Brunetti.

– Une des infirmières lui a alors dit que le prêtre cherchait à la voir mais que nous l'en avions empêché. J'ai pu parler un peu plus tard avec l'infirmière en question, et elle a dit que Maria Testa avait paru troublée qu'il ait voulu la voir. Et aussi, contente qu'on ne le lui ait pas permis. » Un hors-bord passa près d'eux, à tribord, soulevant une gerbe d'eau. Brunetti eut un mouvement de recul, mais la vague vint se briser sur la coque de la vedette sans les asperger.

« Continue, dit Brunetti.

– C'est alors que la mère supérieure de l'ordre a appelé pour dire qu'elle voulait que Maria soit envoyée dans l'une de leurs cliniques. Sur quoi elle a disparu. On avait arrêté la garde vingt-quatre heures sur vingt-quatre mais, avec une partie des gars, on traînait plus ou moins dans le coin pendant la nuit, histoire de surveiller un peu les choses.

– Quand cela s'est-il produit ?

– Il y a trois jours. L'infirmière est arrivée, un après-midi, et a trouvé le lit vide. Ses vêtements avaient disparu. Elle n'avait laissé aucun indice derrière elle.

– Qu'as-tu fait ?

– On a interrogé les gens, à l'hôpital, mais personne ne l'avait vue. On aurait dit qu'elle s'était évanouie.

– Et le prêtre ?

– Quelqu'un de la maison mère, à Rome, a appelé le vice-questeur le lendemain de sa disparition, c'est-à-dire à un moment où tout le monde, à part nous, ignorait qu'elle n'était plus à l'hôpital. Il a voulu savoir s'il était vrai qu'on empêchait son confesseur de la voir. Le vice-questeur la croyait encore là, si bien qu'il a cédé, et qu'il a répondu qu'il veillerait personnellement à ce qu'elle voie son confesseur. Il m'a appelé pour me dire qu'il fallait absolument qu'elle le voie et c'est à ce moment-là que je lui ai dit qu'elle était partie.

– Qu'est-ce qu'il a fait ? Ou dit ? »

Vianello réfléchit un certain temps avant de répondre.

« Je crois qu'il était soulagé, monsieur. L'homme de Rome avait dû lui faire peur ou le menacer, à voir comment il avait insisté pour qu'elle ait cette entrevue avec le prêtre. Mais quand je lui ai dit qu'elle avait disparu, il avait presque l'air soulagé. Il a même rappelé l'homme de Rome pendant que j'étais encore dans son bureau. J'ai dû lui confirmer personnellement que Maria Testa n'était plus là.

– As-tu une idée de l'identité de ce Romain ?

– Non, mais d'après le standard c'était un appel qui venait du Vatican.

– Et as-tu une idée de l'endroit où elle se trouve ? demanda alors Brunetti.

– Non, aucune. »

La réponse de Vianello avait été immédiate.

« Est-ce que tu as pensé à appeler l'homme du Lido ? Sassi ?

– Oui. C'est même la première chose que j'ai faite. Il m'a dit de ne pas m'inquiéter pour elle, mais il a refusé d'ajouter quoi que ce soit.

– À ton avis, crois-tu qu'il sache où elle est ? » Brunetti ne souhaitait pas bousculer Vianello, et il regarda en direction de Paola, qui discutait tranquillement avec Bonsuan.

Le sergent répondit au bout de quelques instants. « J'en ai bien l'impression, mais il n'a confiance en personne. Pas même en nous. »

Brunetti hocha la tête et se tourna vers les eaux du canal, vers la place Saint-Marc qui se profilait à présent sur leur gauche. Il se rappela le jour où, à l'hôpital, Maria Testa avait parlé avec force et détermination pendant la courte absence de la religieuse ; et à ce souvenir, il ressentit une bouffée de soulagement : elle avait décidé de fuir. Il allait essayer de la retrouver, mais il espérait ne pas y parvenir – et que personne n'y parviendrait. Dieu l'ait en sa sainte garde, et lui donne la force d'aborder sereinement sa *vita nuova*.

Paola, constatant qu'il avait fini de parler avec Vianello, revint vers eux. Une rafale de vent s'éleva à cet instant et lui rabattit les cheveux sur le visage, l'enveloppant de mèches blondes.

Riant, elle les repoussa en arrière des deux mains, puis secoua la tête de droite à gauche, comme si elle remontait d'une plongée prolongée. Quand elle rouvrit les yeux, elle se rendit compte que Guido la regardait et elle rit à nouveau, plus fort cette fois. Avec son bras valide, il la prit par l'épaule et l'attira à lui.

Ramené à l'adolescence par cette bouffée d'amour, il lui murmura :

« Est-ce que je t'ai manqué ? »

Ayant compris dans quel état d'esprit il se trouvait, elle répondit :

« J'étais au comble du désespoir. Je n'ai pas fait manger les enfants et mes étudiants ont été privés de toute stimulation intellectuelle. »

Vianello les abandonna et alla rejoindre Bonsuan à la barre.

« Qu'est-ce que tu as fait ? » lui demanda-t-il, comme si elle n'avait pas passé le plus clair de ces dix jours auprès de lui, à l'hôpital.

Il sentit son changement d'humeur par une imperceptible tension de son corps, et il la força à tourner le visage vers lui.

« Qu'est-ce qu'il y a ?

– Je n'ai pas envie de gâcher ton retour à la maison, répondit-elle.

– Rien ne pourrait le gâcher, Paola, dit-il avec un sourire, songeant combien cela était vrai. Je t'en prie, dis-moi. »

Elle étudia le visage de son mari pendant quelques instants.

« Je t'avais dit que j'allais demander un coup de main à mon père, n'est-ce pas ?

– À propos du padre Luciano ?
– Oui.
– Et alors ?
– Il a parlé à un certain nombre de personnes, à des amis qu'il a à Rome. Je crois qu'il a trouvé la réponse.
– Raconte-moi ça. »
Ce qu'elle fit.

La femme de ménage du presbytère répondit au deuxième coup de sonnette. La cinquantaine, l'air ordinaire, elle avait ce visage lisse et dépourvu de rides que l'on voit souvent chez les religieuses et les femmes qui ont longtemps conservé leur virginité.
« Oui ? Puis-je vous aider ? »
Peut-être avait-elle été jolie, jadis, avec ses grands yeux bruns et sa bouche pleine, mais le temps lui avait fait oublier ce genre de préoccupation, ou bien elle avait perdu tout désir d'être belle ; si bien que ses traits s'étaient affadis, avachis.
« Je souhaiterais parler à Luciano Benevento, répondit Brunetti.
– Êtes-vous un paroissien ? demanda-t-elle, surprise que le nom du prêtre n'ait pas été précédé de son titre.
– Oui, répondit Brunetti après un bref instant d'hésitation ; c'était vrai, au moins géographiquement.
– Si vous voulez bien attendre dans le bureau, je vais appeler le padre Luciano. »
Elle fit demi-tour, laissant Brunetti refermer et la suivre dans un hall dallé de marbre. Elle ouvrit une porte donnant dans une petite pièce, où elle le fit entrer, puis partit à la recherche du prêtre.
À l'intérieur du bureau, il y avait deux fauteuils installés en vis-à-vis, peut-être pour faciliter l'intimité de la confession. Un petit crucifix ornait l'un des murs et une reproduction de la madone de Cracovie lui faisait face sur un autre. Des exemplaires de *Famiglia Christiana* traînaient sur une table basse, à côté de bulletins postaux à remplir pour tous ceux qui auraient eu envie de faire une donation

à *Primavera Missionaria*. Brunetti ne s'intéressa ni aux revues, ni aux ornements des murs, ni aux fauteuils. Il resta debout au centre de la pièce, l'esprit clair, attendant l'arrivée du prêtre.

La porte se rouvrit au bout de quelques minutes, et un homme grand et mince entra. La soutane et le col romain propres à sa fonction le faisaient paraître encore plus grand, impression que renforçait la manière qu'il avait de se tenir très droit et de marcher à grandes enjambées.

« Oui, mon fils ? » dit-il tout de suite. Il avait des yeux gris foncé, qui formaient le centre d'un réseau de rides propre à ceux qui sourient souvent ; son sourire, d'ailleurs, souligné par une grande bouche, portait à la confiance, et c'est une main fraternelle qu'il tendit à son visiteur.

« Luciano Benevento ? demanda Brunetti en gardant les mains sur le côté.

– Padre Luciano Benevento, le corrigea le prêtre sans se départir de son doux sourire.

– Je suis venu vous parler de votre nouvelle affectation, dit Brunetti en refusant volontairement de s'adresser à l'homme par son titre.

– J'ai peur de ne pas comprendre. Quelle nouvelle affectation ? »

Le prêtre secoua la tête, sans chercher à dissimuler sa confusion.

De la poche intérieure de son veston, Brunetti tira une longue enveloppe blanche qu'il lui tendit en silence.

L'homme réagit instinctivement : il la prit, jeta un coup d'œil dessus et vit qu'elle portait son nom. Il fut rassuré de voir que, cette fois-ci, il était précédé de son titre. Il l'ouvrit, jeta un bref coup d'œil à un Brunetti silencieux, et en sortit une feuille de papier. L'éloignant légèrement de lui, il lut ce qui y était écrit. Quand il eut terminé, il regarda un instant Brunetti, puis revint au document, qu'il lut à nouveau.

« Je ne comprends pas ce que cela signifie », finit-il par dire. Il laissa retomber sa main droite, celle qui tenait la lettre, le long de son corps.

« Il me semble cependant que c'est très clair.

– Pourtant, je ne comprends pas. Comment peut-on me transférer ainsi ? On doit me demander mon avis, obtenir mon consentement avant de prendre une telle décision.

– Je ne crois pas qu'il y ait une seule personne qui s'intéresse à votre avis ; plus maintenant. »

Benevento fut incapable de cacher son désarroi.

« Mais cela fait vingt-trois ans que je suis prêtre ! Bien sûr que si, on doit me consulter d'abord ! On ne peut pas me faire une chose pareille, sans même me dire où l'on m'envoie... » Il agita le papier avec colère. « On ne me dit pas dans quelle paroisse je vais exercer – même pas dans quelle province ! Il n'y a pas la moindre indication de l'endroit où l'on veut m'envoyer. » Il tendit le document à Brunetti. « Regardez vous-même. Il est simplement dit que je vais être transféré. Ça pourrait être à Naples. Ça pourrait même être en Sicile, Dieu m'en préserve ! »

Brunetti, qui en connaissait beaucoup plus long que le contenu de la lettre, ne prit pas la peine de la regarder.

« Dans quel genre de paroisse vais-je aller ? reprit Benevento. À quel genre de personnes vais-je avoir affaire ? Ils ne peuvent tout de même pas s'imaginer que je vais me laisser faire de cette façon. Je vais appeler le patriarche. Je vais protester, et veiller à ce que cela soit annulé. On ne peut pas m'envoyer ainsi dans n'importe quelle paroisse, pas comme ça, pas après tout ce que j'ai fait pour l'Église.

– Ce n'est pas une paroisse, dit alors Brunetti d'un ton calme.

– Quoi ?

– Non, ce n'est pas une paroisse.

– Que voulez-vous dire, ce n'est pas une paroisse ?

– Rien de plus que ce que j'ai dit. Ce n'est pas dans une paroisse que l'on vous envoie.

– C'est absurde, protesta Benevento avec une indignation qui n'était pas feinte. C'est bien évidemment à une paroisse que je dois être affecté. Je suis prêtre. C'est ma fonction d'aider les paroissiens. »

Le visage de Brunetti n'avait pas changé un instant d'expression. Son silence poussa Benevento à demander :

« Et vous, qui êtes-vous ? Que savez-vous de tout ceci ?

– Je suis une personne qui habite dans votre paroisse. Et ma fille est l'une de vos élèves, à la classe de catéchisme.

– Qui donc ?

– L'une des élèves du lycée, répondit Brunetti sans trouver la moindre raison de donner le nom de Chiara.

– Mais quel rapport avec ceci ? »

Le prêtre, de plus en plus en colère, avait posé sa question avec hargne.

« Un rapport très étroit, dit Brunetti avec un mouvement de tête en direction de la lettre.

– Je ne vois vraiment pas de quoi vous voulez parler... » Il revint à sa question précédente. « Qui êtes-vous ? Que faites-vous ici ?

– Je suis ici pour vous remettre cette lettre en main propre, répondit Brunetti, toujours avec calme, et vous dire où vous devez aller.

– Comment se fait-il que le patriarche m'envoie quelqu'un comme vous ? rétorqua Benevento, prononçant le dernier mot d'un ton sarcastique appuyé.

– Parce qu'il a reçu des menaces, dit Brunetti d'une voix toujours aussi égale.

– Des menaces ? » répéta Benevento, soudain un peu plus calme et regardant Brunetti avec une nervosité qu'il essaya (fort mal) de dissimuler. Il ne restait pas grand-chose du prêtre bienveillant entré dans la pièce quelques minutes auparavant.

« À quel sujet peut-on menacer le patriarche ?

– Au sujet d'Alida Bontempi, de Serafina Reato et de Luana Serra », répondit tranquillement Brunetti, lui donnant les noms des trois jeunes filles dont les parents s'étaient plaints auprès de l'évêque de Trente.

Benevento eut un mouvement de recul comme s'il venait d'être giflé par trois fois. « Je ne sais pas... », commença-t-il à dire ; mais il vit alors l'expression de Brunetti et se tut un instant. Puis il afficha de nouveau son sourire mondain. « Vous n'allez tout de même pas croire aux mensonges de ces petites hystériques ! Face à un prêtre, en plus ! »

Le commissaire ne prit même pas la peine de lui répondre.

Benevento se mit en colère.

« Avez-vous sérieusement l'intention de rester planté là et de me dire que vous prêtez foi aux abominables histoires que ces gamines ont inventées sur moi ? Pouvez-vous imaginer qu'un homme qui a consacré toute son existence au service de Dieu ait pu faire les choses qu'elles ont dites ? »

Comme Brunetti ne répondait toujours pas, Benevento se frappa la cuisse de la lettre et se détourna de Brunetti. Il alla jusqu'à la porte, l'ouvrit, puis la referma brutalement et fit volte-face.

« Et où veut-on m'envoyer ?

– À Asinara.

– Quoi ? s'écria le prêtre.

– À Asinara, répéta Brunetti – convaincu que tout le monde, y compris un ecclésiastique, connaissait le nom de ce centre de détention de sécurité maximale, situé sur une île de la mer Tyrrhénienne.

– Mais c'est une prison ! On ne peut pas m'envoyer en prison ! Je ne suis coupable de rien ! » Il fit deux grandes enjambées en direction du policier, comme s'il espérait lui arracher quelque concession, ne fût-ce que par la violence de sa colère. Brunetti l'arrêta d'un regard.

« Que veut-on que j'aille faire là-bas ? Je ne suis pas un criminel. »

Brunetti soutint son regard sans rien dire.

Cette fois, Benevento hurla pour rompre le silence qui rayonnait de son visiteur.

« Je ne suis pas un criminel, je vous dis ! On ne peut pas m'envoyer là-bas ! On ne peut pas me condamner sans procès ! On ne peut pas m'envoyer en prison simplement à cause des racontars de ces gamines, pas sans un procès et une condamnation !

– Vous n'avez pas été condamné à quoi que ce soit. Vous avez été affecté à Asinara en tant que chapelain.

– Quoi ? Chapelain ?

– Oui. Afin de vous occuper de l'âme des pécheurs.

– Mais ce sont des hommes dangereux, protesta Benevento d'une voix qu'il avait du mal à contrôler.

– Précisément.

– Quoi ?

– Ce sont des hommes. Il n'y a pas une seule jeune fille à Asinara. »

Le prêtre jeta des coups d'œil affolés autour de lui, cherchant une oreille plus complaisante pour se plaindre du traitement dont il était victime.

« Mais on ne peut pas me faire ça ! Je n'y resterai pas ! J'irai à Rome ! » Il criait, à présent.

« Vous allez y partir le 1er du mois prochain, dit Brunetti d'un ton toujours aussi glacial. Le patriarcat vous fournira une vedette, puis une voiture vous conduira jusqu'à Civitavecchia, et on veillera à ce que vous preniez le bateau hebdomadaire de la prison. D'ici là, il vous est interdit de quitter le presbytère. Sinon, vous serez arrêté.

– Arrêté ? s'indigna Benevento. Et pour quel motif ? »

Brunetti ne répondit pas à la question.

« Vous avez deux jours pour vous préparer.

– Et si je décide de ne pas y aller ? » demanda le prêtre sur le ton qu'il réservait en général à ses prêches de morale. Le commissaire ne répondit pas, et Benevento répéta donc sa question.

« Dans ce cas, les parents de ces trois jeunes filles recevront des lettres anonymes leur disant où vous êtes. Et ce que vous avez fait. »

Ce fut comme un coup de massue pour le prêtre, et il fut pris d'une peur tellement soudaine et palpable qu'il fut incapable de ne pas demander :

« Et... qu'est-ce qu'ils feront ?

– Si vous avez de la chance, ils contacteront la police.

– Que voulez-vous dire, si j'ai de la chance ?

– Exactement ce que j'ai dit. Si vous avez de la chance. »

Brunetti laissa le silence se prolonger un certain temps entre eux, puis ajouta :

« Serafina Reato s'est pendue l'an dernier. Elle a essayé pendant un an de trouver quelqu'un qui croyait ce qu'elle racontait, mais personne n'a voulu l'écouter. Elle a expliqué son geste ainsi. Mais maintenant, tout le monde la croit. »

Les yeux de Benevento s'agrandirent pendant un instant et sa bouche se contracta, serrée en cul de poule. Il laissa tomber la lettre et l'enveloppe sur le sol, sans s'en rendre compte.

« Qui êtes-vous ?

– Vous avez deux jours », fut la réponse de Brunetti.

Il marcha sur la feuille de papier abandonnée et prit la direction de la porte. Il avait mal aux mains tellement il avait gardé les poings serrés pendant tout l'entretien. Il ne prit pas la peine de jeter un dernier regard au prêtre avant de sortir. Il ne claqua pas la porte.

Une fois dehors, Brunetti s'éloigna du presbytère et s'engagea dans la première ruelle qu'il trouva donnant sur le Grand Canal. Une fois à son extrémité, ne pouvant aller plus loin à cause de l'eau, il resta là, contemplant les immeubles de l'autre côté. Un peu sur sa droite se trouvait le palais que Byron avait occupé pendant un certain temps ; à côté, celui dans lequel avait habité la première petite amie du commissaire. Des bateaux passèrent, grignotant le jour et emportant ses pensées.

Il n'éprouvait aucun triomphe devant cette victoire à bon compte ; tout au plus ressentait-il une profonde tristesse à l'idée de cet homme et de son existence pitoyable. Il avait été mis un terme aux activités ignobles de ce prêtre, au moins tant que le pouvoir et les relations du comte Falier l'empêcheraient de quitter son île. Brunetti pensa à la mise en garde que lui avait lancée cet autre prêtre et au pouvoir et aux relations qui se cachaient derrière ces menaces.

Soudain, dans une gerbe d'eau qui alla arroser les pieds de Brunetti, deux mouettes à tête noire se posèrent sur l'eau, tout près de lui, et se mirent à se bagarrer pour un morceau de pain. Elles se chamaillaient bec à bec, tirant sur le croûton, sans cesser de pousser leurs cris de crécelle. Puis l'une d'elles réussit à engloutir le morceau – sur quoi elles se calmèrent tout de suite et flottèrent côte à côte sur l'eau, paisiblement.

Il resta là pendant trois quarts d'heure, jusqu'à ce que ses mains eussent perdu leur raideur. Il les mit alors dans ses poches et, souhaitant bon vent aux mouettes, il remonta la ruelle et prit la direction de son domicile.

Titre original américain :
A NOBLE RADIANCE
(Première publication : William Heinemann,
Londres, 1998)

ISBN 2-7021-0000-0

LE BOUT DE CHAMP n'avait pas grand-chose de remarquable : un hectare d'herbe roussie derrière un petit village, au pied des Dolomites, au bas d'une pente couverte d'arbres susceptibles de faire un bon combustible – le seul argument pour demander un certain prix du terrain et de la bâtisse vieille de deux cents ans qui s'élevait dessus, lorsque le tout avait été vendu. Au nord, un sommet montagneux donnait l'impression de se pencher sur Col di Cugnan ; Venise se trouvait à cent kilomètres au sud du petit village, bien trop loin pour avoir une influence sur la politique et les coutumes de la région. Les habitants de Col di Cugnan ne parlaient italien qu'à contrecœur, préférant le dialecte de Belluno.

Le champ n'avait pas été cultivé depuis presque un demi-siècle, et la maison de pierre était restée vide. Les énormes dalles qui constituaient le toit s'étaient déplacées avec le temps, les brusques changements de température, et peut-être aussi les séismes qui avaient touché la région au cours des siècles où elles avaient protégé la maison de la neige et de la pluie ; si bien qu'elles ne remplissaient plus ce rôle, et que plusieurs gisaient au sol, laissant les pièces de l'étage exposées aux intempéries. La propriété étant l'objet d'un litige autour d'un testament contesté, aucun des huit héritiers ne s'était soucié de réparer les fuites, dans la crainte de ne jamais récupérer les quelques milliers de lires que ces travaux auraient coûtés. Aussi la pluie et la neige avaient commencé par s'infiltrer, puis avaient coulé à l'intérieur du bâtiment, pour grignoter peu à peu plâtres et planchers, et chaque année le toit s'inclinait un peu plus vers la terre.

Le champ avait été laissé à l'abandon pour les mêmes raisons. Aucun des héritiers possibles n'avait voulu dépenser son temps ou de l'argent à en travailler la terre, aucun ne voulait affaiblir sa position légale en risquant d'être vu en train d'utiliser gratuitement la propriété. Les mauvaises herbes prospéraient, d'autant plus que les derniers à avoir cultivé ce lopin l'avaient régulièrement engraissé des déjections de leurs lapins.

C'est l'odeur d'une monnaie étrangère qui finit par régler la querelle autour du testament. Deux jours après la proposition d'achat faite par un médecin allemand à la retraite, les huit héritiers s'étaient réunis dans la maison de leur aîné. Avant la fin de la soirée, ils avaient décidé à l'unanimité de vendre maison et terrain, et de ne signer que si l'étranger doublait l'offre qu'il avait faite – soit s'il mettait sur la table quatre fois le prix de ce que n'importe lequel de leurs voisins aurait voulu ou pu payer.

Trois semaines après la conclusion de l'accord, les échafaudages s'élevaient, et les dalles centenaires taillées à la main dégringolaient sur le sol de la cour pour s'y briser. L'art de poser les lauzes s'était éteint avec la disparition des artisans qui savaient les tailler, et elles furent donc remplacées par des rectangles de ciment préfabriqués présentant une vague ressemblance avec des tuiles en terre cuite. Le médecin ayant eu la bonne idée d'engager l'aîné des héritiers comme contremaître, les travaux avaient progressé rapidement ; et comme on était dans la province de Belluno, le travail fut exécuté avec soin et honnêtement. La restauration de la maison était presque terminée au milieu du printemps et, avec l'approche de la belle saison, le nouveau propriétaire, qui avait passé l'essentiel de sa vie professionnelle enfermé dans des salles d'opération aux lumières aveuglantes et dirigé les travaux par fax et téléphone depuis Munich, commença à mettre en œuvre la création du jardin dont il rêvait depuis toujours.

Les villageois ont la mémoire longue, et chacun savait que ce jardin était, jadis, situé le long de la rangée de châtaigniers qui partait de l'arrière de la maison ; c'est donc là qu'Egidio Buschetti, le contremaître, décida de retourner la terre. Comme il était encore gamin quand ce labour avait été fait pour la dernière fois, il jugea plus prudent de faire passer son tracteur par deux fois, une première pour couper les mauvaises herbes, qui atteignaient un mètre de haut, et une seconde pour faire remonter à la surface le riche humus sur lequel elles prospéraient.

Au premier abord, Buschetti crut qu'il avait affaire à un cheval : il n'avait pas oublié que les anciens propriétaires en avaient possédé deux. Si bien qu'il poursuivit son chemin, avec le tracteur, jusqu'au point qui, à ses yeux, constituait le bout du futur jardin. Brassant son gros volant, il fit faire demi-tour à la machine pour repartir en sens inverse, admirant avec fierté la régularité impeccable de ses sillons, heureux d'être au soleil et d'avoir repris les travaux des champs, convaincu que le printemps était bel et bien arrivé. Il vit alors un os qui dépassait en travers du sillon qu'il venait d'ouvrir, sa blancheur contrastant avec la couleur presque noire de la terre. Non, il n'était pas assez long et gros pour avoir appartenu à un cheval, et il ne se souvenait pas avoir jamais vu de moutons ici. Intrigué, il ralentit ; il lui répugnait de passer sur l'os et de le broyer.

Il se mit au point mort et, après avoir serré le frein à main, quitta son siège métallique surélevé pour se diriger vers l'endroit où l'os pointait vers le ciel. Il commença à se pencher pour le prendre et l'écarter du chemin du tracteur, mais quelque chose le mit mal à l'aise, et il se redressa. Du bout de sa lourde botte, il voulut dégager l'os, mais sans succès. Il décida de récupérer la pelle accrochée derrière le siège de son tracteur. Lorsqu'il se retourna, ses yeux tombèrent sur une forme ovale et blanche, un peu plus loin dans le creux du sillon. Aucun cheval, aucun mouton n'avait jamais regardé le ciel par les orbites d'un crâne aussi rond ; aucun ne lui aurait adressé ce ricanement de dents carnivores aiguisées qui ressemblaient de manière si terrifiante aux siennes.

[...]

La nouvelle qu'on venait de découvrir le squelette d'un jeune homme portant une bague aux armes des Lorenzoni parvint à la police de Venise *via* le téléphone d'un des véhicules des carabiniers, et c'est le sergent Lorenzo Vianello qui reçut l'appel. Il prit soigneusement note de l'endroit, du nom du propriétaire des lieux, et de celui de l'homme qui avait découvert le corps.

Après avoir reposé le téléphone, le sergent alla à l'étage frapper à la porte de son supérieur immédiat, le commissaire Guido Brunetti. Ce n'est qu'après avoir entendu un vigoureux « *Avanti !* » que Vianello entra dans le bureau.

[...]

Donna Leon
Noblesse oblige
Traduit de l'anglais (américain) par William Olivier Desmond
Calmann-Lévy
264 p. ; 120 F

Achevé d'imprimer en mars 2003 par
BUSSIÈRE CAMEDAN IMPRIMERIES
à Saint-Amand-Montrond (Cher)
N° d'édition : 47694/3. - N° d'impression : 031065/1.
Dépôt légal : avril 2001.
Imprimé en France